小蒜特别价
3.09元/斤
3.5元

迷失的小蒜

何频 著/绘

河南文艺出版社
·郑州·

图书在版编目(CIP)数据

迷失的小蒜／何频著. 一郑州：河南文艺出版社，2023.5

ISBN 978-7-5559-1355-9

Ⅰ. ①迷… Ⅱ. ①何… Ⅲ. ①散文集－中国－当代 Ⅳ. ①I267

中国国家版本馆CIP数据核字(2023)第073624号

策　　划　党　华
责任编辑　刘运来
责任校对　赵红宙
设　　计　刘运来　徐胜男
责任印制　陈少强
书名题签　王家葵

出版发行　河南文艺出版社
社　　址　郑州市郑东新区祥盛街27号C座5楼
承印单位　郑州印之星印务有限公司
经销单位　新华书店
开　　本　787毫米×1092毫米　1/32
印　　张　14.75
字　　数　227 000
版　　次　2023年5月第1版
印　　次　2023年5月第1次印刷
定　　价　88.00元

目录

菠菜·茼蒿·芫荽·蒜苗

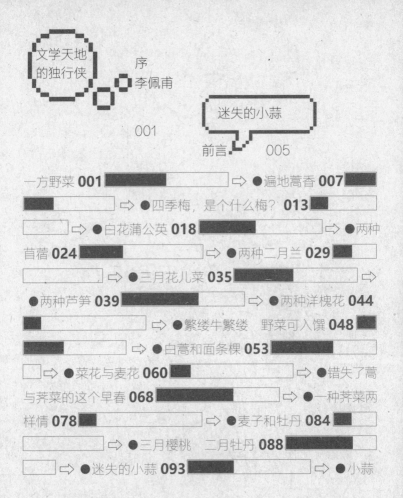

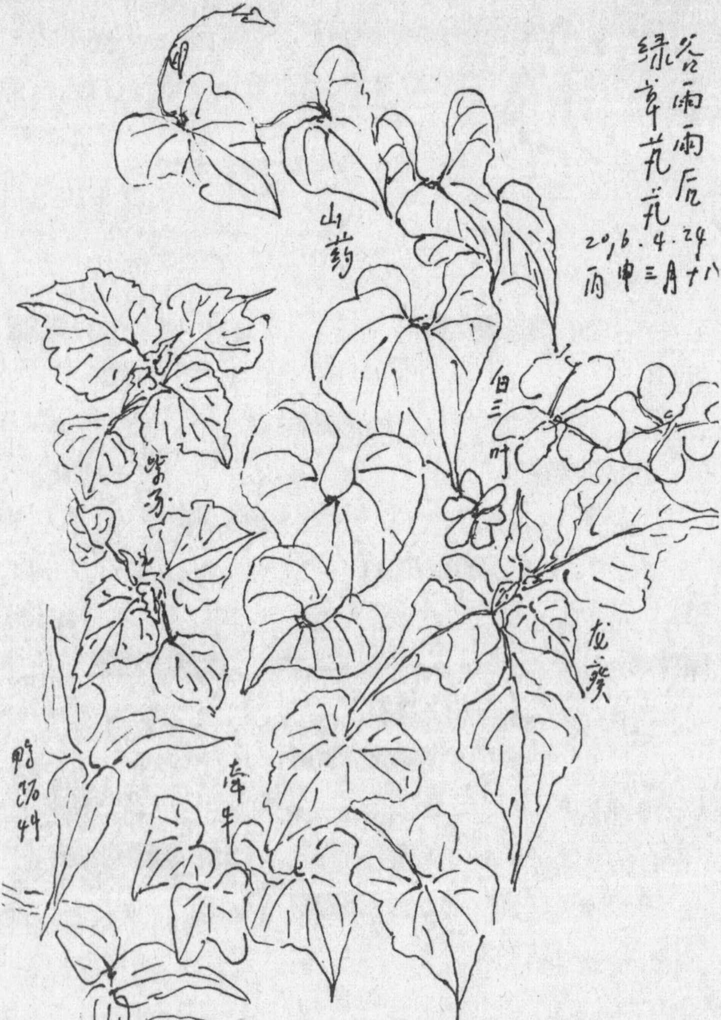
谷雨雨后
绿草芃芃
2016.4.24
丙申三月十八
山药
白三叶
紫苏
龙葵
牵牛
鸭跖草

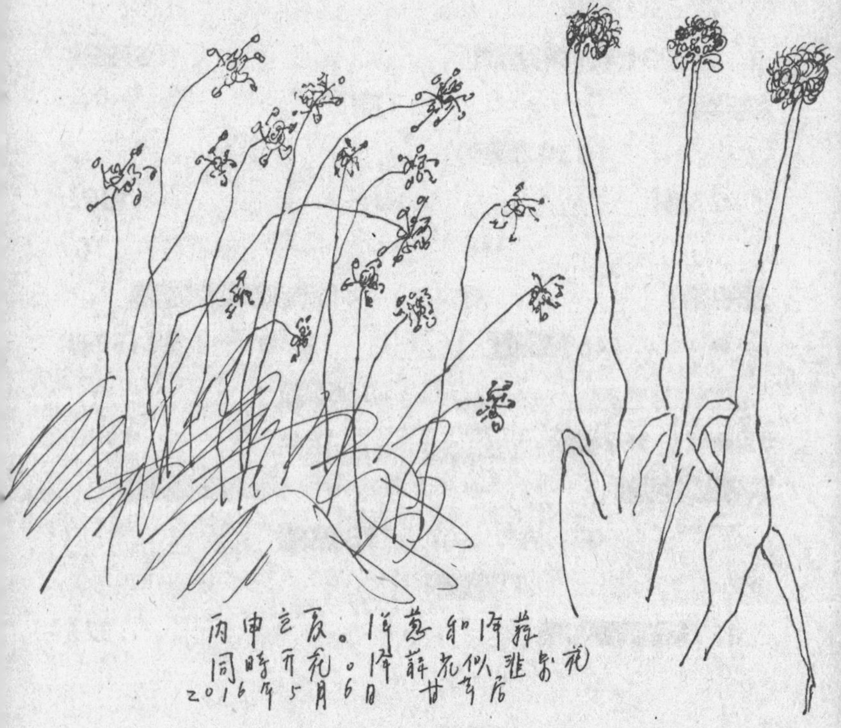
丙申立夏。洋葱和洋蒜
同时开花。洋蒜花似雏菊花
2016年5月6日 甘苦居

嫩三友：枸杞·商陆·黄鹌菜

-41.00
当前状态 支付成功
支付时间 2023年2月4日 15:39:45
商品 四季鲜果蔬
商户全称 商户_高俊超
收单机构 拉卡拉支付股份有限公司
由中国银联股份有限公司提供收款清算服务
支付方式 零钱
交易单号 4200057830202302048516593072
商户单号 可在支持的商户扫码退款
7895282203172572
账单服务
对订单有疑惑
发起群收款
在此商户的交易
全部
[redacted]
-26.90
当前状态 支付成功
支付时间 2023年2月1日 18:53:54
商品 条码支付-总部
商户全称 郑州郑东新区[redacted]
收单机构 随行付支付有限公司
由中国银联股份有限公司提供收款清算服务
支付方式 零钱
交易单号 4200001687202302016190975757
商户单号 可在支持的商户扫码退款
83620230201694267085
账单服务
对订单有疑惑
发起群收款
在此商户的交易
欢迎光临
2023-02-11 18:25:08

商户全称 [redacted]

收单机构 华夏银行股份有限公司

由中国银联股份有限公司提供服务

支付方式 零钱

交易单号 42000592372023021191259

商户单号 可在支持的商户扫码退款

14002023021118184518354427

账单服务

对订单有疑惑　发起群收款

在此商户的交易

[redacted]业管理公司(华研超市店)
票号0002326 机号2031 工号1005
交易时间020-11-25 16:11:21

2135812028060	1.76	2.806	4.94
红薯			
2151143035065	0.96	3.506	3.37
土豆			
2151143036925	0.96	3.692	3.54
土豆			
2151143031241	0.96	3.124	3.00
土豆			

金额: 14.85 件数: 4
折扣: 0.00 找零: 0.15

人民币 15.00

商品质量问题七日内退换
生鲜食品八小时内退换
客服电话: [redacted]

[redacted]业管理公司(华研超市店)
票号0007669 机号2020 工号1006
交易时间020-11-25 16:10:24

2000001444214	10.00	1	10.00
金钱盒桔子			
2000001582695	28.00	1	28.00
小龙眼			
2230291003109	136.0	0.310	42.16
夏果			
2203271003109	45.80	0.310	14.20
正味玉林瓜子			
2136179006227	7.96	0.622	4.95
进口香蕉			
2000001046005	0.30	1	0.30
购物袋大号			

金额: 99.61 件数: 6
折扣: 0.00 找零: 0.00

微信 99.61

商品质量问题七日内退换
生鲜食品八小时内退换

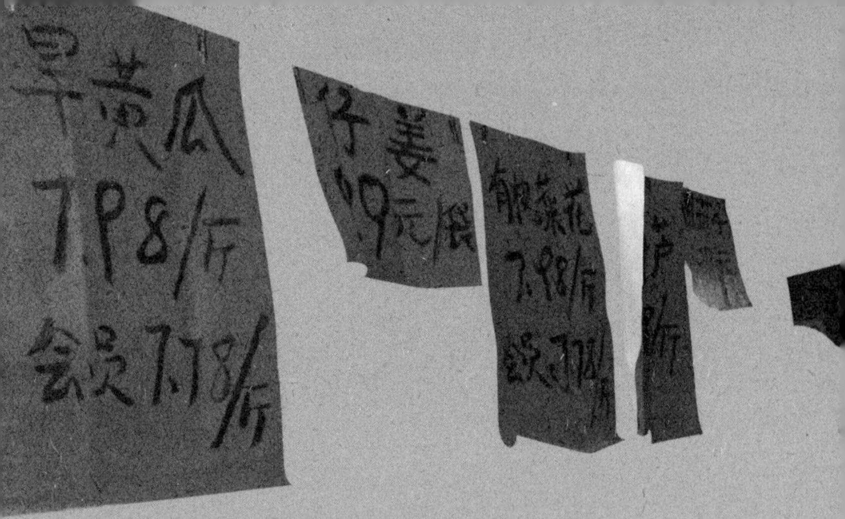
旱黄瓜
7.98/斤
会员7.78/斤
仔姜

文学天地的独行侠

燕口拾泥，著绘一体，
别出心裁，草木物语。

文学天地的独行侠

序 | 李佩甫

如果回到鲁迅的时代，他穿上长衫会是什么样子？

这的确是一位特立独行的人。当人们都在追赶时代列车，破译金钱密码的时候，当物质革命已经把人快要追入绝境的时候，他却回过头来，背着双手，俯下身子去观察那一草一木、一花一树的生长。

与何频先生相识，怕有二十多年了吧？那时，他还在政府机关工作。初次见面就觉得他做人做事一板一眼的，身上有一股散淡的老夫子气。一旦说到什么，必是要引经据典，——考证出处何在，很较真的。之后，渐次读到了何频先生的一些著述：《看草》《见花》《杂花生树：寻找古代的草木圣贤》……别开生面的文字，有扑面而来的草木气息。去年，读到他的《蒿香遍地》，曾随手记下了几句感触："燕口拾泥，著绘一体，别出心裁，草木物语。"他在当代中国文坛，是独具文体意识、个性特征的作家。

何频先生可以说是文学天地的"独行侠"。早在少年时期，他就痴迷文学，很早就在一些刊物发表作品。他读书多，读古人，也读今人；读艺术，也读各样杂说，涉猎极为广泛。在阅读写作中，他渐渐找到了一片属于自己的园地，做了一名植物秘密的破译者。

在何频先生眼中，世上没有完全相同的两片树叶。他通常从路边树、地头菜、脚下草着笔。榆槐椿柳，蔓菁桑萝，没有一朵花一棵草在他笔下是简单的。他熟知它们的小名、昵称和学名，了解它们的前世今生。在追索考证中，他一一书写植物生命的谱系，细细讲述在漫长时光中，它们与人类共生的秘史。

他的写作，不仅讲述造物之美的生命过程，更是从人类既往的文化经验和生活经验出发，对植物生存环境的变化进行现实观照。整体地看，他书写的不外乎人与大自然的情感联结与生命联结。其中，他写得最为自由洒脱的是那些行走在黄河两岸、太行南麓的篇章。杂花生树，遍地蒿香，热腾腾、汗津津的风土民情，以及对大地万物的深爱和痴迷。

何频描摹植物，摒弃了文学修辞中惯常的夸张渲染的手法，细致严谨到可以经受植物学家的审视，却又笔笔朴直简雅生动。他先后在《人民日报》《文汇报》《北京晚报》《南方周末》等报刊频发文章开设专栏，受到广大读者的欢迎。

他在书斋和大地间漫步、思考、写作。“薤即藠头没问题，可它是古代的小蒜吗……”桃的起源和赏梅的季节……那棵榆树开花了，“花苞裂开，变成桑葚似的紫红色花蕊，而榆钱是它的嫩籽……”在《救荒本草》中列举的野生苦菜，第一苦是什么？这苦菜是世界性植物吗？旧时的吴状元又是怎么说的？

……

何频先生又要出发了。

遥远的云端，布谷鸟叫了，声声响彻天宇。

2021 年末

神农尝百草，
一日遇七十二毒，
得荼而解之。

迷失的小蒜

前言

本书继续着散文小品的文字杂碎，仍是我写野菜、青菜、果实与庄稼的，依然关乎着吃。不啻是扮演“绿色吃货”并讲述“绿野先吃”的故事。因为“贪”吃，难免“吃相”不佳。

它续接 2020 年 8 月面世的《蒿香遍地》，堪称姊妹篇。此刻乃 2022 年 4 月底，当我开启电脑撰写这篇前言的时候，甘草居薰风徐来，窗边正楝花纷落，石榴、夹竹桃花红——壬寅年极不寻常的春天已经逝去，夏热和夏绿俨然光临。啊！一个连环节奏颇紧密且舒畅的野菜季，吃野菜包括春野菜和树头菜，等等，今年的第一个野菜季依依告别。接下来，野苋菜、马齿苋和荆芥……夏天的野菜和作物陆续上场，岁月、人生伴随自然周而复始。

我依然延用一篇文章的标题作书名，但本集更有特别的含义。因为《迷失的小蒜》一文，发表于 2019 年 3 月末《成都晚报》的终刊号上。在此前后，纸媒大幅收缩，风光不再。这似乎标志着一种写作形式和年代的转变——我持续十多年的报刊专栏写作大势已去。脱离了报纸这个载体，自媒体和网络写作，分明是另一种式样和风格。好比由慢车老爷车普通列车忽然登上高铁，能不能坐得稳抓得住读者，对我挑战很大。本书所辑文章，不拘大小，都是经过文字编辑巧手剪裁过的，在体量上也足以和《蒿香遍地》对称。回想往事，以《成都晚报》为例，正是因为结缘有个性的马小兵和他主持的副刊，为文颇是欢畅顺畅，在其"三人谈"的专栏专版上，得以和流沙河先生联唱经久。哎！我还没有过完写专栏的瘾呢，《成都晚报》戛然而止——皮之不存，毛将焉附！

民以食为天。洪荒时代，"神农尝百草，一日遇七十二毒，得茶而解之"。野菜文化肇始于人的采集，伴人类与生俱来。野菜文化又因地域出产不同，且随时代风尚变迁，各地自有一脉。中原从《救荒本草》到《河南野菜野果》，甄选从古代到现代的出产，收获品类由414种减少到180余种，反映了社会物质生活的进步，百姓饮食水平的提高。

一方水土养一方人。《诗经》开头，河南从嵇含《南方草木状》到孟诜《食疗本草》，再到周王朱橚的《救荒本草》，吴其濬吴状元的《植物名实图考》姊妹书，草木经典，源远流长。往者不谏，来者可追，自20世纪60年代以来，以科技人员和高校为主，在广泛调查基础上，先后有《河南主要野生食用植物》《河南野菜》等问世。1996年，河南农大续编《河南野菜野果》，撰著者有苏金乐兄，以及我在大别山区新县工作时的同事。我这么说，是说我的草木写作有独自的感悟和追求。

新冠肺炎疫情如飞来横祸，肆虐至今。在壬寅年这个特别的春天，重读邵公邵燕祥的春秋文字，倍感意味深永。4月，上海等地，因防疫封控而纷纷囤货"抢菜"，绿叶菜和好味野菜一菜难求。俄乌战争，使世界两大粮仓供应波动，拉动且加剧多国的粮食风险与危机。仿佛荒诞剧且十足魔幻，这是怎么了？对我个人记忆与人生的体验而言，重温《救荒本草》，再续《蒿香遍地》，迷失与错乱的不仅是一味《迷失的小蒜》。

作家舒飞廉与我同属华中师大校友，他年轻，是母校中文系的教师，却是我在《文汇报》副刊“笔会”多年的文友。《蒿香遍地》出版与他有关，我曾要他为本书作序，他却执意要换成读后感与书评的方式，一连写下好几篇评论，特选一篇发表在《湖北日报》上的收入此书。我与李佩甫大兄相识久矣，连年读他的书受益多多，这次求他作序怯怯地，仿佛游方僧仰仗大和尚摩顶受记。党华编辑和刘运来兄为本书出版助力，还有马达总编辑，我一并表达感激。

2022 年 4 月 27 日于甘草居

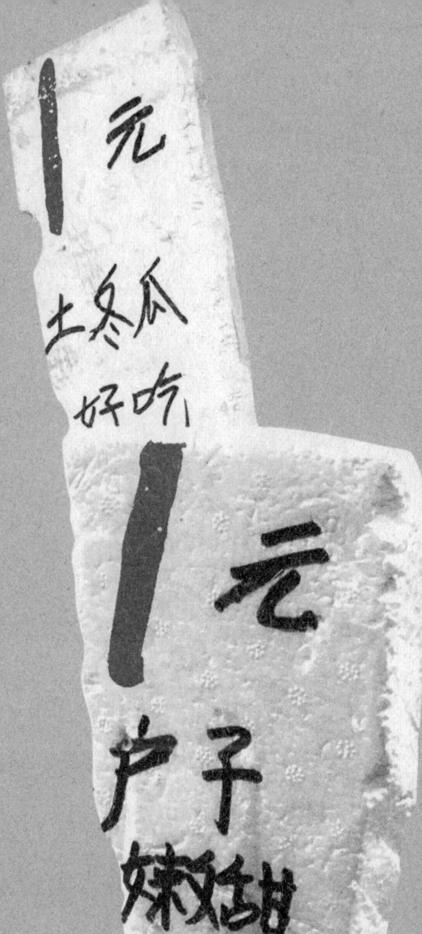

本书所用部分图片为市井实拍图

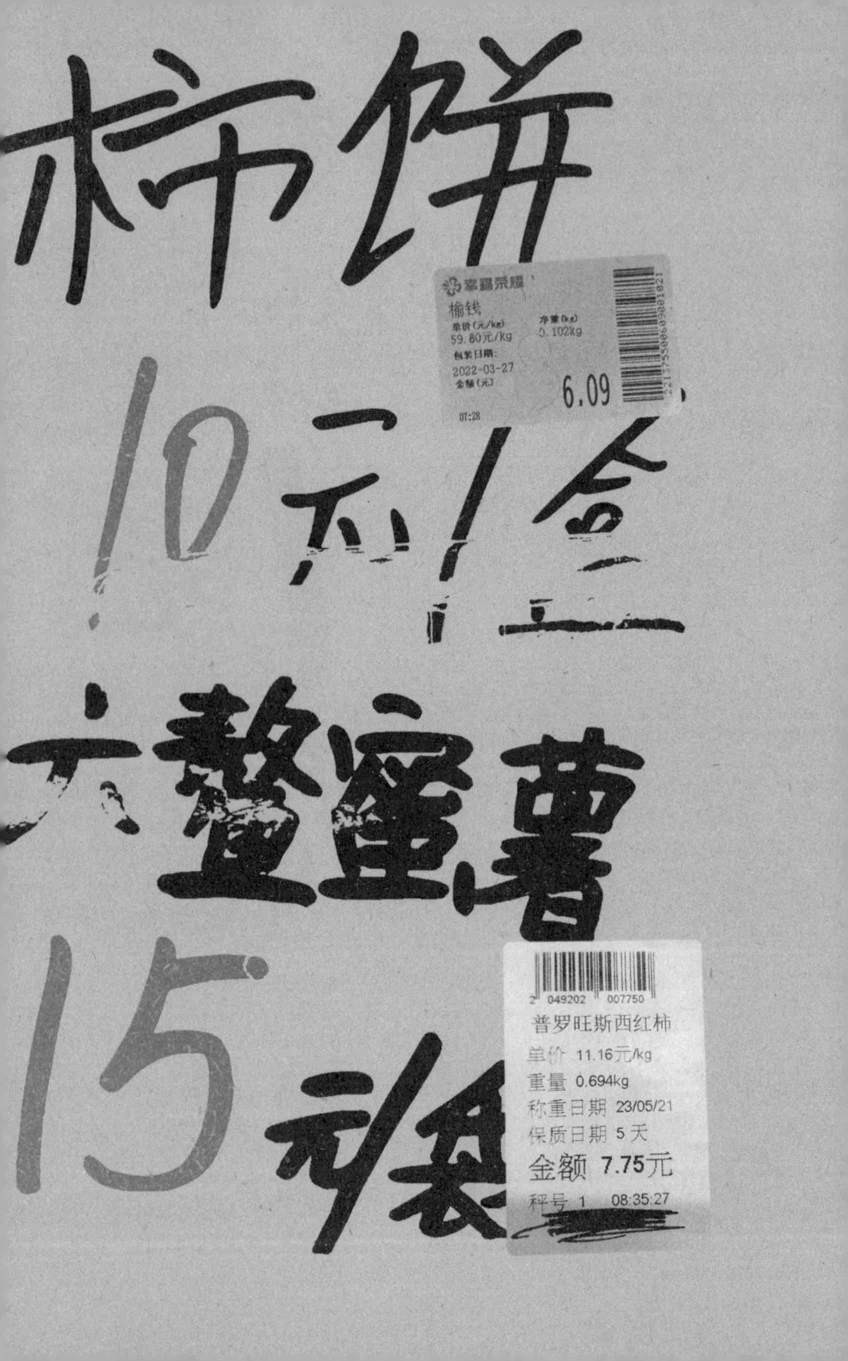
柿饼
10元/盒
榆钱
单价(元/kg)
59.80元/kg
净重(kg)
0.102kg
包装日期:
2022-03-27
金额(元)
6.09
07:28
整蜜薯
15元/袋
2 049202 007750
普罗旺斯西红柿
单价 11.16元/kg
重量 0.694kg
称重日期 23/05/21
保质日期 5天
金额 7.75元
秤号 1 08:35:27

韭菜（绿色食品）
9.90
幸福荣耀
槐花
单价(元/kg)
99.80元/kg
净重(kg)
0.122kg
包装日期:
2022-03-27
金额(元)
12.17
07:26
单位:份 规格:
等级:无 产地:驻马店
监督电话: 12345/12315
51160
价签ID
新蒜苔
鲜
零售价
3.68
元/500g
带泥新大蒜
单价:
重量:
7.98元/kg
0.796kg
2023.05.27
总价: 6.40元

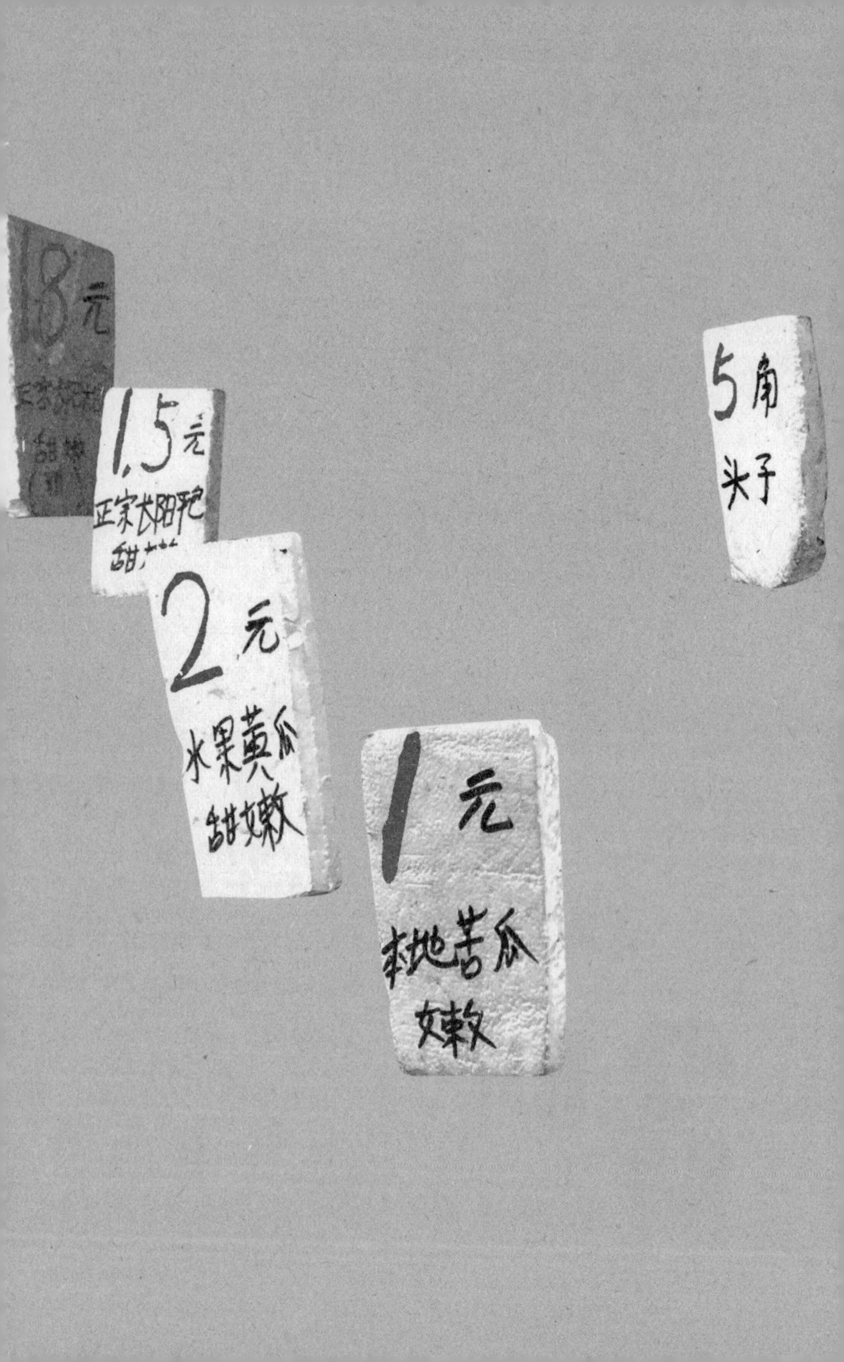
18元
1.5元
2元
水果黄瓜
甜嫩
5角
1元
本地苦瓜
嫩

一方野菜

某种野菜，
此吃彼不吃，
涉及风土人情与民俗演变。

一方野菜

人说“酒行一方”。又说“一方水土养一方人”。野菜也是这样的。

一岁早绿的枸杞头也叫甜菜芽，是东南地带有名的春野菜，颇受人喜爱。行至南粤和粤西，好野味的广州和桂林人也好这一口，阳朔古镇的农家菜，以酒酿打底而重口味，末了用新鲜的枸杞头烧汤似醒酒汤，客人喝过了心生喜欢。但南太行地区我的老家人，过去从不选择吃枸杞头，反而喜欢口头苦一点、涩一点的野菜和树头菜，经过水瀹水浸处理后，粗糙而略带咬劲。因为大长一个冬天，猫冬的人见天烤火烧煤，内心干热，嘴里无味，需要苦涩刺激祛火。同样的道理，苦菜在比较荒凉的口外和西北地带最吃香。那里的苦菜分甜苣和苦苣，6 月初，雨后见大同人在早市上成袋卖苦菜。而去年秋天在榆林，早市上还是成袋卖苦菜。十月小阳春，秋生的苦菜霜打过更美味，当地人这时要腌苦菜。话说一个老婆婆，冬天在暖炕上生病，病恹恹的什么都吃不下，而半夜里忽然吆喝着要家人舀半碗苦菜缸里的酸汤给她喝，喝了顿时就舒坦安稳，精神焕发了。

土名叫蛤蟆皮、学名为荔枝草者（属唇形科），是丹江水边人家春来爱吃的一种野菜。这种东西，郑汴之间黄河湿地也多，开春最早出苗，叶宽而绿带皱纹，紧贴着地皮草皮，比白蒿和米蒿都显眼，但是郑州地区认识它的人少，罕见采蛤蟆皮当野菜吃的人。

《救荒本草》所载的葛勒子秧，即学名为葎草的一年生杂草，北京和太原以北罕见，中原与南方地区，分布广泛。这家伙长大了，吐蔓儿扯秧拉人的手，人叫它涩拉秧。因为它夏秋的时候，横行霸道乱长，肆无忌惮，为此，皖北人还形象地叫它恶狼狼。在我的老家怀川，似乎只有温县人于春天里大量采之，沿街叫卖，拿它的嫩苗拌面蒸食，如关中人爱吃的“麦饭”；冀中人

1 No. 葎草

Humulus scandens

2017. 9. 17　郑州　甘草居

好吃的"苦累"一样。周王说葛勒子秧："《本草》名葎草，亦名葛勒蔓，一名葛葎蔓，又名涩萝蔓。南人呼为揽藤。旧不著所出州土，今田野道旁处处有之。其苗延蔓而生，藤长丈余，茎多细涩刺。叶似萆麻叶而小，亦薄。茎叶极涩，能抓挽人。茎叶间，开黄白花。结子类山丝子。其叶味甘苦，性寒，无毒。"

艾蒿曰艾蓬者，是江南人做青团与清明粿的必备。但是，在南太行，包括河南大多数地方，春天没有人用艾蒿入馔。还有大名鼎鼎的马兰头，是苏沪杭地区民间的最爱，包括江西的婺源山区与皖南，我都见当地人春天贪吃马兰头，调吃炒吃下锅吃都有。可是，河南河北西北，包括两湖和西南地区，人们没有吃马兰头的习惯。鱼腥草土名折耳根，是陕南及云贵川民间的最爱，豫南大别山里也有，却没人吃。开春在鹰潭和婺源一线行走，玉兰花和杜鹃花下边，鱼腥草的幼苗是肥嫩的紫红色，婺源人叫它红竹茶，认识它也熟悉它，连连摇头，声明不吃它。周王朱橚乃朱元璋的儿子，是皖人，他编撰的《救荒本草》里有马兰头，但没有柳絮、蕨菜和蔓菁。河南就是与东南地区接近的商丘、周口和信阳等地，人们至今也没有开春吃马兰头的

《本草》名葎草，亦名葛勒蔓，一名葛葎蔓，又名涩萝蔓。①

《救荒本草》 朱橚

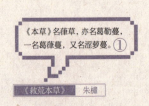

风俗。倒是我在郑州市区的金水河边，前两年，清明过去一点，洋槐花大开的时候，看到一个上年纪的妇女在新栽的草皮麦冬草里，挖名叫马兰头的野菜。这里怎么会有马兰头呢？对方是省旅游和外事接待系统的退休人员，自称无锡人，她分析，可能是这一块新换的草皮，才从江南某地移植过来，带来了马兰头。小小马兰头寄托了她的乡愁，让她欢喜。

今年更有意思。今年农历二月清明，春绿来得早。二月二前后，竟然在市区的庭院里发现了人工栽种的马兰头。同样是省旅游系统的，这回是上海籍的女主人。——我的单位对面，20 世纪 80 年代公寓楼老院子深处，一家人在门前种有枸杞和马兰头。男主人说，他们从同乡那里移来的，原来的炮兵指挥学院的政委是上海人，爱吃马兰头，特地种了马兰头。不一会儿，女主人出来了，自称是上海籍的新疆知青，后来调到郑州来了，总想着开春要吃马兰头的，家乡的口味，从小吃惯了。说着，他们要我随意采一些回去，当天夜晚，在家做一碗豆腐汤，末了放入青嫩的马兰头，它特有的清香就溢了出来。随着“西湖春天”在郑州落户多年，豆干马兰头，这道分量不大的开胃小菜，已经使不少郑州人熟悉了它独特的风味。

风土、风味、风物、风习，或曰土宜、土俗、土物、土特产者，在《现代汉语词典》里都是有关联的近义词，关系着一个地方的风俗与特色。某种野菜，此吃彼不吃，涉及风土人情与民俗演变。一方野菜，也是文化地理的标志之一，故而周作人小品《故乡的野菜》显得隽永和意味深长。

2016年4月6日于甘草居

春来蒿先绿，
比柳和杞绿得还早。

遍地蒿香

马年春节，“破五”和立春相逢于同一天。节日到北京旅游的人很多，老同学徐哥做东请吃饭，这天正应着“咬春”和“破五”吃饺子的风俗二合一，前门一带的饭店，家家都热闹非凡——有老北京团聚，几家人围着吃春饼套餐的，也有外地人排队吃烤鸭或涮羊肉的。大伙就着薄面春饼和卷烤鸭的小面饼，人人卷食碧绿的香葱和生菜，同时又蘸起甜面酱，嚼着青萝卜条或“心里美”红瓤生萝卜皮；热气腾腾的炭火涮锅里，食客不只下油脂白的大白菜叶，也有嫩绿的生菜和茼蒿。徐哥是湖北人，在北京工作久了，入乡随俗，按北方“破五”吃饺子的习惯，又特意点了一份韭菜鸡蛋馅儿的素饺子。昔日邓云乡讲《春盘故事》，引古人语，“立春日，都人做春饼，生菜，号春盘”。而眼下迎春的餐桌上，铺排着各式各样的绿叶蔬菜，远非旧年的苦寒可比。岁时节日，通过饮食传承光大，分明演变得空前热烈和丰富了。

说风俗节令，无论中外，总与吃食紧密关联。但华夏先祖，早就开启了通过饮食而保健养生的传统，讲究食疗、食补和药食同源。民间尤其看重春日吃蒿。早春的江南，“蒌蒿满地芦芽短”，芦蒿、藜蒿和茼蒿同时应市，而茼蒿的味道，略似菊苗，与芦蒿味近。唐代的《食疗本草》说茼蒿为同蒿，另外，还记录有白蒿、青蒿、邪蒿等几种可食用的野蒿。我的老家人应时要吃的便是白蒿。

《翰墨记》：“洛阳风俗，以二月二日为花朝节。士庶游玩，又为挑菜节。”“二月二，龙抬头。”惊蛰的雷声，一把撩开春绿的门帘，春雨滋润过的土地，新生的野菜和青草，首先沿着田埂和沟坎绿成一线一片。老家隔着黄河，看得见一脉邙岭两边连着的郑州、洛阳。老家人过二月二，河边的平地人家，一直有吃“菜蟒”的风俗，用野菜做馅儿，蒸好大的花卷馍。“正月茵陈二月蒿”，二月的野菜，白蒿品最高。《食疗本草》里孟诜记白蒿：“春初此蒿前诸草生。捣汁去热黄及心痛。”①但它却一味靠着黄土岗和向阳的沟壑边缘生长。早春，在霜雪浸染过的枯草里寻找白蒿细茸茸的嫩苗不容易，类似西北人在沙漠里搂发菜。本地也多荠菜，方言叫“木锨花”，但与这个时节江南时兴吃荠菜、马兰头不一样，老家人总要先吃白蒿。这或许和北方人过冬烤火，“猫冬”久了生内热有关。就是吃别的野菜，为去火而贪苦味的也居多。白蒿现在的吃法，与古人用醋腌着吃，和民国还兴的茵陈酒不一样了，常用面粉拌了蒸食，轻轻上笼一蒸，不用放油盐最好，散散碎碎模样，淡淡的土地味道带着隐约的清香，一碗下肚，浑身就通透了。

白蒿与蒿草伏地而生，仅比地衣高一个层次，属于草木最下者而最接地气，有益打通人的血脉。吃过白蒿一类春蒿的食物，人就活泛了，增强了抵抗力。若遇到一冬干旱而白蒿稀少，乡邻为找不到白蒿会很着急。传说，孟诜当年做官在武则天一朝。原本他也是进士出身，史料记载，他先后出任凤阁舍人、春官侍郎、侍读，外放做过台州司马、同州刺史，人称“孟同州”。

《食疗本草》 孟诜

春初此蒿前诸草生。捣汁去热黄及心痛。①

但他也没少受官场的窝囊气，“不为良相，便为良医”，最终出局回归民间，隐身草泽之间，在老家活到九十三岁高龄。作为“药王”孙思邈亲传的弟子，孟诜结合自己的体验，身后留下《食疗本草》一书，深深影响了后来的医家和美食家。如今，在河南汝州的孟庄村，还遗留了他为改善乡邻生活环境而打的一口水井。

二月踏青绿未遍，所以邓云乡说“讨青”。二月里来好春光。农家开始忙于松土备耕，灌园浇麦，兼了食蒿挖野菜。三月三，清明把春的波浪推向最高，回乡祭祖和上坟的游子，从四面八方赶回老家，既悼念先人，又兼了春游。大地以淮河为界分南北，北方种麦，南方种稻子和油菜。豫南大别山里人上坟烧纸，采杜鹃花，同时也吃米蒿。主人说，用面粉裹了新蒿吃下去，可以把小鬼和邪气带走。楚俗好巫，当地纪念先人的花圈非白色，而全部是红色鲜艳的各式纸扎。此时，乘火车沿着京九铁路南下，大别山连着鄂东一带，透过车窗，看油菜花里的上坟人，男子担着上坟的花篮，女人和子女持物跟进，大人小孩随风在漫漫花海里飘摇，仿佛是坐轿子。这时，在蕲春李时珍的墓园里，当地人给李时珍上香祭拜，还不忘采一把墓头草，说是百病可医。还有人随地采艾。艾叶，又名艾蒿和艾蓬，同样可以入馔的一种香蒿。李时珍说，原产于靠近黄河的汤阴一带者称北艾，产于宁波一带的为海艾。但风水轮流转，从明成化年后，医家开始重视鄂东之艾，名曰蕲艾。李时珍父亲特地著有《蕲艾传》。而艾与蒿一样可以取汁液染米面食用。《本草纲目》转引《食疗本草》的内容：春月采嫩艾作菜食，或和面作馄饨如弹子，吞三五枚，以饭压之，治一切鬼恶气，长服止冷痢。清明时节，苏州的青团，徽州人吃的清明果，都是同样的方法，在踏青的时候，采取野外的嫩艾与青蒿，取汁染面食用，贪的是一口春天的气息。

春来蒿先绿，比柳和杞绿得还早。春愈浓，一世界铺天盖地是蒿草的蔓延。随着春天的脚步，北方从“小青缀树，花信始传”到江南“杂花生树，草长莺飞”，民间总动员，都要踏青食蒿。野蒿入馔普遍，实际的种类，远比《食疗本草》多而驳杂，假设通过各地的田野调查，不难续写一部清香扑鼻的《中华食蒿谱》来。春天过了，就是临近端午节的时候，而闽粤赣交界地区的客家人，说艾蒿是香艾，还要打艾草吃艾草食品。如此遍地蒿香不断头，我想这是中原风俗的隔代遗传。

（选自 2014 年 4 月 7 日《人民日报》）

四季梅，是个什么梅？

“四季梅”即丝棉木。

夏天去山上，在有“太行云顶”美称的陵川县避暑读书，我仔细读了一部“文化大革命”之前出版、郭沫若题署的《陵川县志》。南太行是个大拐弯，晋豫上下唇齿相依，类似一盘石磨，晋东南所属的陵川处于枢纽，下面襟带辐射，自西向东而北，依次是河南的修武、辉县和林州（林县）等市县。例如，云台山风景区的老潭沟大瀑布和茱萸峰等归修武，但流水则源自陵川县的夺火乡，那里人因故造景曰上云台。上下云台，因水而连，悬崖千丈，直冲霄汉，赖曲折萦绕之修陵（陵修）公路为穿山纽带。这部县志是 1963 年印制的，扉页里的照片，有一幅是当年 11 月，时任中共中央书记处书记、华北局第一书记李雪峰，和山西省委第一书记陶鲁茄在陵川视察林业与药材种植的黑白照片——地方领导陪同他俩依着古树“四季梅”合影。

名为四季梅，但它的姿影不类梅树和蜡梅。反之，与北方习见的高大乔木，像落叶后的黄楝树和核桃树一样枝丫开张。那，这是个什么梅？

当年深秋再上山，退休了受聘在那里教书的二哥，陪着我们实地探访四季梅。岭上紧挨着晋城过陵川去长治和壶关的公路，县城西门外有座小庙乃大树遗迹所在。一个闭门不开的小庙很静穆，是山神庙吧，白墙黄瓦，红艳艳的大门配湖蓝色的楹联，门联及门额是：

一县好景四季梅

二神保佑万年青

一方清泰

当年领导人合影的背景，有树无小庙；刻下有庙而无老树。说是多年前失火，将枯干的老树烧去了。周围并无人家，所谓“二神保佑”，不知何神。但森森柏树环列之间，大大小小逸生着五六棵树，曰老树儿孙。晋地海拔高而天冷早，四季梅无叶了，树上和地上有零星果实，蓇葖果星星形状梅红色，里边的种子是西洋红。这一看我有数了，我判断这是卫矛科的落叶树，叫丝棉木。莫非因为这树上的果实，秋冬时节星星点点满树红，像想象中的梅花而叫它四季梅？这是陵川人的梅花崇拜吗？类似北方各地不同名目的替代茶一样，诸如流苏树和连翘，也叫茶树和茶叶来着。也真是巧了——多年来，为了这丝棉木我处处留心，知道它是北方的原产且挺靠北的，可是不知道它还有个诗意化的名字曰四季梅。弯下腰在这里寻寻觅觅，仔细查看，就发现石头缝里和庙墙边有落籽而生的小树苗，实实在在土生土长。我说不怕，等它来年出叶开花时可以验证。各地都有深爱家乡风物、传奇的有心人，二哥把我的意见和当地人分享后，果然陵川也有人知道这“四季梅”即丝棉木。而且，丝棉木在陵川还有个土名叫“永杨树”，春生的嫩叶可以吃，是野菜，树头菜。

丝棉木有好多别名——白皂树、白桃树、明开夜合、桃叶卫矛、白杜、鸡血兰、野杜仲、白樟树，等等，但不见四季梅和永杨树。郑州原本丝棉木不多，现在多了，现代化的绿廊绿道，有的地段全是丝棉木。油绿叶子很软很密实，像南方嘉木，深秋叶子发黄变红，秋冬甚至早春，满树小红果红雨雾一样，很招摇。记忆颇深的，在大同云冈石窟景区，绿化树很多丝棉木。距离麦积山石窟不远，天水有名的古寺南郭寺里，不仅横着最古的古柏，还有老大一株丝棉木倾斜着靠墙生长。北京也有，土名直呼卫矛。燕园未名湖邻着大石舫，湖心岛有一片丝棉木，6 月开花，黄绿色小花与卫矛科的大叶黄杨开花差不多。而相对于陵川人叫它四季梅，我的老家，山里人在门前栽树植绿用于避邪，有的是四楞卫矛，有的是丝棉木，统称为“鬼见愁”。

江南和南方也有。元旦在寒山寺听阳历年的年夜钟声，南门临河一角，出墙红树是一株老丝棉木。此树之叶水红色，水灵灵的有点俏，不同于乌桕猩红严肃浓重。2019 年 5 月底，朋友黄政一寄书给我，是远东出版社新出的《浦东中医史略》，书的末尾附了一个《浦东地区中草药选介》，也有丝棉木——俗名添叶树、白桃树。枝、叶药用。外用解漆毒。主要用法：漆疮，适量煎汤熏洗，也可与香樟木等量煎汤熏洗。①

2019年12月13日于甘草居

枝、叶药用。外用解漆毒。①

蒲公英春来要开花的时候，头一年的落叶树还没出叶，就是城市绿地，郑州的大小草坪也尚未返青。就这样，第一茬开花的蒲公英没有叶子也不抽莛，硬生生开花，像金黄的钉子和小蘑菇似的紧贴地面，在粗糙的草皮间眨巴着眼睛急着探春。

《野菜谱》
谓之白鼓钉。
又有孛孛丁、黄花郎、
黄狗头诸名

但它并非花叶不相见的彼岸花。过清明了，黄河岸边柳杨飞絮，麦苗起莛有了波动，蒲公英放肆地在农家房前屋后密集开花，在路边和果园里蓬蓬勃勃开花，一棵蒲公英就是一扑棱，一个绿蒲团，多的要一并开放十几朵花。春来郊游踏青，当下遇到樱花桃花紫荆花不难，假如碰巧能遇到成片开花的蒲公英，大地锦绣那才叫名副其实。而蒲公英的神奇，远不止开黄

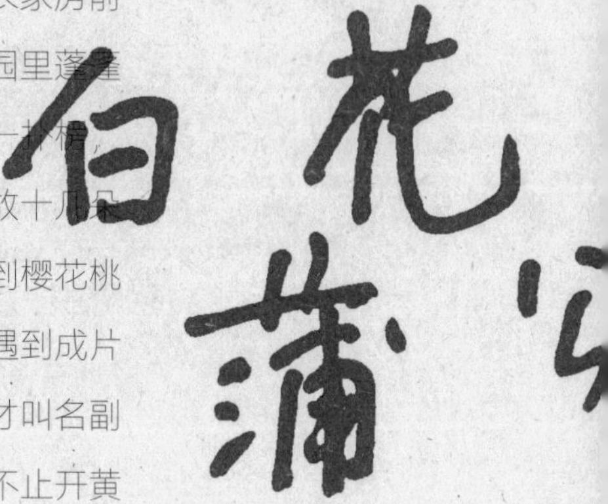

花一种——夏天的五台山有开红花的蒲公英，紧凑而毛茸茸的花心是浓密的蛋黄红。而令我印象最深的是在豫南固始县踏访吴状元的墓，墓碑刻了“中国杰出的植物学家吴其濬之墓”。有道是“梨花风起正清明”，而清明时节，围绕着吴状元的墓园，大别山丘陵地带出奇地开满了白花蒲公英。

单说状元和植物学家，不足以概括墓主的身份，因为他还戴着总督与巡抚的高帽呢！

吴其濬（1789—1847）于嘉庆二十二年（1817）高中一甲一名进士，即头名状元，这年他 28 岁，也是有清一代河南省唯一的状元。家族辉煌时，他和哥哥、父亲曾经父子三人同朝为官。吴状元先后做过翰林院编修和兵部侍郎等朝官，外放做过学政，逐步又高升湖广总督、云南巡抚等。1847 年，58 岁逝于山西巡抚任上。

尽管做过封疆大吏，宦迹半天下，但他青史留名，只因著述《植物名实图考》《植物名实图考长编》姊妹书。

和前人的同类著作比较，《植物名实图考》的精彩和出彩，在于其中的1800余幅绘图插图，绝大部分是对景写生，白描而得。图像可以精确到种属——例如，园林植物中的枸骨和十大功劳，它们本来在江淮丘陵地带是野生的，其土名和俗名重复又重叠，诸如猫儿刺、猫头刺、老鼠刺，还有鸟不宿、鸟不落等，彼此分不清楚，连《本草纲目》也没说清。而《植物名实图考》分别为枸骨和两种类型的十大功劳，实地绘了图——两幅功劳图，一细叶十大功劳，一阔叶十大功劳。据此，现代的植物学家才得以界定其科属，枸骨是冬青科，而十大功劳是小檗科，是两种不同的山地植物。吴其濬为自己的著作和田野考察监制绘图，超过了前朝《本草纲目》《救荒本草》的绘图水平。

读书人吴其濬，怎么获得博大精深的植物学知识呢？他高中状元不久，嘉庆二十五年父亲病逝了。祸不单行，接着，在朝为官的长兄和母亲也相继去世。为此，吴其濬一连在固始老家守孝八年。他在家乡置地建园名“东墅”，作为自己的植物实验田。后来为官在各地，处处留心植物。吴其濬将自己在各地采集和考察草木的足迹和信息，分别记述在《植物名实图考》《植物名实图考长编》姊妹书里。北京学者程宝绰先生，仔细梳理之后撰有专文说：其中“记少年生活 7 处。考察植物，北京 6 处，广东 8 处，湖南 3 处，江西 24 处，云南 16 处，其他地方 15 处。问讯群众 9 处，采视植物 15 处，种植实验 8 处”，等等。

蔓菁是一种古老的根茎类蔬菜，和后来的红薯、土豆一样，可以备作荒年救饥的口粮。而边疆至今也多蔓菁，新疆名恰玛古，藏区曰圆根。自古以来，秀才们弄不清萝卜、蔓菁的关系，萝卜、蔓菁（芜菁）、大头菜加在一起，累世的一笔糊涂账。吴状元为此着急：“余久滞江湖，久不睹芜菁风味，自黔入滇，见之圃中。”他在丽江一带，发现当地人大量种植蔓菁，人们普遍以燕麦和青稞为主食，煮蔓菁汤吃青稞面馒头。“蔓菁耐寒，割而复生，又为复生菜。然则蔓菁之用于维西也大矣。”①又查阅了地方志，滇西种蔓菁，“夏种秋收，户户晒干囤积，务足一年之粮……唯广积之家，用以代料饲马”②。

2018 年，中华书局重印吴状元的姊妹书，特地用 1919 年排印本。2019 年，又值吴其濬诞辰 230 周年。我一直留心相关

蔓菁耐寒，割而复生，又为复生菜。然则蔓菁之用于维西也大矣。①

《植物名实图考》 吴其濬

《植物名实图考》 吴其濬

夏种秋收，户户晒干囤积，务足一年之粮……唯广积之家，用以代料饲马②

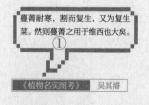

的资料，有意思的是，清朝豫南有吴状元，豫北安阳有马丕瑶（1831—1895），同治进士。马丕瑶开头在山西为官 20 年，从知县、知州而布政使。吴其濬的书在山西太原付梓印行，马丕瑶受吴其濬影响，后来到广西当布政使和巡抚 4 年，于当地大兴农桑。其女儿嫁到尉氏刘家，改名刘青霞，为近代女侠。他的二儿子马吉樟乃光绪进士，辛亥革命后任总统府内史和秘书，曾带着妹妹刘青霞去日本考察。他给大总统徐世昌上书，劝印吴状元的书：“吴中丞其濬，著《植物名实图考》巨帙，旧藏太原府库，先中丞曾自印数百部，迄未通行。而日本农科大学，另镂小版为教科书，略举二事。我不自宝而邻国宝之，如颁此等为吾国教科书，不较佥于猫狗经，及时流肤浅眭漏之册子乎？”他不知道，当时商务印书馆已经在排印了。甘草居有本 1919 年出版的精装本《植物学大辞典》，郑孝胥题签，伍光建、蔡元培、祁天锡和杜亚泉四人作序。后面印着出售《植物名实图考长编》的广告，曰“洋装二册，定价十二元”。

所以，中华书局再版吴其濬的书，特地声明用的是商务印书馆当年的版式，算是纪念五四新文化运动的小插曲。《植物名实图考》说蒲公草：“蒲公草，《唐本草》始著录，即蒲公英也。《野菜谱》谓之白鼓钉。又有孛孛丁③、黄花郎、黄狗头诸名，俚医以为治肿毒要药。淮江以南，四时皆有，取采良便。”而《野菜谱》说的白鼓钉，是吴状元墓地的白花蒲公英那种吗？

2019年3月30日于甘草居

蒲公草，《唐本草》始著录，即蒲公英也。③

《植物名实图考》
吴其濬

两种苜蓿

紫花苜蓿，
是优质牧草。
南京秧草，上海草头，
是同一种东西，
即开黄花的苜蓿草。

庚子春节，从年初一避疫禁足，郑州人连续五十多天被困在家里，死沉沉的，错过了开春踏青食春野菜，吃第一茬好味野菜面条棵、茵陈（白蒿）和荠荠菜的脚步。人啊！一直憋到春分节气当天，好不容易盼到门禁大开，人可以自由行动了，但春不等人，树上梨花和桐花已开，地上的荠荠菜，开花已开老了。野菜有地域性也有共性，地不分南北，古来百姓开春而食荠的口味相同。三月三也是荠菜生日，各地关于荠菜的传说颇多精彩。江南口头禅：“三月三，荠菜花儿赛牡丹。”鄂省武汉人说：“三月蛇出山，地菜煮鸡蛋。”总之，春分清明之间，这时草长莺飞，荠菜长老了，人们只能拔乱草一样，带籽拔下来，放到大锅里煮鸡蛋吃，避邪。

春天三步——早春二月初，虽然二月二、二月十二和二月半，历代说法不同，有三个“花朝日”花神节，但“乍暖还寒时候，最难将息”。春至春分而姹紫嫣红，百花竞开，这才“春眠不觉晓，处处闻啼鸟”。但春天拦腰过半，树头菜和地野菜，香椿芽、花椒叶、构棒和榆钱，地上的蒲公英、苦菜及二月兰、灰灰菜、长寿菜……长得可以了，比早春的野菜品类更多。吃野菜像本地土话一样，十里不同俗。大河两岸的河南人，与西北人和陕西人不同，不吃苜蓿菜，多不知道苜蓿长啥样。苜蓿、葡萄，因张骞出使西域而得，《中国伊朗编》考证苜蓿来华线索，步步为营。此苜蓿乃紫花苜蓿，是优质牧草，不仅古之汗血宝马大宛马，包括今日饲养之牛羊，同样都离不开这种苜蓿作饲料。远不止西北了，当下很多地方，缘于传统农业变革而推广种植苜蓿，杨柳新翻，蔚然成风矣。而嫩苜蓿，对于种苜蓿者而言，还是一品好味野菜。《救荒本草》说的苜蓿，指的是这个典型的西域苜蓿：“出陕西，今处处有之。苗高尺余，细茎，分叉而生。叶似锦鸡儿花叶，微长；又似豌豆叶，颇小，每三叶攒生一处。梢间开紫花。结弯角儿，中有子，如黍米大，腰子样。味苦，性平，无毒。一云微甘，淡。一云性凉。根寒。”救饥：

“苗叶嫩时，①采取煠食。江南人不甚食。多食利大小肠。”就凭这最后一句“多食利大小肠”，分明是一味打灯笼难寻的健康野菜呀！

我说自己摘食苦葫芦而中毒的事时，提到老板的大工地闲置。是的，这个工地撂荒了，长满野草，还有柽柳和紫花苜蓿多多。因为要画插图，实地观察苜蓿看苜蓿，并对照周王的苜蓿图，我才发现这没来由的一地的紫花苜蓿，开花却不结籽，但花期长，叶子能绿到初冬下霜时候。于是，我忧着挂念着这里的苜蓿，虽然避疫在屋，可是春分一开禁，我赶紧过来，谁知道已经有人先下手了，好在一簇簇绿色苜蓿滚绣球似的乱生，很多很多。我是带着剪刀来的，准备剪苜蓿，谁知道不用剪刀，虽然它苗高一尺余，但很嫩，用手掐苜蓿最宜。一下子弄了两兜回来，中午，对照着西瓜视频里，陕西人蒸苜蓿吃麦饭的方法，让我的太太蒸了一锅——乖乖！真好味野菜也，比面条棵和灰灰菜的味道与口感都好。有咬劲，味微甘，不苦不涩。我还用吃茵陈白蒿的老办法，先吃原味的，再加醋蒜吃。一连吃了两顿，套用一句年轻人的时髦话，老夫我吃了又吃，“根本停不下来”。

出陕西，今处处有之。苗高尺余，细茎，分叉而生。①

《救荒本草》 朱橚

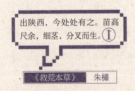

“江南人不甚食”紫花苜蓿，但是，江南人也吃苜蓿，美其名曰“早春的金花菜”。南京秧草，上海草头，是同一种东西，即开黄花的苜蓿草。此草对于水田种稻而言，类似紫云英，原本家常的肥田植物。但其嫩苗入馔，由来已久，鲜食和腌食小咸菜，老少咸宜。不包括古徽州，江南人一般没有蒸食春野菜的习惯，上海本帮菜浓油赤酱，里面的“草头圈子”“酒香草头”等吃的就是这一品细嫩的苜蓿草。

苏州上海一带，早春开春，兴马兰头、枸杞头、艾蓬、鼠鞠草。艾蓬和鼠鞠草，草蒿与麦青，皆用来做青团。寒食清明禁火吃冷食，由古俗演变而来。今春缘瘟疫而物价高，我望网兴叹——无锡江阴青阳镇，百年老店卖青团，豆沙芝麻馅，4 元一只；笋干鲜肉的 4 元 5 角，蛋黄肉松则一只 6 元。上海福州路上海书城对过，“老半斋”新卖刀鱼汁面，即所谓的江鲜春刀鱼，用于煮汤下面，直接标 100 克 36 元；肴肉切片，一片肴肉 10 元。3 月中旬以来，各地出现“书记市长下馆子”新风景，为救市努力带动消费。郑州市区，3 月 20 日春分当天门禁宽松，大街上车与人多，门市全开。24 日这天，澎湃新闻小视频播报上海“老半斋”食面堂客满当当的，中午这边还不显，下午天气好，牡丹和紫藤、晚樱纷纷开花，白蜡、白杨树也绿了，黄昏日落时分，门口小街小吃店，灯火早明，亮堂堂的，红男绿女面对面吃串串和饮咖啡奶茶，以及围着喝白酒、剥食猪蹄叫花鸡，城市骤然活泛，一下子又热闹起来了！

2020 年 3 月 25 日于甘草居

两种二月兰

二月兰，一双开春而花的同名草花。一高一低，一显一隐；一紫红间白，一紫蓝间微红。一种是十字花科的又名诸葛菜的二月兰，另一种，老北京则把堇菜科的紫花地丁也叫二月兰。后面这个说法挺冷背的，容我放到后面再说。

一种是十字花科的又名诸葛菜的二月兰；另一种堇菜科的紫花地丁也叫二月兰。

由于中原和北方的落叶树居多，故而春天的花草，看杂花生树，打头的是杨花玉兰，接着又桃李芬芳，秃枝花姹紫嫣红醒目又夺目，春天的序幕由此拉开。相比而言，这一刻林下花草苏醒迟缓，故而早开的二月兰很出挑。乍暖犹寒时节，二月兰仿佛是个凛然争春的俏姑娘，在白霜残存而晨岚四起的土地与高岗上，披着紫色微红的纱巾早早出场。她长袖善舞，从江淮流域到黄河海河流域，浪漫二月兰不仅分布广泛，花期绵延也长。江南，阳历早春二月，二月二“龙抬头”还没有到，惊蛰的春雷还没有响过，我在东南看梅花的时候，才登上南京梅花山，就发现林下有二月兰已嫩生生开花了。可是，郑州和北京，北方的二月兰开花晚，等进入农历二月才陆续起莛开花，风吹花香，风吹花繁，蔓延到清明和五一之间，远近到处是大开的二月兰，花朦胧，花如雾。

河南的植物书说二月兰，曰：“全省山区、平原有分布，野生或栽培，以信阳地区为最多。常生于山坡林下，草地或路旁。”（《河南野菜野果》）人的一生吧，早期如童话里的《小猫钓鱼》，总是一会儿捉蜻蜓，一会儿又逮蝴蝶的，精力不集中，眼神儿不聚焦。我在武汉和豫南大别山，加起来生活了好些年，总记得开春的兰花、红杜鹃，记得野百合与满山紫藤花，却一点儿也不记得大别山有野生二月兰。倒是去年五一前在南太行，我在林州红旗渠畔的太行大峡谷里，看到了刚刚开花的野生二月兰。别的人说二月兰好脾气，入乡随俗，随高就低的，不是这样。实际情况是，二月兰即使在郑州，栽种也不太容易，黄

2 No. 二月兰

Orychophragmus violaceus

2019.3.8 郑州 甘草居

河迎宾馆和人民公园等庭院，中州大道、郑开大道等几条城市主干道两边，其绿廊绿道里的二月兰长势不好，需要精心打理。我家的二月兰，是太太网购的种子，年年深冬出新苗，现在惊蛰二月二过了，它的小苗刚变大，还没有起莛，开花要到清明左右，甘草居上边藤花，下边二月兰，两种紫、兰花上接下引，招蜂引蝶，交相辉映，为我营造美丽读写小环境。

二月兰就二月兰吧，不知道为什么又和诸葛亮扯上了，二月兰还有个名字叫诸葛菜。诸葛菜原本应该是蔓菁，根茎大，和大头菜模样一样。二月兰却没有大疙瘩根茎。诸葛亮在西南地区的传说被夸大不少。普洱市十字街头有孔明兴茶的雕塑，实际上，基诺族人植茶采茶历史最早，去年才出版的《茶的真实历史》一书，考证甚为精确。传诗人刘禹锡《嘉话录》说："诸葛所止，令兵士独种蔓菁者……三蜀之人也，今呼蔓菁为诸葛菜，江陵亦然。"而张岱之《夜航船》说蔓菁："蜀人呼之为诸葛菜。其菜有五美：可以生食，一美；可菹酸菜，二美；根可充饥，三美；生食消痰止咳，四美；煮食可补人，五美。"①是的，这样说蔓菁不错，可这不是说用于春日赏花的二月兰呀！

蜀人呼之为诸葛菜。①

《夜航船》 张岱

《救荒本草》里没有诸葛菜。吴状元的《植物名实图考》，有名为诸葛菜的二月兰："诸葛菜，北地极多，湖南间有之。初生叶如小葵，抽莛生叶如油菜，茎上叶微宽，有圆齿，亦抱茎生，春初开四瓣紫花，颇娇，亦有白花者，耐霜喜寒，京师二月已舒萼矣。瀹食甚滑，细根，非蔓菁一名诸葛菜也。"博识如吴状元者也奇怪，怎么这种花和诸葛亮及诸葛菜蔓菁扯上了呢？二月兰开紫花，蔓菁和青菜、油菜一样，是开黄花的。两者泾渭分明。白居易《玩迎春花赠杨郎中》说："金英翠萼带春寒，黄色花中有几般。凭君语向游人道，莫作蔓菁花眼看。"正是说蔓菁开花色同迎春。元稹也有《村花晚》一首："三春已暮桃李伤，棠梨花白蔓菁黄。村中儿女争摘将，插刺头鬓相夸张。"

说来道去，二月兰总是迷人的。宗璞和季羡林，都写过燕园的二月兰。但他们没有人涉及紫花地丁的。与客居北京而扎根的北大清华教授（如冯友兰等）比起来，王世襄家族从江南北上北京早，王家是老北京了，不仅玩的花样多，而且知道的事情也多，曲曲弯弯的帝都掌故与风俗都明白。为什么这么说，因为把紫花地丁也叫二月兰的人，身份不一般，他正是王世襄先生的公子王敦煌。王敦煌的《吃主儿二编》不谈吃，而是说北京花草的，包括林林总总的花木蔬菜。

是王敦煌说北京有两种二月兰，除了正宗的二月兰，紫花地丁也叫二月兰："紫花地丁，也是北京春天最早开花的植物之一，比苜蓿还要早，大半是迎春花开不久，就能在庭院里、向阳墙根的砖缝里，发现它的踪影了。开的花儿很小，说不上醒目，但是准能瞧见它。虽然只是一种不甚娇嫩的紫蓝色，但在那片灰砖地上，和周围差着色哪，没法瞧不见它。在这片上，就数它和别处不一样。"

中国不愧是舌尖中国，大家都是吃主儿。草木动辄曰可食，既可以入馔作野菜吃，也可以当药，作中药服用。两种二月兰，包括这小小紫花地丁，都有作野菜的记录。真让人不服不行。

2019 年 3 月 8 日于甘草居

三月花儿菜

大别山开春了。草木苏醒泛绿，花儿在漫山遍野间次第开放，组成四季中第一幕，自然的大联欢。眼前的景色中，黄的油菜花、白的花儿菜和红的杜鹃花表现得突出又活跃，它们交织唱起了闹春的主旋律。

花儿菜属蔷薇科，
多为红柄，
绿柄是它的变种。

三月花儿菜

菜花和杜鹃早已是大明星，一样出色又卖力的花儿菜还未经包装。雨水才过，菜花在畈田里开放，连片的金黄灼眼，仿佛是梵高笔下的向日葵。半月后是惊蛰，当冬眠初醒的青蛙在池塘里发出呱呱的叫唤声，花儿菜就该出场了。最先是向阳的灌木丛中，一束红柳条模样的细枝，迎风绽开了点点白花，形似茉莉。乍暖犹寒时节，远山近水的背景还颇有几分杂乱和萧索，花儿菜这时丰姿初现，望去既有梅花的清洁，又有兰蕙的幽雅。但它性格天生欢快又奔放，从春分到清明，暖风细雨吹过来又飘洒去，花儿菜经不住风姑娘之手的撩拨而着了魔，转眼便开遍连绵起伏的山坡，像槐花、梨花，又像雪花，山上顿时变成了一派玉宇飞琼的世界。无论是晴天还是雨日，自然的调色板上，别的花儿或显或隐，唯独花儿菜繁花照眼，给人留下过目不忘的印象。

这是一种什么植物呢？草木家谱里为它注册了白鹃梅这个秀雅的名目，大别山人又叫它白花菜，因为它还是野菜中的佳品。乾隆年间《光山县志·物产篇》记：“白花菜：叶似杞而长，抽茎中空，开小花白色。县境处处有之，味颇干滑。”①如同黄河岸边的乡亲逢春有捋柳絮的习惯，大别山里的老表照例要出门打花儿菜。此物可鲜食也作干货用，贵在花蕾初生含苞欲放时，携着嫩叶掺着绿莹莹的珍珠籽采下来，经开水烫了用溪水去苦涩，随手团成窝窝头大小，再用猪油炒食或打汤，吃起来口舌间生清香。山区水寡，老百姓本来贪吃大油的，如今生活变好，便也忌了油腻。主妇们于是把花儿菜制过晒干了，秋冬时节做扣碗肉的垫底，蒸熟后肉爽菜滑，夹一筷子嚼起来比江南的霉

《光山县志》

叶似杞而长，抽茎中空，开小花白色。①

干菜和北方的雪里蕻别有一种山珍的风味。在花儿菜最繁盛的新县食用它，这风味又会牵出丝丝历史的意蕴来。当年这一带是黄麻起义的发源地，鄂豫皖三省边界地区的英雄好汉，在丛山密林中和敌人打游击，“天当房，地当床，野菜、野果做干粮”。一年四季，粮米不多，充饥之物最多的就是这花儿菜。传奇将军许世友，爱吃花儿菜是有名的，晚年在南京，每岁都要人专门给他带去。土产如花儿菜这种野物浸透着家乡地脉的汁水和精华，所以最能牵动游子怀乡的心。想想古今文人骚客对各地风物特产的吟咏吧，面对着如花儿菜等种种物产，兵和秀才，官与民，缘此共同生出对自然和土地的热爱与歌颂，这才是生命和生活中最可珍贵的一面。

花儿菜属蔷薇科，多为红柄，绿柄是它的变种。除了大别山区，河南的伏牛山、太行山，浙江和江西的局部地区皆有野生。各地另有白凤花、龙芽菜等种种美称。《河南野菜野果》中称其“花和嫩叶，含有维生素C、B_2、胡萝卜素及钙镁磷多种微量元素。”一元复始，新千年春节前后，江淮流域瑞雪纷飞。同往年相比，今春花儿菜或许要迟开。可是，想它总不至于晚过清明，因为如霞似火的映山红还急着亮相呢。

2000 年 4 月 5 日

两种芦笋

现在四季有卖的芦笋，
是青芦笋、紫芦笋和白芦笋。
另一种是芦苇嫩芽。

现在四季有卖的芦笋，是有名的健康蔬菜。它分别是青芦笋、紫芦笋和白芦笋，以白芦笋最佳。平时我爱买常见的青芦笋，嫩的像豆角一样，洗了在滚水里一氽，生抽浇一点就可以了，觉得比别的青菜营养价值高。它非中国土产，原产于地中海东岸地区，经由欧洲推广而到了日本。蔬菜专家说，已是“忽喇喇大厦将倾”之际，清廷的变革措施之一，就是 20 世纪初在北京建立中央农事试验场。宣统二年（1910），由驻外大使吴宗濂操持，从意大利选择引进一批时鲜蔬菜试种，包括芦笋。国人叫它西洋土当归和洋龙须菜，但它与中国本土产于山东等地的龙须菜并不一样。

我们也有入馔的芦笋，是芦苇嫩芽。

江南是与河豚配食的时鲜，北方乃救饥的野菜。

说《宋朝人的吃喝》，汪曾祺提到蒿苣却回避了芦笋，全然不顾苏东坡的“蒌蒿满地芦芽短，正是河豚欲上时”。欧阳修《六一诗话》中说到梅圣俞尝于范希文席上《范饶州坐中客语食河豚鱼》云：“春洲生荻芽，春岸飞杨花。河豚当是时，贵不数鱼虾。”河豚常出于春暮，群游水上，食絮而肥。南人多与荻芽为羹，云最美。故知诗者谓只破题这两句，已道尽河豚好处。圣俞平生苦于吟咏，以闲远古淡为意，故其构思极艰。此诗作于樽俎之间，笔力雄赡，顷而成，遂为绝唱。

余生也晚，但是在苏扬等地都吃过河豚，尤其那一尺半的红烧河豚，呈上高堂大屋，主人立起来用筷子熟练插入，一下子将其带短刺似海参之皮卷下来请我品味，说是最宜肠胃。可我从来没有见过河豚和芦芽配烧一起。有！春日蒌蒿多草头多，一般红烧河豚，小鱼一拃多长，弄熟了以青青草头铺底，是个意思。

翻检王稼句所辑苏州文献，读清人蔡云《吴歈百绝》，从清明至端午记时令吃食凡五，无关河豚。一、“不闻百五禁厨烟，烧笋烹鱼例荐先。明日山塘看赛会，几家新柳插门前。”此鱼是上供之鱼，定非河豚。二、“乍寒又燠当蚕月，既霁仍阴近麦秋。几阵楝花风过处，黄鱼烂贱卖街头。”此鱼不用说，也非河豚。三、“北园看了菜花回，又蚤春残设饯盃。此日无钱堪买醉，半壶艳色倒玫瑰。”立夏日，酒家例以酒送近邻。四、“消梅松脆莺桃熟，稏麦甘香蚕豆鲜。凫子调盐剖红玉，海狮入馔数青钱。”五、“秤锤粽子满盘堆，好侑雄黄酒数杯。余沥尚堪祛五毒，乱涂儿额噀墙隈。”独袁学澜适园《续咏姑苏竹枝词》百首有一：“河豚洗净桃花浪，针口鱼纤刺绣绒。生小船娘妙双手，调羹能称客人心。”以嫩桃花、美船娘为幌子，吃河豚并不涉及芦笋芦芽。稼句兄自己撰《姑苏食话》说河豚，引用大名士张岱食河豚方法，大致与宋人相同：“张岱《瓜步河豚》，题下注道：‘苏州河豚肝，名西施乳，以芦笋同煮则无毒。’诗曰‘未食河豚肉，先寻芦苇尖。干城二卵滑，白壁十双纤。春笋方除箨，秋莼未下盐。夜来将拚死，蚤起复掀髯’。吃河豚时总有点担心，但清早起来，自己居然还活着，总是很欣慰的事。”我没有当面问稼句，私以为这芦芽也是旧风雅的点缀而已。

北方以白洋淀为例，当地人说湖淀特色吃食，鱼虾之外，藕荷最多，菱角荸荠也有，反而不言芦笋蒲笋。我在白洋淀，有一次买了本当地作家陈申田的《白洋淀漫记》，也是竹枝词一路，作者说芦苇，记芦苇，有芦花、芦苇、芦苇荡、打苇时节、苇垛印象、织席女、解苇、碾苇、抽苇、打箔、编篓子……林林总总十多种，就是没有吃芦笋。《芦花》："六月芦花刚出穗，七月长成绿油油。八月秋风青变黄，九月经霜白满头。"《打苇时节》："芦花白时满天霜，水乡收割打苇忙。满淀渔船满淀苇，水天一色皆金黄。"记女子手巧，有《织席女》："水乡女儿个个奇，织席扒篓好手艺。修长苇眉当素练，化作白云会织女。"还有《编篓子》："谁家姑娘才十一，织得席篓与身齐。窝角锁边全都会，敢和妈妈比一比。"记男子刚健有力，有《抽苇》："新苇登科又选秀，长条板凳任人抽。扒筋刮皮大堂过，只为争得主人留。"还有《打箔》："架子支在西堤口，苇哥剥皮又断头。麻绳捆来又捆去，不愧白洋好身手。"

周王著《救荒本草》说芦笋："其苗名苇子草。《本草》有芦根，《尔雅》谓之葭華……花白，作穗如茅花。根如竹根，亦差小而节疏。露出浮水者，不堪用。味甘。一云甘辛，性寒。"救饥方法："采嫩笋，炸熟，油盐调食。其根甘甜，亦可生咂食之。"北方采芦笋也迟，有一年五一小长假，我们几个游了白洋淀，返程在石家庄郊外，当时有个"百尺竿"饺子连锁店，临着一个大苇坑，黄昏时分月上柳梢头，窗外青蛙咯咯叫，凉菜有芦笋，是芦苇之笋。说实话，那次喝酒喝板城烧锅喝高了，现在记不得那种芦笋的味道了。

2019 年 7 月 9 日于甘草居

两种洋槐花

北方之春，节奏往往先缓后急，随树木景观演变展开。桃杏玉兰樱花……从早春的秃枝花，次第演变成满天满世界的绿树新花——清明之后的海棠山楂花、泡桐楸树花、洋槐花和楝花、石榴花等，一波比一波热烈而张扬。其中，那刺槐即洋槐花带着个洋字，如洋布洋油洋火一样，搭眼一看就是典型的外来物种。

洋槐原产北美洲。
毛洋槐又名“香花槐”。

说起洋槐树历史，千万不可被它冬日里沧桑的模样所迷惑。简明版《中国大百科全书》有记录：洋槐“原产北美洲。中国于 1877—1878 年自日本引入。27 个省有栽培，以黄河中下游和淮河流域为中心”。另一种说法亦言之凿凿：“刺槐于 1898 年由德国人在青岛引种，约在 1920 年引

两种洋槐花

种至泰安城。”（《泰山古树名木》）而老北京至今还有“德国槐”之说。有人说，是营造学社的创始人朱启钤先生，在天安门边上建中山公园，首先引种洋槐树的。

百多年来，洋槐树摇身一变，深深扎根于华夏，不仅用于城市绿化，中国北方广大的山地、荒漠及原野，洋槐树也是植树造林的主角。1989 年出版的《泰山古树名木》举例说它的好处：“刺槐林——分布在1000 米以下的山坡、沟谷。在中溪山、马蹄峪、葛条沟、药乡、扇子崖等多为纯林，树龄在 10 ~ 30 年……生长良好，萌芽力强，郁闭度大；总面积已达 11870 亩，成为泰山主要树种之一。刺槐多花而芳香，蜜腺发达，花期在 5—6 月，是优良的蜜源植物。”而秀美江南也多刺槐，我见湖州“钱业公会”之老院里拔地而起，长着一棵粗大茂盛的洋槐树。4 月中下旬的杭州，沿着钱塘江至萧山一线，两岸有接天盛开的洋槐花，白花花似浪花飞溅。

春来嫩黄绿，春深花满树；夏日青绿，秋来金黄。洋槐作为风景树也颇可观。二十四番花信风，“始梅花，终楝花”。郑州洋槐花开在清明、谷雨之间。

有道是"人间四月芳菲尽，山寺桃花始盛开"。洋槐树开花也是的。有一年端午节过了，河南收麦已跨过黄河。我们同好三人有三晋之游，一路开车走郑州焦作上太行山，沿二广高速过晋城长治，再太谷太原而五台山。豫界洋槐树花后已结角了，嫩紫红似眉豆角。但晋中市太谷区的山西农业大学校园，这是孔祥熙开办的铭贤学校旧址，带有中西合璧色彩的老式教学楼和古典园林融为一体，到处盛开着洋槐花。太原市区，有红花槐正开。朝五台山方向下午经过豆村，特地拐弯参观佛光寺，古寺巍然朝西，斜阳照着松树砖塔，有洋槐树当空开花，满树白花如挂璎珞，与路边匍匐开满细碎白花的绣线菊，上接下引，巍然好风景。

山西多见洋槐树又高又直，像银杏一样伟岸。晋东南陵川，县城里的古崇安寺，传说后赵的皇帝石勒死后夜葬山谷，崇安寺东侧为其陵寝之一。"先有崇安，后有陵川。"著有《陵川集》的元代文学家郝经吟诗曰："都门长啸气凭陵，瓜割中原霸业兴。夜葬山间人不见，至今犹有守坟僧。"而崇安寺里，正以一双秀美参天的洋槐树为菩提树。

《南开花事》记 4 月 26 日，见毛洋槐红槐花开花。撰著人莫训强先生说，比较洋槐花，毛洋槐有两个优点：一是开花早，早半个月左右；二是毛洋槐又名“香花槐”，香味更加浓郁芬芳。洋槐花之香，我未曾留意红花槐的，倒是白花洋槐花，我深深领教过——北京秀水街未改造的时候，2004 年 4 月末的一个下午，阴雨欲来而气压颇低，我和同事经过秀水街往使馆区去，忽然一股香气从天而降，抬头一看是累累洋槐花迎风盛开，这芬芳馥郁之浓烈香气，顿时盖住了秀水市场外国倒爷涂抹的劣质香水味儿。前边说 6 月里遭遇太原开着红花槐，而 8 月初在拉萨，城区也有红槐花开花。

2019 年 5 月 3 日于甘草居

繁缕
牛繁缕
野菜可入馔

春节过完了还未出正月，梅花迎春花才开不多，冬天的老茧似乎是破壳了。但白杨白蜡椿榆桐梓等和悬铃木构树苦楝树，诸多杂树落叶树还没有出叶，加上阴天的小清寒，远远近近的，望着景色颇萧索。可是，这时地气早早动了——郑州的墙篱下和人行道旁边，大小运动场和绿地的边沿，滋生蔓延的冬性杂草品种已不少。这些带着紫褐色的小草，开细花并且入古今野菜谱的，有苦苣、荠菜、繁缕、婆婆纳和附地菜等。荠菜与婆婆纳虽然被我写过好些回了，但是今年元宵节过后，我被一位看草的高人指引，在一片向阳的土坎上，发现枯草草窝里，有苔藓和菌子似的，星星点点冒出了棕紫色尚未泛绿的婆婆纳幼苗正在开花，不是三月里婆婆纳绿大之后

《河南野菜野果》有繁缕曰牛繁缕，土名抽筋菜，颇为形象。

No. 3_繁缕

Stellaria media

2018. 2. 2　郑州　甘草居

入馔

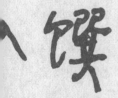

开蓝花的，而是紫粉色的小花，若不是专门看它是看不见的。

荠菜自然也开花了。但这一刻开星状小白花的，当然只有石竹科的繁缕。本地的繁缕，初冬出苗，冬深冻死，春节前会再次悄悄伏地生苗，寄生在墙角或绿篱下。《救荒本草》《本草纲目》，周王和李时珍一前一后把繁缕叫鹅儿肠。周王说得最像：在豫中许昌一带，鹅儿肠“生许州水泽边，就地妥茎而生，对节生叶。叶似豌豆叶而薄；又似佛指甲叶，微艄。叶间分生枝叉。开白花。结子似葶苈子。其叶味甜”。《救荒本草》文图并茂，单就此物而言，图画远不如其文字确切。我甚至认为这一幅鹅儿肠的版刻是手民误植——画中繁缕的叶子过于显长，几乎披针状。实际是卵形有尖，大致三角形状。

繁缕到处都有，多如乱草。可吴状元在《植物名实图考》里说繁缕：“余初至滇见有粥鹅肠菜于市者，甚怪之，以为此江湘间盈砌弥坑，结缕纠蔓，薙刈不能尽者。及廛行园不获一见；命园丁莳之畦中，亦不甚蕃，始知滇以尠而售也。”即物以稀为贵。云南地界繁缕稀少，早市有人专卖繁缕的，如鲁迅说胶东的大白菜，运到浙江便用红头绳系着，倒挂在水果店里卖，吊着卖。

豫界多繁缕。《河南野菜野果》有繁缕曰牛繁缕，土名抽筋菜，颇为形象。全省各地均有分布，多生于田间、路旁、地埂、渠边和浅山区、丘陵地或阴湿下湿处。其食用方法：于当年 11 月至来年 3 月，采其幼苗洗净，炒菜、做菜馍或下稀饭锅及面条锅，随锅掌着吃。也可以炸熟淘净调菜吃。书中还说："根据我们在漯河市郊区的调查，当地人常常采嫩苗做懒豆腐吃。"我的老家在豫北山区，现实生活里，老家人早春喜欢吃茵陈，"正月茵陈二月蒿"，也吃荠菜面条菜和蒲公英，却很少有人吃繁缕。

繁缕在深秋与初冬首次出生，开头嫩绿叶片卷曲不展，也有土话叫"捞饭蛋"的，郑州有人喜欢拌面粉蒸着吃。因为它出苗早，春节前还没有立春，繁缕牛繁缕就泛活泛绿，叶片匍匐伸展生长，一棵就是一小片，连起来酷似水面上浮起的绿蘋一样醒目。日本人"春之七草"就包括繁缕——"芹、荠、母子草、繁缕、佛之座、菘、萝卜，是为七草"。母子草即鼠麴草，佛之座又名田平子，就是稻搓菜。难道它和牵牛花马齿苋一样，早上开花午后凋谢？繁缕又名朝开、雏草和时不知。

春之七草发源于中国。中国多地至今风俗犹存，而以潮州为盛。问题是这七种菜究竟是哪七种与七样？日式“春之七草”以外，我们有的是凑数的，凑够七样时蔬即是。有的则有固定品种和说法。问题是即使在潮汕地区也不统一，我的朋友圈，今年正月初七有两个潮州人发“七样菜”，鉴画者许习文兄依照古法说一遍，而我的同学、画家林炎章又是一说。还有，立春“咬春”，咬萝卜，吃春卷吃春盘五辛盘，吃春饼和菜，等等。《本草纲目》曰：“五辛菜，乃元旦、立春以葱蒜韭蓼蒿芥嫩之菜杂和食之，取迎新之意，谓之五辛盘。”①立春和春节及正月初七之人日，由于农历轮回的关系，常常会混在一起，或者挨得很近，现在人们弄不了旧年的繁缛礼节，没办法吃了这个再弄那个。但繁缕可以入馔是一定的。

2019年3月3日于甘草居

《本草纲目》 李时珍

五辛菜，乃元旦、立春以葱蒜韭蓼蒿芥嫩之菜杂和食之，取迎新之意，谓之五辛盘①

白蒿和面条棵

白蒿是茵陈的小名。
面条棵，
别称米瓦罐和麦瓶草。

白蒿和面条棵

早春的野菜，名头最大的，大家伙说是荠菜，可河南人还喜欢带着感情说是白蒿和面条棵。白蒿是茵陈的小名：“正月茵陈二月蒿，三月拔下当柴烧。”话这么说，可茵陈在今天的城市里真不容易吃到。我母亲还在的时候，每年正月过了元宵节，她就唠叨着说这句口头禅。十来年前，郑州市区出了北环离黄河近了，连绵还是农村和野地，每年的雨水节气一过，遇到暖和的日子，我们就带着孩子去野外的梨园里找茵陈。这一刻，冻土已酥软了，但茵陈的幼苗细如丝，暗暗埋伏于粗糙的枯草下面，紧紧抱在上一年老死的茎杆周围，颜色灰白类似霉菌，择一捧茵陈是很需要耐心的。我没有在漠北的沙土里采过发菜，可这时节在一地寂寥中拔草见蛇般认真地择白蒿，一丝一缕，我揣摸着大体和采发菜用心与费力相当。后来，市区一天天变大，女儿也远走高飞，没有亲手采蒿的环境了，我只得在单位附近小街的菜摊上找茵陈。也不是菜摊，是郊区的妇女和上了年纪的老头儿，骑着自行车或小三轮边走边卖，车后挂个篮子或平放着编织袋，只有三两样应时的野菜和小青菜，面条棵和白蒿是主角，全都加起来也不过五六斤。我常常觉得，他们这种卖菜的行为，其实和市民晨练差不多。但是，兔年的开春，我再也没有吃茵陈的口福，连天在早市上跑，黄委会一带曲里拐弯的小街道，全被城管严加治理，游走卖菜的农民不可以自由往来了！城市很森严，楼房和汽车越来越多，规矩越来越复杂，而许多条条框框，好像是专门针对那过去的风俗和生活来的。

吃白蒿是旧年农村和小城人的一种福气。大别山里也有，那里叫白蒿为米蒿，农家清明的时候，采得已经变大变绿的白蒿和了面粉蒸食曰粑粑，主人说，可以就此把不吉利的小鬼带走。

白蒿虽然早生，可它和荠菜一样，长大变绿多在农历二月间。“二月二日新雨晴，草芽菜甲一起生。”白居易的诗，至今还是黄河两岸一岁新绿的真实写照。而冬冻未尽的时候吃野菜，人们爱吃的野菜，正月里只有那面条菜。面条棵就是面条菜，最后一个字“棵”的发音，接近于阔气的阔。在现代分类里，春天的野菜，大多归在冬性杂草或麦田杂草的行列，其中，就数这面条棵是麦姊妹，甘于伏贴地和麦苗同步生长。春节前后，麦苗翻身，面条棵闪闪跟进，是野菜里最先变绿的。它绿的时候，白蒿难找，荠菜还是褐红色僵死状，似夏日雨后半干的地皮菜。面条棵比小麦的叶子略厚，一轮一盏地生；荠菜是花边有刻缺，面条棵似柳叶而微毛。它最好的吃法，在我的老家，是随锅下在玉米糁和小米粥里，一大碗碧绿盈盈，在《红楼梦》里找不到对应的美称。但郑州和豫东人爱吃蒸菜，春来先于荠菜而绿的面条棵，便是很不错的选料。郊区的农家乐，春节前后的生意是很冷清的，这几年又发明了炒面条棵，蒜瓣拍开兼干红椒，大油一炒，有色有味，这就吸引了不少食客。

然而，好事如我者，在周王的《救荒本草》里怎么也找不到面条棵。

周王是朱元璋的儿子，名周橚，被封藩到开封，政治上很狼狈，就在王府里辟了一片实验田曰“龙窝”，专门种植和移植河南各地的植物与杂草，鉴别可食用的，分门别类插图编辑，成书曰《救荒本草》。时光流转，杨柳翻新，我们用今天的眼光看，这无异是一册中原地区的野菜指南。和这部有名的古书相对应有续接的是，河南农大的两代专家所编写的一本《河南农田杂草志》，一本《河南野菜野果》，都记载有面条棵，它别称米瓦罐和麦瓶草，是其开花结果的形象描摹。记得当年，春天的麦田管理还很讲究、很细法，麦苗要锄草两三遍，麦子拔节起莛的时候，面条棵拔节开花后结小罐子一样的果，撕开了皮，里面的细嫩米可以吃。但周王笔下石竹科的野菜共有四种，分别是石竹子、麦蓝菜、女娄菜和王不留行，名字到今天也没变，到底找不到面条棵。白蒿和茵陈都有，独没有面条棵，就是大名鼎鼎的荠菜，周王是最后才增补的，差点也成漏网之鱼。

面条棵腴软碧绿，透着清香，于黄河两岸，古来都是人们早春最先食用的野菜。早几天我问书画院的院长谢冰毅，怎么一正月就找不到陈天然老人呢？冰毅笑着说，我们春节搞慰问，也

No.4_面条棵

Silene conoidea

2011.3.5　郑州　甘草居

跑到巩义他老家去了。是了，版画家和书法家陈先生，暮年一直以愚公移山精神，在他的老家北邙岭上修建自己的“天然山庄”。他八十大寿的前一年，也是个杏花才开的日子，专门就带我和两位年轻的朋友去那里参观了一次。巩义离郑州不过百里，中午回来在市区的饭店里，老人做东待客，特地先点了一品蒸面条菜。店家有窍门，面粉拌得讲究，蒸好了，菜绿糯软可口，外表像好柿饼蒙了一层细腻的白霜，码了盘，再浇了小磨香油和醋蒜汁，真是人间美味！天然先生以其彩色木刻作品《套耙》和《山地冬播》为代表，二十世纪五六十年代，国外誉他是“中国华北农村的歌手”。后来又以书法家扬名。传说陈先生的字，其书法结体和用笔，是受冬日邙山上老柿树的枯茁而虬曲的姿态影响的，我没听他亲口说过。但是，他却不止一次地对我说最爱吃柿饼，这次亲见他还好吃这面条棵。正如他自己吟诗道：“寻觅画意不辞远，海域内外常游览。风韵万殊来回比，乡土才是铁饭碗。”原来，他贪的是浓浓的乡情和故土的风物啊！

这一次，几个人三下五去二，就抢先吃光了那一盘蒸面条棵。

老人大喜，连忙唤服务员再上一盘，可小女子跑来跑去，不好意思地对我们说，这面条棵今天是卖完了呀！

2011 年 3 月 5 日于甘草居

菜花与麦

“二十四番花信风”
有梅花有菜花，
特别还有看麦花。

国人旅行的名目越来越多，到海外活动的半径也日益放大。这几年，春天一来，媒体不时有宣传去韩国看菜花的广告推介，初见此，我觉得太夸张——菜花又不是什么樱花，以菜花的名义而诱人涉海远行，不过是招揽热情四溅的“中国大妈”前去扫货的一个噱头。菜花纯洁，被绑架了，分明针对当下我们好显摆喜花钱的软肋而来，为咱量身定制的一个套子，金色而温软。

菜花还需要到海外看吗？暂时搁一下这个问题。但菜花遍地的豫南人要去皖南和赣东北看菜花，确实是一个流行的现实。我曾经在豫南的大别山里长住过，鄂豫皖交界地带，那里的农业是传统的稻麦兼作，春天一来，菜花喧哗——山间的平地是大片菜花，山上的畈田是层层菜花，曲折连环的溪流与水塘边，农家房前屋后与学校围墙四周，也无不簇拥着深厚浓密的菜花。这一刻人行大别山区，满目流金，金黄灼眼。油菜的根茎似大豆所带的根瘤菌一样，可以肥田与改良土壤，农民收割了油菜再栽稻谷，有益于稻谷丰产丰收。我的老家黄河以北则不同，豫北和华北平原以冬小麦种植为主，开春的大地是一色返青的麦苗。虽说是平原和平地，但这里人稠地少，腾不出多余的闲田换茬种油菜，农民久来追逐相对高产的麦子、玉米，舍不得种低产量的油菜，菜花只开在不多的地头和果园边上，镶一道金边作为点缀。开初南稻北粟，后来是南稻北麦，久而久之，菜花似乎成了淮南、江南和边疆的专利。

可是，最近有次和县里的朋友聊天，他兴致勃勃地说起菜花，谈起到婺源看菜花的感受来。他说，大别山区的菜花固然开得好，可是没有婺源和皖南一带井然有序的乡村老院子、老街旧祠堂，人家那里原生态保护得好。彼处人家，还多家谱和旧籍文献，会讲故事。看菜花欣赏菜花，见惯了的菜花翻新，仿佛到婺源才有主题。这番话发人深省，画龙点睛一样。当年的乡党委书记，如今已是县级领导了，虽然是土生土长的本地干部，和本土的一草一木无比熟悉，但他的这番关于婺源看菜花的体悟，在自然的原生态之上，却道出了一脉更加深层深邃的乡愁来。

乡愁是怀旧，又不完全是怀旧，触动的是人的文化寻根，帮助我们反思身边跑偏的生活并纠偏。我也曾沿着同样的路线走过，为看菜花而游婺源。这一途，从河南最边远的新县南下，在县城坐火车或汽车沿京九铁路走鄂东而先过长江到九江，再经过江西的庐山和鄱阳湖、景德镇，先由北向南复向东，再由南而北，便深入了赣东北山地深处的婺源地界。刚过完年，从二月花朝开始，一路烟雨朦胧，早起的老表披着蓑衣或塑料雨披吆喝水牛开犁耕田，绵延的河流、池塘为之回色变绿。老旧的土坯房与新式的农家小楼错杂，村头的四季青和大银杏，一树绿一树犹枯。老树如枫香、乌桕，各自树身上攀着经冬不凋的常青绿藤，硕大的树冠挂着胡蜂筑就的土巢泥窝和槲寄生，沉甸甸的，仿佛是主人家特地悬高放置的一个个柳兜篮。这时菜花新开，在变绿的塘堰和村路边才开一点，零星单薄，似煮茶的好开水初泛起蟹眼。须臾时近清明，此地也讲究早清明，四月刚开头，伴着菜花迎风盛开，祭祖上坟的人立马就多起来。楚人好巫，铁路经过鄂东李时珍的家乡，无尽的菜花汇成金色花海，上坟之人带着鲜艳的红色纸扎，梅红与西洋红为主格调，间着白色对称的流苏挂球。春风骀荡里，菜花卧下又舒展松散，风吹花低见孝子——男的挑着花篮贡香担，忽闪忽闪；大儿或小女子逆风举着纸扎花圈，后边是主妇搂起先祖牌位引着活泼的家犬，叫喳喳的花喜鹊和呢喃双燕在上空迎人飞飞。而婺源终于到了，弯弯绕绕，山岭一道，河水一道，重重山坳里炊烟与香烛纸马焚烧的青烟互为交织，一片片远近被菜花包围着的墓地和坟头上，参差插着招魂的幡子似芦花雪白。白墙灰瓦的古村落和飞檐挑角的老屋，环绕青松绿竹香樟园茶，秩序井然。山岭上粉白色的树杜鹃与灌木红杜鹃，花开如火如霞，配着一地菜花，兼有育秧的绿苗和碎花布铺地一般的紫云英。婺源地处黄山和三清山两大风景名胜之间，此地的小桥流水人家，同江南与滇西的老村镇风格不一样。《遵生八笺》记“高子春时幽赏”十二条，第二条即“八卦田看菜花”，此时引来诵读十分恰当：宋之籍田，以八卦爻画沟塍，圜布成象，迄今犹然。春时，菜花丛开，自天真高岭遥望，黄金作埒，碧玉为畴，江波摇动，恍自河洛图中，分布阴阳爻象。海天空阔，极目了然，更多象外意念。

中华缘农耕文化而起的乡愁久矣。《诗经》里多有花草，更多是歌咏作物与庄稼的。春天不止是看菜花。后来的“二十四番花信风”，有梅花有菜花，特别还有看麦花。怎么说？“自小寒至谷雨，凡四月、八气、二十四候。每候五日，以一花之风信应之……小寒之一候梅花，二候山茶，三候水仙……雨水之一候菜花，二候杏花，三候李花……清明之一候桐花，二候麦花，三候柳花。谷雨之一候牡丹，二候酴醿，三候楝花。”春天看花引人入胜，象外的意念之一，就是特别感受到美好家园和田园的保护，当下显得无比重要。

相对于菜花开花早，全无遮掩的奔放与夺目，麦子开花迟一些，其低调、琐细地开花，含羞开花，盈盈花粒粘着蜜蜂蝴蝶，专门是开给庄稼汉和有心人的。在阳春三月的大地锦绣里四望平畴，黄河以北地界，每一块绿树浓郁处，便是人气旺盛的村镇和大聚落。此际不仅桃杏芬芳，桐花烂漫，梨花雪白，自然还少不了洋槐花和新艳的月季、牡丹花。农家人此时顺着田埂与

No.5_小麦

Triticum aestivum

2015.5.5　郑州　甘草居

水渠，弯腰走进麦田，为麦子拔草除杂施化肥，一边欣喜地看麦子静静开花。情人眼里出西施。乡亲们绝不肯小看和埋没麦子开花，故意把麦子开花说成是扬花。他们鼓励麦子开花，为扬花的麦子喝彩，在细密的麦花里憧憬一季的丰收与希望。麦子起莛拔节，分蘖长大，俗话说“清明前后淹老哇”，老哇就是大乌鸦。绿如绵绸的麦子泛起波浪，因孕穗、秀穗而层次逐渐分明，色变青黄。带麦芒的一种，青绿兼了嫩黄；秃头麦子又一种，粉白色形成皴点皴团。太行山起头在黄河北，一路龙抬头连绵北上，直奔长城燕山，使豫北和华北平原远接京津冀，眼下高铁与高速公路纵横密集。原本为资源利用便利依山而建的城市，这些年争先恐后朝平地和交通要道扩张而来。本地直到明清时期才大致固定下来的聚落和城市格局，一直延续到 20 世纪 80 年代，但刻下被打乱了。21 世纪以来的十余年，空前的大建设迅速改变了旧版图，基本农田保护屡受挑战。但老乡和乡亲挚爱这方厚土，爱庄稼，爱小麦，忠实于春种夏收、秋熟冬藏。春天的麦子抽穗扬花了，麦变金黄，丰收的麦子要颗粒归仓。城市再大再繁华，万变不离其宗，人总是要吃粮食的，故而农民与庄稼的本色依旧，居安思危的乡愁依旧。

中国地大，960万平方公里，黄河长江以外，各地的母亲河不止一条。有道是“花到岭南无月令”，远离开中原，尚有不受“二十四番花信风”律令拘束的广袤地带。因此，菜花不止是春天独领一季的风骚和风景。夏天，一望无垠的青海湖湿地和树海茫茫的大兴安岭山区，牧区草滩与林区黑土地上大片盛开的菜花与天然的花草烂漫交织。12月冬至的时候，北回归线穿过的云南普洱和墨江坝子，旭日如轮，冉冉升起在山地的最北端。这里是哈尼族、汉族等世代生活的哀牢山区，冬天早樱放红，枇杷新熟，湿雾如岚如烟，菜花和小麦交织扬花，一并在最美的梯田里旋涡般呈现放大。珍惜作物与庄稼，汉族与少数民族，中国与外国，世界花文化里的农业崇拜是相通的。而麦子西来，小麦被证明是很久以前由西亚西南亚传入中国的。彼邦阿富汗人，特地将自己的国花分别指定为郁金香和麦花。羊年春来之际，倘若真的要去韩国看菜花，那不妨也去阿富汗看一遍麦花扬花吧。

2015年3月5日于甘草居

年年开春闹春，除了普天同乐的灯节元宵节，河南还有三大地域性的节日别开生面。它们一个接一个，滚绣球似的，一路欢腾到春深清明时分。

“正月茵陈二月蒿”

错失了蒿与荠菜的这

开头是大年初一至二月二，浚县大伾山庙会，满满一正月，一天不隔。这是北中原兼跨南太行，豫鲁晋冀交界地带的一大民俗活动。此地两山夹一街，在大佛和碧霞元君奶奶庙门前，大街上的表演一场接一场，元宵节的社火是最高潮——耍狮子走高跷，背阁抬阁，招式高古，花样繁多，“大盘子荆芥”，大场面，丝毫不逊色谭维维唱歌助力的陕甘社火。接着龙抬头，二月二开始，淮阳祭人祖又是一个月人山人海，八方齐汇，这里是豫中豫东和皖北人的盛大节日。来人先为伏羲氏上香，分头再到伏羲、女娲祠祭拜，途中太昊陵的大殿前有个“子孙窑”，乃一块大石头透着一个瘦而漏的拐弯窟窿，女人经过，都要伸长胳膊朝里猛掏一把，求子则有求必应。

这两处庙会求子色彩浓。街边与广场上，望不到头的摆摊人卖吃食耍货的，皆卖泥质画彩的“泥咕咕”斑鸠和手工缝制的布老虎，生殖崇拜的寓意十分明显。是啊，庙会是农业社会的产物，干活种庄稼，劳动力必需，人丁兴旺是最好的大众彩头了。末了是三月三祭轩辕——新郑举行拜祭黄帝大典。老话说“小燕不过三月三”，准当这几天燕子乘风而来，“燕子来时新社，梨花落后清明”。一岁农事大忙之大幕就拉开了！

庙会闹春，春游踏青，与之相伴还要挖野菜、吃野菜迎春。与早春开春相对应的野菜，好味野菜有茵陈白蒿，“正月茵陈二月蒿”，再加了面条棵和荠荠菜，是冬小麦主产区河南省经典的三大野菜。而城市人通过野菜寄托乡愁，特地要到野外的农家乐去吃野菜。可惜，这个诡异的庚子春节，神州有大疫，生活按下了暂停键，使这些热火朝天的一连串的节日戛然而止——

全叫停了！

郑州人防疫抗疫，与武汉封城的节奏相对应，一个多月闷在家里，直到早春二月半尚不得自由，不能出门撒欢。老天爷，这可把人给困苦了！眼睁睁也让人错过了吃这三样好野菜的最佳时令。或许有人会讥我矫情，大疫当头，差点命悬一线，你还说什么吃野菜迎春云云，真是烧包了你！不是矫情，不是烧包，日常生活的趣味，人生的意义，在某种程度上，就包含在平常可以挖野菜、吃野菜的微小行为里，而凡人过日子的种种小仪式，无不会通庙会祭祖的大仪式。

人被囚着，日夜颠倒了。不停刷手机看电脑看电视，喜怒哀乐随武汉记事而起伏，又变着花样喝茶吃东西。但是，我还有书，还要写字。我家南窗和北窗下，有绿植和种菜种花的盆盆罐罐。集体的院子里，有花木竹子和小树林——当年新栽的树木树苗，20 年过去，多是大树参天，已经有空心而朽倒的刺楸，大风吹翻的苦楝，人们厌其飞絮而被斫去的柳树和毛白杨等，真真“树犹如此，人何以堪”。

3月5日早上，忽如一夜春风来，朋友圈里骤然热说汪曾祺。原来，今儿个是汪先生百年纪念。线上浏览过熟人的文章，我觉得不过瘾，又顺手取下他的《五味：汪曾祺谈吃散文32篇》来看，重读《故乡的野菜》《故乡的食物》，其中对应我窗下的蔓草有枸杞。汪先生说："枸杞到处都有……春天，冒出嫩叶，即枸杞头。枸杞头是容易采到的，偶尔也有近城的乡村的女孩子采了，放在竹篮里叫卖：'枸杞头来！……'枸杞头可下油盐炒食；或用开水焯了，切碎，加香油、酱油、醋，凉拌了枸杞头。那滋味，也只能说'极清香'。春天吃枸杞头，云可以清火，如北方人吃苣荬菜一样。"

汪先生他是不了解我们这边的出产，郑州这厢，包括黄河两岸甚至全河南省，哪里都有枸杞，不止是苦菜苣荬菜。枸杞不择地乱生，河南人吃它，叫它甜菜芽。原本冬枯春绿，绿得早，和柳树同步发芽来着，因为枸杞在地面上更接地气，故而比柳梢绿得更快更急。这些年好了，气候变暖，树下和院子里，旮旮旯旯，枸杞与南方草木接轨，也成了常青半常青了。枸杞比茵陈白蒿、面条棵、荠菜慢半拍，早于柳絮与香椿。枸杞叶子

No. 6_枸杞

Lycium chinense

2020. 3. 15　郑州　甘草居

大了稠了，焯水凉拌固然不错，可为了及早尝鲜，掐少许嫩叶直接炒鸡蛋也不错。因为是 3 月 5 日，苦楝树边上的枸杞，像一条条吐着绿色芯子的小蛇似的，我下手采茶一般，剥它的嫩芽弄了一小捧，我也舍不得用滚水焯，直接下挂面吃了。这早春的甜菜芽太小太嫩了，和别的调和掺杂一起，“极清香”不成，它的味道被夺了——我的败笔！

既然汪先生谈吃开了头，那就继续吧。翻《山家清供》，赫然有“忘忧齑”——

嵇康云：“合欢蠲忿，萱草忘忧。”崔豹《古今注》则曰：“丹棘，又名鹿葱。”春采苗，汤瀹。以醯、酱作为齑，或燥以肉。何处顺宰六合时多食此，毋乃以边事未宁，而忧未忘耶？因赞之曰：“春日载阳，采萱于堂。天下乐兮，其忧乃忘。”

院子里樱桃花下，金针菜的嫩苗郁郁葱葱似玉米苗大小。因为避疫，人在院子里散步似放风，我得以仔仔细细观察一地的草木花卉。早春的绿草，雅称“绿遍池塘草”的，跨年而绿的繁

春采苗，汤瀹。以醯、酱作为齑，或燥以肉。①

《古今注》 崔豹

堘野芫荽菊花苗以外，开花赏花的鸢尾马蔺草和萱草，也是早绿的植物。以前我忽略了萱草金针菜的嫩苗出生早，这时自然要一试其味。如法炮制了，因为肥嫩，竟然和初夏喝啤酒时就着的凉调新鲜黄花菜味道近似。

跟着“忘忧齑”，《山家清供》接着的一条是“脆琅玕”——

“莴苣去奔皮，寸切。瀹以沸汤，捣姜、盐，糖、熟油、醋拌渍之，颇甘脆。杜甫种此，二旬不甲坼，且叹君子晚得微禄，坎坷不进，犹芝兰困荆杞。以是知诗人非为口腹之奉，实有感而作也。”

和枸杞演变为常绿一样，郑州种菜种莴苣菜薹，自然越冬也成功了。这时获得一根沉甸甸胖大带绿叶的莴苣，我家吃法是，嫩茎剥皮了切丝而炒肉丝、豆干。难得其叶片宽大碧绿，其叶梗叶脉硬而略艮，味则偏苦，如生菜之苦，苣荬菜苦菜之苦，凉拌食之正宜。

正常生活忽然掉了链子，人像猛地一下困在了电梯里一样，感觉极惶恐。即将逝去的这个早春，我没吃上面条棵、茵陈白蒿和荠菜。为什么会这样？嫩苗金针未能使我忘忧，食苣之苦，又启示我思考人与自然的关系，实实在在的了。

刻下，当疫情峰值在中国已过去，而世界陷入全面恐慌，尤其那富庶、优裕和生态良好的欧洲，一夜之间竟然成为了“震中”地区。惊魂未定的我，截至今天，在网上浏览到“新冠疫情在政界持续蔓延，全球至少 51 名官员确诊”的报道，甚者如伊朗，先后竟然有两名国家副总统染疫……这是紧接江城悲剧后的一次残酷的瘟疫肆虐回放。与火山喷发，泥石流、海啸横行，核辐射扩散一样，灾难突袭而来，凶猛猛于战争。人们闻疫色变，蜂拥至超市里抢购东西的时候，仿佛天塌了，真有世界末日来袭的痛感。

本次新冠肺炎疫情，究竟为何发生且泛滥？除了野生动物与病毒之源的猜测，人与自然的问题涵盖面甚宽。聚焦这一点，这次，我又集中回看了一遍美国跨学科学者和当代思想家贾雷德·戴蒙德的书，其“人类大历史三部曲”：《第三种黑猩猩：人类的身世与未来》《枪炮、病菌与钢铁：人类社会的命运》和《崩溃：社会如何选择成败兴亡》。最后一本，他用五大要素来解释史上各种类型的社会崩溃原因——生态破坏、气候变化、强邻在侧、友邦援助的减少和社会回应。内容的现实性太强了，仿佛就是对着这个错失了蒿与荠菜的早春，悲情万分的早春说的。人啊人！不说远的，仅仅是新世纪开头这20年，我们经过了多少意想不到的曲折和灾难？总不能每次祸从天降，方觉后悔莫及。

食苣之清苦，引人反思。戴蒙德在其《第三种黑猩猩：人类的身世与未来》里专门有一章是："农业：福兮祸之倚"。接下来，在《枪炮、病菌与钢铁：人类社会的命运》里，他展开论述，论起粮食生产——石器时代先人由采集狩猎转为种植和养殖，问题出现了。因为种植，有了富余口粮，形成社会分工而出现农民和国王、抄写人，所以，枪炮、病菌和钢铁肇始于此。后面还有一章"牲畜的致命礼物：病菌的演化"。作者说："第二次世界大战前，战争受害者死于战争引起的疾病比死于战斗创伤的要多……因此，人类疾病源自动物这一问题是构成人类历史最广泛模式的潜在原因，也是构成今天人类健康的某些最重要问题的潜在原因（请想一想艾滋病吧，那是一种传播速度非常快的人类疾病，似乎是从非洲野猴体内一种病毒演化而来）。”农业和现代农业，大国中国，我国作为独立孕育粮食作物与牲畜的古国之一，历代对粮食丰产、人丁兴旺的祈求，始终如一。谁曾想过，农业发达又反噬人类？

由于人类活动加剧，引起气候持续暖化是其一；平顺得意时，海吃海喝，野味猎奇是其一；万物之冠，人类中心，人是自然的主人和所有者，在这种由来已久的观念影响下，对天地没有敬畏，任性而为，是其一，林林总总，诸多教训，不可能被这“忘忧齑”而遗忘。

刚刚过去的冬天，又是一个暖冬。连年暖冬，弊大于利明显。本次新冠肺炎疫情蔓延，当与气候暖化，气候失衡，阴阳错乱有关。《汉书·五行志》曰：“奥（燠）则冬温，春夏不和，伤病民人，故极疾也。”疾即疫。

2020 年 3 月 15 日于甘草居

一种荠菜两样情

“谁谓荼苦，其甘如荠”。

农历立夏时节，熏风吹起麦浪，小麦便齐刷刷地秀出穗来。这时春光阑珊，麦熟尚远，桐柿椿槐等北方杂树才显出新叶的阴影，大地的边缘上却有最早的一茬冬性杂草，开花结籽儿，及早接近了生命的大限。几重植被最底层的，是地衣状当属繁缕和卷耳一类的纤纤细草，草已硬老，刻下明显枯萎泛黄。隙地和田埂上多是散乱生长的荠菜，这时也值花后结子，一簇一蓬的老茎，有的细枝泛紫红色，有的泛灰白，其上密密排列的籽荚三角形状，秀美似小萍，迎风起伏，微微摆动，很可观。

荠菜随地而生，属于十字花科农田杂草。其基生叶片呈莲座丛状，倒披针形，平铺于地面上，羽状分裂。大江

一种荠菜两样

南北对荠菜有多种称呼，主要的区别还在其叶形，有的叶片呈不规则的粗齿状，有的却不甚分明。它出名，主要因为其好吃且方便吃，不择地而生，秀色可餐，“谁谓荼苦，其甘如荠”。上古的先民在《诗经》里最早表达了对它的经典赞颂。或许南方人历来对爽口的绿叶菜格外考究，明朝的一部《野菜谱》将荠菜分类繁细，但大河两岸的中原人却简称其为荠荠菜和积鸡菜，郑州郊区，大家惯称麦地菜，而淮南信阳一带的百姓，干脆一呼为地菜了之。

冬日本是草木休眠的季节，但是，从每年十月小阳春开始，荠菜与冬小麦一道，和名目繁多的冬性杂草一起破土而出，它们是杂草家族最早生长的一批。立冬前后，正是秋叶纷落、万木萧疏的光景，但果园里初生的荠菜苗绿肥嫩，一大片连一大片，隐约就像是农家专门播种培育的，近而观看喜煞人。汉代的大儒著《春秋繁露》记：“荠以美冬水气也，荠甘味也，乘以水气，故美者甘胜寒也。”①此刻本是田园菜蔬单调之时，荠菜恰好弥补了空缺。看农家姑嫂相约走进果园，巧手挥动小铲、剪刀，甚至不妨用一个竹片，在林下细心挑荠菜、挖荠苗，手下嫩荠

荠以美冬水气也，荠甘味也 ①

《春秋繁露》 董仲舒

多而纷乱，不一会儿就装满了一袋或一篮。然后，一连串欢快的笑声里，把荠菜就着河水洗净了，或凉拌或下火锅，要么切碎拌起肉末和豆腐，包饺子包馄饨裹春卷自便。秋藏冬眠，室外寒风呼叫，一家人却围着火炉就饭吃火锅，挟一筷头绿油油的荠菜活色生香，农家之乐乐陶陶，实在是别有一番滋味在口中了。再往后，经了霜雪的荠菜，嫩叶发红泛紫变枯褐，甚至被冻死，但其根不死，蛰伏到来年正月打春，它又绿蛾展翅似的飞动起来。“荠虽野草而有佳味，采取宜在寒食前。”（清·高士奇《北墅抱翁录》）早春的荠菜，于开花之前又成为可入“小八珍”的山家清供，用以佐粥，古人美称“百岁羹”或“翡翠羹”。这些年地气持续早暖，春节前后偶尔到野外走一走，发现向阳的土坎上，未及起莛的荠菜，竟然及早便开了琐碎的白花来。

荠菜美名远扬，得力于历代好美食的文人。魏晋南北朝时，便有若干《荠赋》问世。宋代的苏东坡和陆放翁，现代的周作人、汪曾祺，前后接力，众口一词为荠菜唱赞歌。陆游曾吟《食荠十韵》，苏轼则有《与徐十二书》：“今日食荠极美，……虽不甘于五味，而有味外之美。其法取荠一二升许，净择，入淘

7 No. 荠菜

Capsella bursa-pastoris

2016. 4. 9　郑州　甘草居

米三合，冷水三升。生姜不去皮，捶两指大同入釜中。浇生油一砚壳，当于羹面上……不得入盐醋。君若知此味，则陆海八珍，皆可鄙厌也。”但放达坡仙是否知道，荠菜，对百姓而言却是度春荒时的充饥救命之物。“江荠青青江水绿，江边挑菜女儿哭。爷娘新死兄趁熟，止存我与妹看屋。”明人滑浩的《野菜谱》，却多多记录了同为食荠人的人间辛酸。

事实上，国人喜荠爱荠不止于食味，且同一岁迎春的风俗有关。采荠、食荠并佩戴荠菜花，曾为宫庭与民间朝野共同的赏心乐事。《武林旧事·赏心乐事》里记载当时一幅骄奢的挑荠菜游戏图：二月初二日，“宫中排办挑菜御宴。先是内苑预备朱绿花斛，下以罗帛作小卷，书品目于上，系以红丝，上植生菜、荠花诸品。俟宴酬乐作，自中殿以次各以金篦挑之，后妃、皇子、贵主、婕妤及都知等，皆有赏无罚……上赏则成号真珠、金杯、金器、北珠、篦环、珠翠、领抹；次亦铤银、酒器、冠锭、翠色、段帛、龙涎、御扇、笔墨、官窑定器之类。罚则舞唱、吟诗、念佛、饮冷水、吃生姜之类，用此以资戏笑。王宫贵邸，亦多效之”。与之相对应，《西湖游览志》述吴越民间风俗：“三月三日，男女皆戴荠菜花。谚云，三春戴荠花，桃李羞繁华。”民间历来有荠菜崇拜，百姓认为春天食用荠菜，应时而食，可以驱邪明目，吉祥而健身。江南甚至还有农历三月三为荠菜生日的说法。这么一来，我终于明白了叶灵凤在《江南的野菜》里所引民谚的真实含义——“三月三，荠菜花儿赛牡丹。”老百姓竟然唱出“燕山雪花大如席”的豪放和美丽来，这田野间连接着地气与春的气息的颂歌，同病态的仕女贤人，或宫中纸醉金迷的逢场作戏，情趣高下，相差何止万里！

2002 年 2 月 25 日

“谷雨三朝看牡丹”

阳历4月中旬，清明和谷雨之间，碰巧一连五天，我有幸和正在秀穗的麦子处在一起，面对面看它们生长。说亲密接触也可以，因为曾用手小心翼翼捏了捏打苞中的麦梢。

农村出来或当过知青的同龄人，小六十该退休了，眼看着城市连年大发展，如今常常感叹：“郑州方圆三十公里之内，几乎看不到麦子了！”人想返璞归真，此话有赞有弹，明显是惋惜城市大发展的同时，四周的农村相继被夷平，农村和庄稼退得更远了。但这次我自周一开始，到河南大学新校区学习，干训楼临着西大门和北门，西北角一片绿荫初成的杨树林边，开辟了医学院和药学院的药圃实验田，玻璃暖房和四四方方一大片麦子很醒目。清明才过去不远，而打苞孕穗的小麦，因校园人气旺，此刻在整齐地吐穗。麦子秀穗，麦田四周的杂草、紫红色的野豌豆和黄花续断菊，也在扯秧或抽茎开花。早晚散步的时候，只要人一出门，没几步就可以看见麦子，绕都绕不开麦子。今春中原多雨，清明前后大风雨导致倒春寒，花红早谢了，校园绿树新满，早上六时旭日腾出地平线，和路边的麦子也面对面。鸟叫鸟鸣的背景里，仿佛听得见挤挤挨挨的麦子像青涩的学生集体出操一样，争相拔节，且低低发出嫉妒吵嘴之声。

三天后，又过黄河到豫北的长垣县，继续另一场聚会。长垣已变成省直管县，县城的新貌也令人惊叹。开会地点在城外边新辟的科技园区，酒店面对着一个人工水景的绿地公园，而西边隔路就是麦地与农村。人以群分，我们年龄大的，都觉得人工绿地不稀罕，难得继续亲近麦子和田园，何况是野外。村路和田埂亲切，次第铺开，临着熟悉的河道与沟沟坎坎，大片麦子侥幸自己还逃得出扩张中城市的罗网。杏都结小实如梅子，白色苹果花开得正好。因为野地里气温较郑州、开封低，麦子整齐地拔节了，但秀穗不齐。品种不一样，叶片宽窄和颜色深浅不同，宽叶的乌绿，细叶的则青绿，前者犹显肥壮。与河大校园里的麦子齐齐出穗相比，眼前的麦子打苞秀穗，大多还“犹抱琵琶半遮面”，羞答答的。早晚两头，虽然遇不到在地里干活的村民，可是，农家为麦子与果园除草的痕迹清楚可见。村路上和河沟里，成堆弃了的半青半干的杂草，如开花的米蒿与结子的乱荠。终于，盼来了一个骑摩托的汉子，他在我们不远处停下，近距离打量自己的麦子，遥望着隔路的工地。他告诉我们，小麦亩产一千多斤，此时小麦的价格，每斤是一元二角六分。但是，他和邻居们拿不准，是继续种地好还是早变成市民好。也盼县城开发早点儿越过路来，可这两年城市化的进程似乎在放缓。又朝南指了指，新农村的楼群大体建了起来，还没有说何时搬迁入住，况且，老村子补偿的政策不明晰。他说过又骑车走远了，我们向前朝村子走，村头一家养鸡人正育鸡雏，简易的养鸡房几乎密封着，砖头竖起的窗洞里鸡娃叽叽叫着。屋后面树上的榆钱儿变老，麦地里栽着一大片药牡丹。但牡丹远没有麦子长得可观，裸露的地皮硬邦邦、和村路一样灰白色，杂草除过了，还没有灌园浇水，瘦弱的牡丹棵子，花形叶片没有完全变绿，枝头上的花蕾似小包子，才崩红嘴，远处一株白花先开了一点点儿。这时，一年一度的洛阳牡丹节开幕已经一周了，四方赏花人正多。但是，我眼前不仅是农家这一片药牡丹，连酒店门前的绿地公园新造的坡地上，肥秾的晚樱花下，露天牡丹园里的牡丹也只是含苞待放。今年春节迟而春来早，清明前一周，郑州就有牡丹先开花了。城市和农村的地脉不同，气温差距不小。如果不是这时候在豫北的田野里看麦子而遭遇药牡丹，哪里会知道“谷雨三朝看牡丹”的老话实在！麦子与牡丹，意外将时令与物候的误差和城市的虚火一并暴露了出来。

2015 年 5 月 5 日

三月樱桃 二月牡丹

“三月清明榆不老，二月清明老似榆。”我老家的这句民谚，与“三月清明坡不青，二月清明青峥峥”是对应的，后者指山区，前者说平地。意思是，农历三月清明，清明节还可以吃到树头菜榆钱，若逢二月清明，那榆钱就已经老而迎风飘落了。丙申年，今年又是二月清明，中原春绿来得早。百果最先的樱桃，农历三月初即可尝鲜。常年的五一节时，郑州西南郊的樱桃沟是樱桃采摘旺季，今年则提前了，4月中旬就有郊区的好樱桃上市，正是农历的三月初。李时珍说“樱桃树不甚高，春初开白花，繁英如雪。叶团，有尖及细齿。结子一枝数十颗，三月熟时须守护，否则鸟食无遗也。”河南人说“樱桃好吃树难栽”，正与李时珍的意思相同。上古的时候，宫

樱桃树不甚高，
春初开白花，繁英如雪。

廷即有了以果子荐先的制度，《礼记》曰："仲春之月，羞以含桃，先荐寝庙。"①而岁时与节气，被冲击与轻视很久之后，从来没有眼前这几年热络。几年之前，曾经为农历生肖年的开头，是从阳历年的元旦还是从春节开始，尚需要争辩，2011 年开头，我曾经发表小文字《哪一天开始农历的兔年》。时至今日，这个问题分明已经不再缠人。当前，关于节气与农历知识的撰述流行，河南诗坛有美其名曰"青红帮"的一双姐妹——青青和萍子两位，便分别有《我的廿四节气》的著作问世。外地还有以小说《冬至》《农历》，散文集《守岁》而出名的作家郭文斌。总之，流行文化中竟然出现了对于古老的岁时节气的敏感与热情，这不仅是当代人精神世界的一重诗意的回归，也可以看作是传统文化回归的一个指标。

比樱桃更早的，是牡丹，也提前开花。老话说，"谷雨三朝看牡丹"。牡丹别名鹿韭、鼠姑、木芍药、洛阳花等，在民间它一直是国花的象征。它曾经被分类为毛茛科多年生落叶植物，现在被明确归为芍药科芍药属植物。自 21 世纪以来，在气候持续暖化的大背景下，我连年不间断观察，发现年年

仲春之月，羞以含桃，先荐寝庙。
①

《礼记》 戴圣

清明前后，郑州和洛阳城市里的牡丹就缤纷开放，比古代的花信，整整早了半月不止。持续多年的洛阳牡丹节，都在 4 月上旬开幕。而牡丹的起源问题，千余年来，也经历了盲人摸象的过程。最先，南朝诗人谢灵运说“永嘉水际竹间多牡丹”。有人说温州，有人说汉中。欧阳修的《洛阳牡丹记》与陆游的《天彭牡丹谱》，也说法不一。近年来，豫人编撰的《国花牡丹档案》，综合了当代牡丹研究的权威资料——已经确定出牡丹野生种 9 个，分布于全国 11 个省区。其中，分浅裂叶亚组和深裂叶亚组两类。目前，我国的人工栽培牡丹，业已形成四大品种群，分别是中原牡丹品种群、西北牡丹品种群、西南牡丹品种群与江南牡丹品种群。洛阳牡丹的名品，那杨山牡丹和紫斑牡丹两种，即是本地伏牛山区的原产。位于市区邙岭之上的“洛阳国花园”，特地保留了原生态的杨山牡丹古株。

有意思的是，春节迎新的人工催花牡丹，开花后还可以弃了花盆，种在露天里生长。我们小区的院子里，绿地上的几块景观大石头前后，由我家移栽的催花牡丹，大的已经生长十余年了，年年应时早开。今年 4 月 5 日，第 34 届洛阳牡丹节开幕。但头两三天，清明小长假里，院子里的牡丹与我家墙头的紫藤花一并盛开，还有红月季与披藤蔷薇，也各自先开了三两朵。

周作人自述写日记开始于戊戌变法的 1898 年。“第一册记戊戌正月至五月间事，时在杭州，所记多关于食物及其价格者”：

正月三十日，雨，食水芹，紫油菜，味同油菜，第茎紫如茄树耳，花色黄。

二月初五日，晴，燠暖异常。食龙须菜，京师呼豌豆苗，即蚕豆苗也，以有藤似须故名。每斤四十余钱，以炒肉丝，鲜美可啖。

闰三月十三日，晴，枇杷上市。

十四日，阴，食樱桃，每斤六十八文。

“常记琐事，但多目击。”这两点是《周作人日记》的两个记事原则。我觉得这两点最经得起岁月的检验，也最为宝贵。

2016 年 4 月 5 日于甘草居

薤即藠头没问题。可它是古代的小蒜吗？

其叶类葱，而根类蒜。

《齐民要术》记蒜、薤、葱、韭四种，各自是独立的，延续了《尔雅》的区分。泽蒜位列蒜之内，蒜分胡蒜、小蒜、黄蒜和泽蒜。贾思勰不认同泽蒜为小蒜。唐代的《食疗本草》，孟诜把薤和小蒜也分别记载。《本草纲目》李时珍说薤："其叶类葱，而根类蒜。"然而，现代人把薤与泽蒜、小蒜等同，混为一谈了。当代的《本草药名汇考》曰薤和薤白，又名"地葱、団葱、野葱、胡葱及山蒜、泽蒜、小蒜、野蒜诸名"（程超寰、杜汉阳编著《本草药名汇考》，上海古籍出版社，2004年12月）。

迷失的小蒜

汪曾祺说《葵 薤》，铁板钉钉、毋庸置疑地说，薤就是藠头。此前，他和朱德熙通信里说，薤在“我的家乡，叫作小蒜，这其实是不准确的，因为下面的疙瘩不像蒜那样分瓣，倒是一层一层的像一个小洋葱头”。薤由野生而入园，其叶极细且有蜡质，灰白光滑，连早晨的露水也难以挂住。

《尔雅》“释草篇”，从韭、葱、薤、蒜四辛辣开头。周秦时代的先民，各地最初有不同的叫法，呼野生之薤为天薤、山薤和野薤等。薤的存在是绕不过去了，于是，传说西汉的渤海太守龚遂，曾劝导人们在自己的菜园里多种些薤，既可以吃叶也可以食用其根茎。可是，后贾思勰时代，不安分的薤像悟空一样，也不打招呼，便从园蔬和菜畦里逸出，一个跟头重回到天地大江湖里了——北方不复有种植的薤和藠头。直到现在，许多人仍然一辈子也不知道何物是藠头。汪曾祺说：“北京的食品商场偶尔从南方运了藠头来卖，趋之若鹜的都是南方几省的人。北京人则多用不信任的眼光端详半天，然后望望然而去之。”当地人说，“这哪有蒜头好吃啊！”20 世纪 90 年代初，《羊的门》写省会城市主干道上的白吃一条街，大吃大喝风行，那

8 No._泽蒜

Allium albostellerianum

2016.4.21　郑州　甘草居

时粤菜才进郑州不久，有名的香江大酒店和越秀酒家上菜颇讲究，开胃小碟总有怪味而爽口的罐头藠头。

正因为中原和北方地区不复有藠头出产，就此而言，汪曾祺说塞外和内蒙古野生的小蒜乃薤或薤白即藠头，实则也不全对。藠头分明是薤经过了人工驯化的田园植物，如今还广泛种植于南方地区，尤其是湘赣粤一带。我曾经几次过江西，在九江或南昌的门市部里，那里的藠头和茶饼两大特产很喜欢人。尤其南昌下辖的生米古镇，露天与大棚交织种植的“生米藠头”，现在是当地出口创汇的名优特产。

东南一带似乎也没有藠头出产。果壳网有篇以浙江地区为例，说薤与藠头相区别的文章十分精彩——曰浙江的葱属植物一共九种，葱、韭、蒜、洋葱、薤白、藠头、细叶韭菜、球序韭菜和茖葱。薤和藠头，二者的拉丁文写法不同，即植物身份证有别；二者花也不同，薤白的花莛直上，花色淡粉近白，花期 5—6 月；藠头花莛是弯的，开花洋红色，花期 10—11 月；薤白的鳞茎接近圆球形，藠头的鳞茎是卵形或狭卵形。

整个一个春天，从早春二月二到四月立夏，黄河两岸的河南人，在这个“春风吹又生”的最美野菜季，不少人特别要寻找泽蒜吃泽蒜。如汉代张衡《归田赋》所言：“仲春令月，时和气清，原隰郁茂，百草滋荣。”黄河之水天上来，出了山西陕西两省交界之大峡谷，飞流直下，来到平地洛阳的孟津地界，太行山和北邙山于此交叉接近，大河北边，黄河和太行山夹峙而形成一个三角地带，此一派膏腴之地，便是我的老家，旧称为怀川。这边豫晋交界的太行王屋二山，愚公家乡人与怀川人早早就要采白蒿，挑面条棵和荠菜，挖泽蒜。泽蒜冬而不凋，是早春原野上最早的绿色装点。二月花朝连谷雨，郑州黄河迎宾馆里，白玉兰红玉兰，红梅绿梅，美人梅红叶李等，杂花生树，开得正好正乱。高大悬铃木合围着一片四四方方的大草坪，靠着树根周围的小草先绿，大部分枯草还没有苏醒，“草色遥看近却无”的。可是，一走进草坪里定睛细看，发现淡紫花偏红色一点的紫花地丁，已星星点点开花——有的嫩叶子出土了，叶心里开花；不少没有叶子而先抽莛开花，仿佛菌子似的。小花如恒河沙数，遍地开花。很奇特的是，伴着紫花地丁开花的，是一窝一窝、一簇一簇连环不到头的细嫩的泽蒜。泽蒜很快就长大了，清明到郊外看藤花和连翘花，古嵩山两面的环翠峪和太室山里，荥阳人与登封、巩义人，在郊游踏青者集中的地方临路卖泽蒜，且乱叫山韭菜。天气一天天变热，春光很快就变老了，而谷雨看牡丹时，我们从郑州到洛阳走连霍高速公路，经过桐花盛开的邙岭一线，看到当地人从树荫深处走出来，多有抱着大捆的山野菜即泽蒜下来，一捆我们叫“一大掐”。

泽蒜又名小根蒜是对的，可它是否能和远古的小蒜画等号？这涉及野生和园艺，栽种与变种的关系，一下子真说不清。

2019 年 3 月 21 日于甘草居

小蒜 山韭菜

4月中旬又上山去——这一次，我和画家张文江兄在林州的大山里，一个叫郭家园又名千瀑沟的高山山谷里住了几日。山势漫上坡而山道窈窕，亚腰葫芦似的此处宽彼处窄，里边有赵姓人家临溪水把着个路口，经营一片“休闲山庄”。主人给我俩备的早餐，见天是馍和粥配炒鸡蛋。馍分蒸馍和油烙馍两种，粥只是电饭煲煮玉米粥，独味地黄丸。哎！这看官或许要问，顿顿吃炒鸡蛋你烦不烦？不烦，且食指大动并喜上眉梢，因为每一回的炒鸡蛋不俗气且不重样——第一顿，香椿炒鸡蛋；第二顿，小蒜炒鸡蛋；接着第三顿，是嫩韭菜，头刀山韭菜炒鸡蛋……话说春来野菜香，此刻梦想变成现实，这香椿、小蒜和山韭菜，般般样样皆山家清供，而且都是主家

张仲景《金匮要略》有“瓜蒌薤白半夏汤”。

现摘的。

择干净的小蒜，青绿的蒜秧带着白生生的小脑瓜疙瘩，和金黄色的土鸡蛋油津津地合二为一，颇有品相，岂止吃口好，按说也很有说头的。但小蒜对我而言并不稀罕。豫之界，无论山区平原，到处有小蒜任性地生长蔓延。它不择地而生，况且冬而不凋，大冬天寒冬腊月里，高天滚滚寒流急，小蒜它也不畏霜雪，蒙混在败叶枯草里略黄略瘦细而已；春节打了春，即刻摇身一变，再现青翠青葱之色。老家人不叫小蒜叫泽蒜，生调吃和摊馍吃，每年总有段时间是家常便饭。后来，过了黄河在伏牛山等地，边角旮旯里也多见泽蒜。我也勤读汪曾祺，私心对汪先生的《葵 薤》和《韭菜花》，想进行南太行地域的小补充。譬如，《成都晚报》今年3月底的终刊号，朋友特地刊登我之《迷失的小蒜》作随笔版的谢幕词。不料紧接着我又一次到林州来，清明谷雨之间，草木欣欣向荣，南太行的山野菜正多正肥嫩，那梯田边上、路边和山沟的阴湿地带，一窝窝的泽蒜生长得秀密整齐。

《救荒本草》记泽蒜："又名小蒜……生山中者，名蒚。苗似细韭，叶中心撺葶。开淡粉紫花。根似蒜而甚小。"其救饥方法："采苗根作羹，或生腌，或炸熟，油盐调，皆可食。"《河南野菜野果》又名其为薤白。是的！薤白与薤不同，薤即藠头，现在仍然是南方园蔬一种出产。薤白独指野生的泽蒜。杜甫诗记泽蒜："束比青刍色，圆齐玉箸头。衰年关膈冷，味暖并无忧。"贫病交加的诗人在乱世里流离颠沛，但是，当他有幸饮下一盏薤白酒时，胸部的不适马上得以缓解，忧愁暂时消散。而医圣张仲景《金匮要略》有"瓜蒌薤白半夏汤"针对胸痹，现在仍然广泛应用于治疗各类心脏病和肺病。

林州就是昔日之林县，位于豫晋冀三省交界大山深处，旧以林虑山、今以红旗渠而闻名天下。虽然我的老家也是山区，脉系南太行，但老家之山是浅山，在太行山的边上，远不及高山和深山里风物奇特。往日到林州，我和文江兄惯常多住石板岩，这一次，朋友成人之美，要我们换个地方住，看新鲜，就来到县城西南的郭家园。整个山谷十五里不止，就一个行政村设置，其中分散着二十多个自然村，有的仅有一两户人家。这里山高

生山中者，名蒚。苗似韭菜，
叶中心攛葶。①

《救荒本草》　朱橚

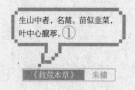

林深，向前没有出去的路，进出需要走回头路，路口回望可以看见林州县城。

郭家园西去离辉县不远，山上山高山如城，与山西平顺犬牙交错搭界；农家饭店吃鱼是虹鳟鱼，活蹦乱跳的高山冷水鱼，则由河北涉县的养鱼人开着“蹦蹦车”隔日送来。自北而南，太行入豫并拐弯收束，从林州到济源，南太行数百里是个芭蕉扇或牛轭状。济源和林州，分别把了两头（边）。我是由北而南说，前人是由西而南向北说，清乾隆五十四年的《怀庆府志·舆地志》记太行山：“西自济源东北，接河内、修武、辉县、林县至磁州，绵亘数千里。其间，峰谷岩洞，景物万状。虽各因地立名，实皆太行也。为中州巨镇，（禹贡）底柱。”此对照现实依然。

我们是 4 月 17 日下午来到郭家园的，晚上就着户外桌凳吃夜饭的时候，适逢“月上柳梢头”——春暮柳已壮，当头是乱柳遮阴，柳树上头一轮大明月，明月皎皎，普照山谷，环状山崖山影隐约斑驳，有山鸟两声一度怪鸣不已，提示我翻看手机万年历，此日乃农历己亥三月十三。

隔日早餐，换成是嫩韭菜炒鸡蛋。我比山家尤早起，远远地看，眼看着主妇在房后菜畦里割一拃长的嫩韭菜，早晨的山地草木，高高低低，皆挂着盈盈露珠。“芽抽冒余湿，掩冉烟中缕。几夜故人来，寻畦剪春韭。”（明代高启《余氏园中诸菜十五首·韭》）

韭菜山韭菜，和蒜苗小蒜凌冬不凋不同，则冬枯而春生。还是杜甫，这一次他欣然吟出：“夜雨剪春韭，新炊间黄粱。”粱乃糜子，小米为稷。但玉米如今取代了低产的它们。挛山韭菜，之前，包括我在老家上中学的时候，夏秋之际，村人特别是女子要到深山里挛山韭菜。“挛”与薅和拔，是有区别的。野菜有采和剜、撅、抉与挑。后来才知道，山韭菜谷雨时节便肥绿。如今，山区开发旅游度假，为了满足城市人和外乡人好奇吃野菜的兴致，山家开发许多野菜品种，包括山韭菜和别的，移植到家园的菜畦里来。郭家园人将山韭菜移栽到菜畦里，吃小蒜和香椿的时候，换着口味可以吃头刀山韭菜。

曾经有《救荒本草》的现代版本，标题《野食》，曰明代皇家野食。仔细说来，周王记录的不止野菜野果。米谷、果树和园蔬，粮食、果实和菜。有意思的是，周王挑选似无规律。例如，米谷二十种，豆类最全，有大豆黄豆苗，有野大豆蚕豆，可大米小米，黍稷皆无；果实，果部二十三种，樱桃石榴、梨桃枣柿葡萄等，包括大多数的北方果实；菜部四十六种，家常的萝卜白菜没有，大多野菜。汉代皇帝鼓励百姓种蔓菁以备荒年，《救荒本草》有野蔓菁而无蔓菁。野蔓菁是个什么东西，“生辉县栲栳圈山谷中。苗似家蔓菁叶而薄小……根似白菜根，颇大。苗叶根味颇苦”。我至今还没有考证出来。而《河南野菜野果》无记。这是什么标准，还费思量。而香椿、泽蒜和野韭菜，周王都有记录。

最为典型，《救荒本草》记野（山）韭菜多达四种，依其顺序分别是：第388，背韭。背韭：“生辉县太行山山野中。叶颇似韭叶，而甚宽大。根似葱根。味辣。”郭家园有一个正在耘地和搂菜畦的老汉七十岁了，老伴和女儿都住到城里去了，他坚持留在山里种地。原来开大货车四处跑过，多识见，谈起山野菜和中药材来头头是道。说泽蒜和小蒜，他顺口就谈起张仲景的“瓜蒌薤白半夏汤”。说起野韭菜的品种，他指着高山高

No. 9 山韭菜

Allium wallichii

2019.8.7　郑州　甘草居

头，一圈红色砂岩之后，高山灰褐如屏。两道山之间，生长着一种野韭菜，指头肚宽。他又指着路边的柳树说，扯一片柳叶，差不多与柳叶一样宽。他见过，却没有亲自采过。

这一种山韭菜，它的特征是叶子宽，这个和周王说的背韭对上号了。在我的寻访和探访过程中，这也是最难以核实的一种山韭菜了。

第400，柴韭；第401，野韭。这两种山韭菜的共同特征是开紫花。柴韭："开花如韭花状，粉紫色。苗叶味辛。"野韭："开小粉紫花，似韭花状，苗叶味辛。"南太行的山韭菜，开花似园韭，开白花多，但也有开紫花的。紫花野韭菜，远一点说，黔西南贵州毕节的大山，大小韭菜坪，紫花山韭菜蔚然成景。而内蒙古及东北大草原上，紫红花野韭菜也多。这些年，在南太行，我也找到了开紫花的山韭菜。《紫花山韭菜》的小文章，早在2012年秋天我就写过并发表了。

第406，薤韭。薤韭："一名石韭。生辉县太行山山野中。叶似蒜叶而颇窄狭;又似肥韭菜,微阔。花似韭花,颇大。根似韭根,甚粗。味辣。”这个歪打正着,不是在太行山,我在南召看山家打辛夷时,伏牛山岩石缝中见而采食。另一次洛阳牡丹节,我在龙门大佛前边废旧石龛里,石龛边沿生长野草,有枸杞、黄鹌菜和薤韭一株。洛阳龙门山,也是伏牛山余脉。不是开花时节。《河南野菜野果》列野韭一条,说是开白花的。但它又说:“本省野生韭菜种类众多,常见的还有细叶韭、多叶韭、山韭、球序韭、合被韭等,主产伏牛山区,食用方法同野韭。”

至少十年,实则十年不止,我对照着《救荒本草》,企图把周王在南太行一带的采撷与发现弄明白,实在是不容易。而这一次,我收获蛮大,竟然把四种野韭菜落实了。不只是吃山韭菜头刀山韭菜炒鸡蛋了!

2019 年 4 月 23 日于甘草居

山桃和漆桃

山桃古称榹桃，或美称小桃等。

处暑过后入秋了，可瓜果市场上各种桃子还多，有的大桃子分明比小甜瓜还大，一个一斤多。而绿地和公园里春天赏花的碧桃树，红花碧桃和白花碧桃，树枝上也结了毛桃一样的大大小小的果实，熟透了自然落地，只是不好吃。中华大地，广泛分布着野生的桃树，太行山区的野生桃树，丘陵与浅山区生长有毛桃，深山里和大山上才有山桃。毛桃与山桃，二者并不相同。左思《蜀都赋》说“榹桃函列，梅李罗生”。《尔雅·释木》曰榹桃为山桃。毛桃能吃，山桃却不能吃，但它的桃核可以穿做手串，圆溜溜的满布细密的花纹和小麻点，颇可爱。一岁春来，山桃开花最早，比杏花还早。古代的文人美其名曰小桃，梅尧臣吟诗：“年年二月卖花天，唯有小桃偏占先。”它甚至比梅花开得还早，曾子固《南丰杂识》有：“正月二十间，天章阁赏小桃。”范成大《四时田园杂兴六十首》里亦曰：“探梅公子款柴门，枝北枝南总未春。忽见小桃红似锦，却疑侬是武陵人。”而将山桃引种到现代城市的公园里，是北京、郑州等地早春赏花的佳树。郑州每年 3 月初，农历二月二前后，有时还下着雪，而辛夷、山桃和梅花常常一同开放。

山桃古称榹桃，或美称小桃等，却没有包括南太行地区，我的老家人对山桃的命名，我们古来叫山桃为漆桃。或许是山桃的树皮树枝，浑身上下，紫红色油光发亮的缘故吧，但就是不见别处有相同的记载。

西部更多野生桃。阳历 8 月开始，新疆大地陆续晒秋，沙漠绿洲戈壁滩，辣皮子红辣椒、番茄、白棉花、金黄的玉米和葵花，外加各种瓜果，纵横千里，美不胜收。人游南疆，从喀什到和田途中，大太阳照着大沙漠，一处绿洲边缘，独一个维吾尔族的小伙子，摘了瓜果到大路边卖，他心疼自己的私家车，老大的遮阳伞，罩着自己的一辆桑塔纳轿车，自己溜边坐着卖桃子，模样如山桃一样，桃不大而多毛，却软甜可口。这桃不熟透不能吃，吃它也不用撕皮，桃子太小没法撕皮，尽管捏一下用口吮吸就好了。这新疆毛桃，又名大宛桃。

新疆向南，而藏区也多山桃。每年春天的林芝桃花节，影视里恍如童话世界。从藏东南到藏南，在林芝一带沿着十分宽阔的雅鲁藏布江走，青稞在夏天已经收过了，到国庆节前，9 月里沿途有收玉米、小麦和打牧草的，还有牦牛拉犁耕地，妇女跟着犁地的丈夫用手撒麦子，播种冬小麦的。米林县龙门镇一带的沿江公路上，夹道都是野生的桃树，这里的山桃不大毛也不多，像梅杏一样青黄带红很好看。但它不同于南太行的漆桃，也非新疆毛桃，而是当地的特有品种光核桃，学名西藏桃。它美观也能吃，但味道一般，突出的特点是离核桃，桃核不像桃核，倒像杏核似的。

《救荒本草》和《本草纲目》，对桃的记载内容很丰富。周王说桃："《本草》有桃核人（仁）。生太山川谷，河南、陕西出者尤大而美。今处处有之。树高丈余。叶状似柳叶而阔大，又多纹脉。开花红色。结实品类甚多：其油桃，光小；金桃，色深黄；昆仑桃，肉深，紫红色。又有饼子桃、面桃、鹰嘴桃、雁过红桃、冻桃之类，名多不能尽载。山中有一种桃，正是《月令》中'桃始花'者，谓山桃。不堪食啖，但中入药。桃核人（仁）味苦、甘，性平，无毒。”周王著《救荒本草》，野菜多而详细，蔬菜很少。瓜果类，瓜少果实多，中原地区的果木，核果、仁果、浆果和坚果，基本应有尽有。我熟读《救荒本草》却颇苦恼，闹不清他分类的根据何在？

桃的起源也是有争议的，国外有学者认为桃源于伊朗。中国的植物学家，老辈俞德浚在其《中国果树分类学》里说：“关于桃的原产地，以前学说分歧，有认为我国者，有认为波斯者（今称伊朗），有谓高加索者。欧洲各国语言中，桃的名称均源于波斯一名……但不论从栽培历史的悠久，野生种的分布，以及各种类型和品种的齐备，都可以肯定桃的原产地确系我国。远在汉武帝时（公元前140—前88），桃即由我国甘肃、新疆传到了波斯，然后由波斯传到欧洲各国，由此误认桃为波斯的原产。”

《本草纲目》 李时珍

叶状似柳叶而阔大，又多纹脉。开花红色。④

中国古代固然有西王母和蟠桃会的绮丽传说，但相对于“梨为百果之宗”而言，桃的地位并不高。《韩非子·外储说右下》，记载了一则孔子吃桃的故事——

孔子御座于鲁哀公，哀公赐之桃与黍。哀公：“请用。”仲尼先饭黍而后啖桃，左右皆掩口而笑。哀公曰：“黍者，非饭之也，以雪桃也。”仲尼对曰：“丘知之矣。夫黍者五谷之长也，祭先王为上盛，果蓏有六，而桃为下，祭先王不得入庙。丘之闻也，君子以贱雪贵，不闻以贵雪贱。今以五谷之长雪果蓏之下，是从上雪下也，丘以为妨义，故不敢以先于宗庙之盛也。”

孔子振振有词地讲大道理，旁若无人。但这个典故同时也可以说明，后来的桃子是从山桃和毛桃逐步进化而来的。

2017 年 9 月 2 日，秋雨中于甘草居

考小桃

曾经郑州的梅花还稀罕的时候，早春的花事，一直由辛夷和小桃竞开争先。或者你先开，或者我先开，或者同时开，不分伯仲。这几年梅花多起来了，固然梅花先开不由分说，但辛夷、小桃争亚军胜负未决，例如，郑州今年就是小桃占先——3月3日小桃开花，隔一日，紫荆山公园的大辛夷才开。到了农历二月二这天中午，辛夷即早玉兰开花，嫩生生的新花高高在上尚不大显，可金水河畔临路的山桃花，粉红花和绿花桃开满开爆了，在太阳下面冲天而直生玉烟。

小桃是我叫的，它挂牌却是山桃。

考小桃

小桃是我叫的，它挂牌却是山桃。你就是问问人，公园里的种花人一准回答也是山桃。然而，我觉得它和山桃一样又不一样——树皮树干一样，开花时间也是最早，但野生的山桃只有粉红一种花色。太行山野生山桃多，与果桃明显的区别，是它的树干和树枝，皮色紫红油亮，仿佛血皮槭，老家人把它叫漆桃。既区别于果桃，也区别于野生而能吃的毛桃，但山桃即漆桃的果实，既圆又小，却不堪食用。漆桃和野皂角、黄栌一样，植被群落多在半山腰的沟谷地带，大山的最高处反而稀疏稀少。南太行辉县地界，邻着谢晋和栗原小卷当年拍电影的郭亮村不远，深山的第一道悬崖之上，有个叫秋沟的小山村，3 月里满山山桃花，漆桃花大开了最似日本樱花。我们去的那次，头天夜里落雨了，话说“春雨贵如油”的，第二天早上起一阵风，一个上午，满山桃花像爆竹点燃了一样漫漫盛开，云蒸霞蔚，比陶渊明写南方的《桃花源记》更为出尘。可满世界山桃花，只是粉花粉红花，没有开绿花和开白花的。

公园里山桃的花色，除了粉红色，还有白色和绿色两种。因为它开花早，像梅花，曾被误认为梅花。很显然，它是人工干预和培育的结果。北京各公园，其园林山桃开花，也不止粉红色一种。甘草居年年读书读古书，年年看花看桃花，一再品味《老学庵笔记》，该书卷四，陆游陆放翁有段关于小桃的经典记述：“欧阳公、梅宛陵、王文恭集，皆有《小桃诗》。欧诗云：‘雪里花开人未知，摘来相顾共惊疑。便当索酒花前醉，初见今年第一枝。’初，但闻桃花有一种早开者耳。及游成都，始识所谓小桃者，上元前后即著花，状如垂丝海棠。曾子固《杂识》云：‘正月二十间，天章阁赏小桃。’正谓此也。”如果要排列古人关于小桃开花的诗文，分明还有很多。梅尧臣曰：“年年二月卖花天，唯有小桃偏占先。”

故宫博物院的第二任院长，生性沉毅的金石考古学家马衡先生却敏于草木，年年春明花事，他都要从故宫御花园看山桃开始。

《马衡日记》1950 年载——

3 月 21 日（星期二） 春分 节晴

偕维钧看乾隆花园工程，假山章法胜于御花园，倦勤斋、符望阁、遂初堂室内结构及镶嵌之巧亦远胜内廷……御花园山桃探春已吐蕊，不出旬日可看花矣。

而 1951 年春节一过，鼎革之初的故宫及早就忙开了。各方面首长，以及各界要人、名人参观故宫者络绎不绝。周恩来总理才来故宫参观过“抗美援朝展览”，2 月 26 日上午，又有领导踏雪而来：“西谛、冶秋偕周扬部长来看武英殿及太和殿筹备七一中共三十周年展览会，与景华等陪同视察。”5 月 14 日：“王世襄来，因同往朱桂辛（朱启钤）家，精神犹昔。正谈话间，陈叔通亦来。章行严亦住此宅，知余等来，即出款客，知其下月将赴香港……院中两次来电话，询知毛主席将于下午二时来游故宫。饭后与世襄同往，至三时半忽接电话，谓主席顷自香山归，倦不能来，遂各散去。”

故宫庭院深深，冬枯之树树头之上多鸟窝，七十岁的老院长，马衡老还要亲自布置驱赶树上灰鹳筑巢之事。可忙里偷闲，他仍然不忘依时序和节序看花赏花——

4 月 2 日：“山桃已盛开……晚六时半，贺笠来讲《实践论》，历二小时。”4月3日：“馆中杏花尚未开。溥仪生父载沣已故，其弟载涛以其遗书捐献文物局。”4月9日：“谢刚主赴图书馆阅书，余往晤之。见杏花盛开，丁香、海棠尚无消息。下午开学委会，又开新组织准备会。”

俱往矣。故宫今年元宵节灯光秀蹿红海内外。而且今年花事早。全国“两会”才开始，3月5日，首都即报玉兰和山桃同一日开花，比往年3月15日前后开花足足早了一旬。人气旺是一方面，气候暖化也是显然的——20世纪50年代初，北京山桃开花，在清明节前一点；2000年前后，山桃玉兰开花在3月中旬。郑州小桃的第一枝粉红小花，今次在3月3日下午。

借了气候暖化和连年暖冬的地力，21世纪以来，梅花在中原地区卷土重来。刻下河南全省从南到北，自信阳、许昌、郑州、新乡而安阳，层层远上，“梅花以惊蛰为候”对应恰当。古来梅花栽培，艺梅多用桃杏为砧木嫁接。陈俊愉、程绪珂先生主编的《中国花经》，和俞德浚先生的《中国果树分类学》，都说及梅花嫁接用山桃为本，故而山桃变种，开花有白花和粉红花。

鄢陵花木之乡，古来即有绿花桃一种，尤为惊艳天下，且有单瓣与千叶花。

山桃开花早，前人多有述及。《救荒本草》第363记桃树，周王说桃有多种：“名多不能尽载。山中有一种桃，正是月令中‘桃始华’者，谓山桃。”惊蛰三候，一候桃始华。今年郑州3月3日小桃开花，比惊蛰之日早了三天。

话说至此，绕了这么大的一个圈子，山桃与小桃的关系我想差不多是说清楚了。为何山桃又可以称小桃？那最后一个说小桃的老辈，怕是数着邓云乡先生了——邓公山西人，原在北京工作，又远赴江南，先苏州后上海。他说老北京燕京风土，有《燕山花信谱》一帙，打头第一即是《山桃花》：“客居江南，年年一到旧历二月中，不禁想起北京的山桃花来。”他回忆旧都故家早开的山桃花：“苏园忆，一树小桃红，廿四番风尔独早，三春迎客记头功，常在梦魂中。”

题目写的是山桃，话匣子打开却是扯上了小桃。把山桃与小桃打通，似乎只差了半口气，那么我就接着邓公老前辈的话茬子，把话说透了吧——这园艺品种的山桃花，虽然花色品种多，但它和真桃花与真梅花比起来，花瓣又最秀小精巧，故可美称为小桃，显得十分文气文雅。

2019年3月9日于甘草居

婆婆纳 翻白草

破破纳，不堪补。寒且饥，聊作脯。饱暖时，不忘汝。

翻白草又名委陵菜，也叫野芫荽。

春色在早春的背景里尚寂寥，但一岁一枯荣的地上杂草，早先在腊月里就冲寒露头了。故而，春节有正月初七“人日吃七种草”的古俗。中原民谚说：“打春三天，草芽钻尖。”开始的时候，杂草滋生，攀扯依靠，多在边缘连成一线。但二月二的门槛一过，一夜惊蛰地变酥软，倘若再得一场应时的细雨，青草发力，次第越过墙根、塘堰、田埂和沟坎的界限，逐渐蔓延广大。黄河两岸，大田里得麦苗庇护的乱草不用说，露天最明显的是婆婆纳和荠菜，面条棵、米蒿、猫眼草、夏至草，蚤缀、卷耳、繁缕，以及蛇莓与委陵菜等，簇草连环结成绿网。这一刻，如果你定睛仔细看，会越看绿色越多。

草木缠人理不清，杂草乱如牛毛。而

植物学和植物志里细分，还有各地的杂草志、野菜谱。和周王、吴状元的古书相对照，兼及那部冒名而野蛮侵犯周王知识产权的《野菜博录》，我常年不离手的两本书，左右开弓，一本是《河南农田杂草志》，一本是《河南野菜野果》。这一双姊妹书近年问世，都出自河南农业大学专家的编纂。特别是后一本，带图而简明扼要。它把一岁野草野菜，分为麦田杂草和秋田杂草。婆婆纳是一年生的麦田杂草，和小麦、油菜同步生长。秋天才割过玉米，显豁的田野上，河沟和树林、果园的隙地，大片新生的青草，连绵的婆婆纳最醒目。十月小阳春，婆婆纳小圆叶簇叶变厚，拔节伸展，开第一遍精巧的小蓝花如眨巴着一地小眼睛。同麦苗一样，它深秋旺过了，入冬再经霜侵雪扰，全株冻瘦变小，三九天变身紫褐红，很多会死掉。曾经在大道边所谓的森林公园，不过是旧苗圃和国营林场改名而来的，在林下曾遇见厚衣种菜人吐着白色哈气走路，大头翻毛皮鞋，重重一脚无意踢开了田埂上的一棵缩头缩脑的婆婆纳，浸着盐末似的浅霜，本来是紫红色，猛一下踢它翻过来，冻紫的叶壳里竟然青嫩碧绿，活像踢翻了一只在岸边晒盖子的老鳖。而恰好这一脚，则把地气氤氲里的冬天的真相，完全给揭开来。我所经历，郑州和老家人几乎都没有吃过这婆婆纳，早市上也没有见过卖婆婆纳作野菜的，可汪曾祺的前辈乡贤，明代的王西楼，也著有一部简要带图的《野菜谱》。他说婆婆纳曰破破衲：

> 破破衲，不堪补。寒且饥，聊作脯。饱暖时，不忘汝。
>
> 救饥：腊月便生，正二月采，熟食。三月老不堪食。

婆婆纳春来苏醒，最早泛绿，和荠菜、独行菜、酸模家族的野菠菜打成一片。家门口的婆婆纳和蒲公英开花略迟，直到麦子成熟，割麦时提前枯死。但雨水节气正值元宵节的时候，在武汉磨山植物园东湖梅园里赏梅花，花下有蒲公英和婆婆纳已经亮光光开花。江城武汉的梅花比江南太湖边的梅花略微早开。红白梅花之下，都有连片的婆婆纳生长蔓延。论模样，也有人叫它野芫荽，叶子舒展开确似芫荽苗。

但野芫荽之名叫法颇乱，民间不止婆婆纳一种。四方土地，仿佛红山文化遗存里丰乳肥臀的母亲或老祖母，儿女和孙子孙女繁衍，多得一塌糊涂，和野草一样，故而叫不清就叫乱了，于

10 No._婆婆纳

Veronica polita

2013.3.5　郑州　甘草居

是将错就错。翻白草又名委陵菜，也叫野芫荽，《救荒本草》之“鸡腿儿，一名翻白草，出钧州山野中”，也是委陵菜的一种。翻白草寿命比婆婆纳长久，系二年或多年生匍匐杂草。春夏开小黄花，比酸浆草的小花略微大一点，拔节而节节开花。中原地区，在多层植被里，委陵菜混在里面不显，可边疆辽阔，内蒙克什克腾高山草甸上，东北大兴安岭草原，夏天山花烂漫，其中多委陵菜集中开小黄花，貌似大片油菜花。这般招摇放肆的委陵菜，学名曰朝天委陵菜。翻白草入草药，很少充野菜吃，但现在人贪吃稀罕，面条棵和马齿菜、荠菜，江南的芦蒿与马兰头，都时兴大棚种植，杂草乱了时序。前两年有次在豫东兰考县的东坝头——天下黄河九十九道弯，东坝头是最后一弯，由豫入鲁所在，黄河大堤筑成几乎是九十度的直角。这里经营着黄河船餐，吃鱼除了吃野生的黄河鲤和黄剑，清明时节，船家还炒马齿菜，生调委陵菜待客，委陵菜曰野茼蒿。我觉得味道还真不错。

杂草与树木花卉，一物多名，或多物重名，仿佛玩脑筋急转弯，往往有趣而困人。这，不仅挑战人的经验，更考验人性的耐力与缜密。所以，源于西方的现代植物学，业界要用拉丁文来作标识。而古人企图通过绘图来标识。开初一句“瞻彼淇奥，绿竹猗猗”，有人曰竹，有人曰王刍，让后来历代注毛诗之人头痛不已。唐代的《新修本草》，皇帝下令天下各地以图绘而进，但北宋的《证类本草》开始，才有刻图流传。明清以降，《救荒本草》和《植物名实图考》先后问世，20 世纪 50 年代以来也多次出版。今年春节期间，先是见北京的中国书店，珂罗版机制宣纸精印，重版郑振铎的《中国版画史图录》及补录，其中有明代太原本《救荒本草》的翻版。而浙江人民美术出版社的“古刻新韵”系列，吴状元的《植物名实图考》八册一套，“下真迹一等”，也很好玩。本来许多植物学家，如吴征镒，野外考察常常自己绘图说明。而画家美术家也锦上添花，黄胄的夫人郑闻慧是中国青年出版社的美编，“文革”随团中央系统到河南潢川境内的黄湖农场干校劳动。去年流行的一个绘本《小艾，爸爸特别特别地想你》，就是黄湖农场的干校风景。郑闻慧为了和受迫害的黄胄团聚，曾经以借调的名义回北京，为出版社画草药插图。而郑州“师牛堂”主人崔耕，他已故的夫人，河南女子书法协会会长、女书法家开映月先生，生前在省中医学院图书馆工作，当年也画过草药插图。遗憾的是，本草学的插图，版权问题开头就没弄好。皇家编著草木大典，除领衔的大臣以外，隐没不注绘图之人。就是周王和吴状元，著书也不注助其插画之人。此外，黑白木刻，讲究文人的写意趣味，就是看图也不易分辨。摄影为此带来便利，受日本人的影响，中国台湾于20世纪80年代，就出版“台湾自然观察图鉴”丛书。《野菜》系列，作者郑元春，书里面有婆婆纳和翻白草的照片。现在内地也流行植物的彩色图鉴，《珞珈山植物原色图谱》，“收录武汉大学校园植物700余种，可作为武汉地区高等植物鉴定手册”，这样的彩色照片图谱带了科学分类和说明，弥补了古书古刻的不足。我翻看着它，玄参科的婆婆纳和阿拉伯婆婆纳，蔷薇科的翻白草与蛇含委陵菜，无不一目了然。

2013年3月5日于甘草居

花椒尖 藤萝饼

《本草》蜀椒，
一名南椒，一名巴椒，一名蘑藙。

对同一物什，
老北京人多有独特叫法，
比如管紫藤叫藤萝。

花椒尖 藤萝饼

开春踏青赏花，旧时北京称“耍青”；一个“耍”字，极活泼，说的是举家出动，动辄登高望远，还得放风筝、吃野菜……人们憋了一整个冬天，要兴高采烈、全身心地投入春天的怀抱，大口呼吸春的气息，吃野菜和田园春蔬淘换肠胃、清理肺腑，恨不得借着东风变成新人。依《杂草的故事》一书，野菜无非是可食用的好吃且时令特点明显的若干野草——从地上的茵陈、白蒿、艾蒿、蕨菜、荠菜、苦菜、蒲公英，到树上和藤上的榆钱、柳芽、香椿、藤花、洋槐花等。野菜之野，在于其星罗棋布、无处不在，虽然稀奇古怪，但是每一样都凝集着前人尝百草的经验。对了，其中还有比玫瑰更扎手的花椒树和花椒芽，老北京人将花椒芽称为花椒尖。

辛辣香料，茱萸、花椒乃地道国产，后来茱萸败给了辣椒，而花椒仍领美食之风骚。川味火锅火天下，花椒和辣椒的作用比"哼哈二将"大，花椒树本身也是一景——大红袍花椒素来是南太行的特产。一进入农历六月，老家人就开始摘花椒了，花椒果实成熟变红的时间跨度长，从阳历8月到秋深11月，断断续续。因为当地曾流传迷信的说法，"栽椒不吃椒"，所以很少有人在房前屋后栽花椒树，倒是野外有不少花椒树，也有专门的花椒园，花椒从晒出红晕到熟红、晶晶红、经典红——花椒的红，色相与层次皆不同，景致颇可观。

黄河南岸属淮河流域，还有一种不落叶或半常绿的川椒野花椒，是本地落叶花椒树的姊妹树。原以为是气候变化的原因才使它落户郑州的，后来发现周王的《救荒本草》已经有了相关记录，椒树："《本草》蜀椒，一名南椒，一名巴椒，一名蓎藙。生武都川谷及巴郡……此椒，江淮及北土皆有之。"这个蜀椒又名野花椒，嫩叶可采食，八月桂花开时，它于本地花椒之后渐渐染红紫；许是"橘生淮北则为枳"的缘故吧，它的果实弱小，红色也不正常，在郑州很少有人摘这种花椒吃。它的功用是春分前后树叶新老交替时，新出的嫩叶芽带着细细的花蕾，可以用手掰下摊馍吃——摊馍就是烙饼，曰“小鏊馍”。现在省事儿一点，将川椒芽和了面汁加细盐，制成面托，吃起来同样芳香无比。

对同一物什，老北京人多有独特叫法，比如管紫藤叫藤萝，管香椿头叫香椿芽，管花椒芽叫花椒尖。已经过世的翟鸿起先生撰有《老饕说吃》（文物出版社 2003 年出版）一书，专说老北京。旧时四合院里树多，“北京人在春季准要吃几茬香椿……开春的香椿，秋后的枣，还有的人家种花椒树，这都和吃有关”。香椿芽拌豆腐、香椿豆、香椿摊黄菜（即香椿鸡蛋饼），还有高级一点儿的炸香椿鱼，单一个香椿，就有多种吃法。北京和郑州纬度不同，春天的花信，大体隔着一个节气，约莫半月。郑州在清明前吃头茬香椿和川椒芽，清明过后则吃花椒芽与二茬香椿，北京却在谷雨前后吃油炸香椿鱼，或者烧新鲜的小黄花鱼配青青花椒尖。豫人的春野菜吃法，多是拌面上笼蒸，然后浇蒜醋汁吃，直呼蒸菜，类似于老北京人说的面扒拉和陕西麦饭。

洋槐花和藤萝花，这两种花好像有血缘关系，花与叶均相似，开花时都迎风送香，只不过洋槐花闻起来甜腥腥的，吃口也是；藤萝花比洋槐花的味道醇正，邓云乡说它是含有甜蜜气味的一股暖香。开封书家桑凡老人对我说，当院栽一架紫藤，比栽葡萄高雅，邓云乡则郑重其事地说过，北京的花木中，是特别讲究藤花和海棠的，“阅微草堂的海棠和藤萝，都是纪晓岚当年的旧物，因而弥足珍贵了”。晚生如我，曾有幸多次在藤花海棠季路过阅微草堂，还在里边附设的古玩铺买过书。尤其是前年，清明节才过，晋阳饭庄藤花新紫，门前和附近有小公园，时髦的美洲黑海棠，花叶不分盛开。那年冬天，我和弟弟武平在北京相聚，夜晚乘兴到晋阳饭庄就餐。楼上楼下不失名店派头，灯火辉煌，客人不算太多，但藤花格调明朗，墙上挂着一幅老舍先生与藤花在一起的国画，还有一幅画描绘的是一家老小围坐吃藤花宴的情景。很可惜，此地冬天没有藤花食品。别样的一番过屠门而大嚼，我俩大快朵颐，吃晋北好羊肉，畅饮北京“小二”。

“莫放春秋佳日过，最难风雨故人来”，在中山公园里的“来今雨轩”原本是可以吃到时令美味藤萝饼的。民国年间，包括鲁迅和齐白石，各方名流云集于此，一边喝茶一边吃藤萝饼，相互呼应，作袖手清谈。有一年五一劳动节前夕，正是藤花盛开之时，我去“来今雨轩”却遇到了外埠的承包经营人，其雇员根本不知藤萝饼为何物。

咱不是故弄风雅，斤斤计较旧的吃食，而是因为那般般样样，多为文脉所系。

2021 年 4 月 19 日

入夏的“三新”与“三鲜”

连年气候暖化不停，但今年天气热得更早。农历方才到小满的时候，连日的干热风，已经把黄河两岸的丘陵与沙岗地的麦子提前吹成焦黄，陆续都枯死了。因为二十四节气申遗成功不久，故而说节气者多而时髦，而节气、节令与吃食等民俗从来联系紧密，于是就争说小满食“三新”——黄瓜、樱桃和蒜薹。这是说法之一。

我的概念和印象里，“三新”或曰“三鲜”的说法起于南方，尤其是在百城烟水的江南地带明显。立夏吃三鲜——米苋、蚕豆、樱桃。诸如此类，而且还分地三鲜、树三鲜和水三鲜。地三鲜：苋菜、蚕豆、蒜薹；树三鲜：樱桃、枇杷、杨梅；水三鲜：鲥鱼、白虾、茭儿菜（茭白）。

刻下大棚蔬菜不分季节，乱了时令。好啊！北方和中原人亦尝试夺回话语权，咱先从“三鲜”和“三新”论起。黄瓜、樱桃和蒜薹，这一种说法，仿照旧年的江南也不错，但是有一个问题，这小满时候的黄瓜，是大棚黄瓜还是露天黄瓜，中原地区这时不可能有露天黄瓜和西红柿。如果是大棚产品，那么清朝的皇帝和皇亲国戚，春节时候享用的“洞子货”，暖窖黄瓜金贵，是大棚蔬菜的前身。小满和芒种端午连起来，北方地区陆续入夏了，有苋菜、樱桃，但是蒜薹已经过去了。这些年，往往小满的时候，河南的中牟、杞县与豫东各地，大蒜主产区，农家与商家已经开始出新蒜、卖新蒜，新闻与市场变着法子炒新蒜和大蒜，“蒜你狠”既烈且辣，一点儿也不留情面。因为黄瓜和蒜薹的原因，所以这第一种说法并不确切。

杏、樱桃和大蒜，这个说法行不？郑州这些年，枇杷变成了绿化树种，入夏麦熟时，苦楝子模样的枇杷也发黄，但酸涩不好吃，杏不仅比枇杷大，而且金黄可观，颜值远超枇杷。尤其名优品种“红太阳”或者“仰韶大杏”，可以说人见人爱。麦茬杏，麦熟的时候，杏甜且香，弄一箱仰韶杏放在屋子里，顿时芳香无比。老话说的“桃饱杏伤人，小李（榴）树下埋死人”不兴了，美食家和医家联手为杏翻案。但杏与樱桃，都是树上的果实，属于水果同类项。如果此说成立，那与时俱进，干脆更时尚一些，不妨来个荔枝、车厘子和大蒜吧。已经很多年了，每年南国的好荔枝，一过五一就来到了，而且价格也不贵，它往往还卖不过本地出产的车厘子即大樱桃。

还有个方案咱说说看，我倒是觉得它最具本地特色，也最贴切，——碾转、新蒜、大樱桃。偃师人说：“楝花开，吃烧麦；楝花转（落），吃碾转”。小满到芒种端午节之间，大河两岸的河南人，尤其是怀川与河洛地区的百姓要吃碾转，把旧年度荒的穷办法翻新吃稀罕——怀川老乡，温县人带着电动的旧石磨，将蒸熟的青麦仁儿现场碾磨，轧成连续不断的碾转卷儿，用新蒜汁加小磨香油与老陈醋调和好，浇上现磨的碾转一调，怀旧的美味顿时融化了游子的乡愁。其实，远不止河南人和北方人吃碾转，“烟花三月下扬州”的地方，苏北与淮北，郑板桥和汪曾祺的老家，那一带也吃类似碾转的冷子和冷蒸。倒是这样一来，小麦、大蒜和车厘子，一色都是外来物种。

麦子也是的！宋人陈达叟撰《本心斋疏食谱》，或曰《蔬食谱》者，其中第五品为《贻来》，——“来，小麦也。今水引蝴蝶面：贻我来思，玉屑尘细。六出飞花，天一生水。”这不，拿这三样做入夏的“三新”与“三鲜”，真给“一带一路”新老丝绸之路捧场了。

2017年5月22日于甘草居

贻我来思，玉屑尘细。六出飞花，天一生水。①

《本心斋疏食谱》 陈达叟

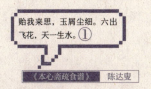

《救荒本草》记录的密县有茶

明代的《救荒本草》，周定王朱橚著，永乐四年（1406）初刻于开封。朱橚是朱元璋的第五子，被封为周王。朱橚到开封就藩后，屡受政治打击，先是朱元璋，又是建文帝，曾两度将他流放云南。永乐帝朱棣政变登基后，周王回到开封，但围绕他和周王府的政治风波与传言一直也没有平息。而周王则看破了家天下“煮豆燃萁”恶性循环的怪圈，开始着意于民生，别出心裁，编著《救荒本草》，宣传用野菜可以助草民百姓度荒活命，开创了救荒学。为此，他在周王府里辟植物园曰“龙窝”（遗址在今开封龙亭公园内，现为“开封造型植物园”），栽种花木之外，派人到河南各地，主要是开封、郑州周围和辉县、禹州等地，广泛采集植物标本，做实验用。

今密县梁家冲山谷间亦有之。

《救荒本草》记录的密

《救荒本草》"总目"中特地说明，全书录有"草木野菜等共四百一十四种，出《本草》一百三十八种，新增二百七十六种"。每种植物有图有说明，图大字小，方便看图识草木。

"《救荒本草》卷下·木部·叶可食"部分，第一条（总第246）即茶，记录了嵩山地区当时有茶树种植，且品类不一："今密县梁家冲山谷间亦有之。其树大小皆类栀子，春初生芽，为雀舌、麦颗；又有新芽，一发便长寸余，微粗如针，渐至环脚、软枝条之类，叶老则似水茶，白叶而长。又似初生青冈、橡叶而少光泽。又云，冬生叶可作羹饮。世呼早采者为茶，晚取者为茗，一名荈。"

明代密县山区有茶，是孤立的现象吗？如好事者当花木试栽偶尔为之？苏轼早说过："淮南茶，光州第一。"光州在今河南信阳，此地有大别山横连鄂豫皖，种茶历史悠久。陈椽的《茶业通史》，讲茶由西南来，渐次北上到秦岭之南的汉中，又远过淮南大别山而东南，再沿东海、黄海之滨北上到青州、胶东一带。但是，没有记载中原靠近黄河的地方有种茶的历史。就是现在，河南省种茶产茶的最北界，也靠近淮南，在淮河发源地桐柏山区桐柏县的毛集一带。

对这一条茶资料，我感到很突兀，却一直找不到合理的解释。周王明明说的是密县有茶，而非别处的茶。倪金根的《〈救荒本草〉校注》和王家葵等人的《救荒本草校释与研究》是最新的研究成果，可对此都没有深究。在困惑和困扰中，我读到明嘉靖三十四年本《巩县志》，终于获得了相关的资料。《巩县志》“山川”篇有一条记“赵封山”——“在县南四十里，宋朝种茶株于此。封其山，禁樵采，故云。”

密县（今新密市）在巩县（今巩义市）东南，今日和登封市同属郑州市所辖。周王所记密县梁家冲山区，和巩县的赵封山距离不远，一脉相连，都属于中岳嵩山一带。这样看来，宋朝，很可能是北宋政府，曾在嵩山地区推广种茶。周王编《救荒本草》所发现并记录密县有茶，或是宋茶遗留。宋朝的时候，中原的气候比现在暖和，苏轼当年在朝廷为官，几次去宛丘（今淮阳）看望弟弟子由，有次看到宛丘开元寺里山茶树花开正好，兄弟俩便以茶花为题做诗唱和。直到明朝，不仅密县山区有茶树，《巩县志》记花木果树还有梅。而与之相邻的新郑，“西山梅花”也是当时的八景之一。

由于气候的变化，宋朝在嵩山地区种茶最终没有成功，但这是一次大胆的试验，是社会发展和风俗变迁而直接推动的。因为茶在宋朝，已是百姓生活的必需。王安石《议茶法》曰：“夫茶之为民用，等于米盐，不可一日以无。”李觏《盱江集·富国策》：“茶并非古也，源于江左，流于天下，浸淫于近代。君子小人靡不嗜也，富贵贫贱靡不用也。”《东京梦华录》记开封多茶馆，还有夜市。宋徽宗更亲自著了《大观茶论》。

《救荒本草》在历代本草著述以外，广为发现可食用的野菜野果，极大地丰富了明代中原地区的植物调查。已经为学界所公认的，如锦荔枝（又名荔枝和癞葡萄）和无花果、绞股蓝等，都是首次为周王记载。他在云南生活有日，对茶本不陌生，且熟知有关茶的掌故和文献。可是《救荒本草》关于密县山区有茶的记录，至今还没有被学界重视，充分发掘并认识它内在的含义和价值。

其实，这是一条中国茶业发展史中被泯灭和遗忘了的重要线索。我应出版社的约请，刚写完《杂花生树——寻访古代草木圣贤》一书，饮水思源，特别把自己对这一条资料的思考与考证贡献出来。

2010年10月27日

花草茶

农家过夏用夏枯草
泡水代茶饮，
仿佛北方人喝蒲公英和金银花
茶用于泼火。

我在大别山区下过乡后，正儿八经喝茶的资历，至今已经超过二十年了。近年又赶上了南茶北伐，所向披靡的“水厄”大潮——淮水以北，中原和北方地界，茶已空前普及，价格日益平民化了。“旧时王谢堂前燕，飞入寻常百姓家。”随便几个人聚在一起，当头炮就是喝茶、品茶、叹茶，谈笑之间，头头是道，仿佛个个都是老茶客。大路茶喝多了也俗，故而五十岁后，我饮茶的口味越发刁钻，尤其喜欢喝点各地出产的有特点、有真味的“小名头”茶。不料朋友消夏去了浙南的楠溪江一带游历，过一段带回来一包当地农家人喝的土茶，我打开一看笑了，这不就是夏枯草吗？

雁荡山和温州一带靠海，也是连环产

好茶的，但具体到楠溪江地区却没有茶，农家过夏用夏枯草泡水代茶饮，仿佛北方人喝蒲公英和金银花茶用于泼火。坝上草原和内蒙古赤峰地界的克什克腾高山草甸，地接大兴安岭林区，夏日的花草原姹紫嫣红，橙色的金莲花开得分外妖娆。位于正蓝旗的“元上都遗址公园”，离多伦县界不远，蜿蜒的闪电河穿过一片水草丰茂的平川曰金莲川。7月里当地人正举办那达慕大会，已经开垦的土地上，盛开着金黄的油菜花和紫色的土豆花，矮生的灌木草甸蔓延着与金元时代遗留的堑壕互为交织，气象万千。

一夜豪雨过后，早上有位全副武装的蒙古族采药人，头戴狩猎用的带顶子皮帽，全身紧裹在皮革服装里好像是东海潜水的打鱼人一样，腰系长兜，手持长杆似套马杆，出没草丛里，在全神贯注打金莲花。在当地天然的金莲花，和我的老家人采苗圃里的怀菊花一样代茶饮。

我一直很费力地考证茶。北方与中原的山区、平原，现在仍然遗存的古地名，茶铺与茶庵、茶店不少，地方志和说书的唱本里，记载某人常年施茶于路人的故事也多，但未必是真茶、植物学定义之茶。得到楠溪江来的土茶夏枯草，我越发明白了茶的宽泛，南北各地家常的饮料统可称茶，夏枯草、金莲花和菊花茶，乃花草茶也！“谁谓荼苦，其甘如荠。”荼字是草还是茶？我是赞成苦菜说的。民间历来有“苦菜是好味野菜”之说，其嫩苗不仅可以作生菜吃，可以作蒸菜吃，可以制酸菜，还可以制茶，陕北和漠北人倒真有采苦菜炒制为茶。宋人孙勴《访王主簿同泛菊茶》：“妍暖春风荡物华，初回午梦颇思茶。难寻北苑浮香雪，且就东篱撷嫩芽。”不仅菊花茶，春天菊花的嫩叶，黄楝树的嫩芽和连翘的花与叶，均可以制茶代茶饮。

欧洲的草药传统延续至今，直观表现为普遍流行喝花草茶。远在公元之初，罗马皇帝尼禄时代的希腊名医狄奥斯哥底在其药物学著作中，就列举有500余种应用植物与矿物的治疗方。

在《杂草的故事》第五节“夏枯草：杂草亦良药”里，英国维多利亚时代的作家约翰·拉斯金却以杂草的外形与颜值作判断，他认为包括夏枯草也是“半成品”。“以夏枯草为例，它能在

妍暖春风荡物华，初回午梦颇思茶。①

《访王主簿同泛菊茶》 孙勴

没喷农药的草坪上蔓延，用自己紫色的花朵和苞片给青草镀上一层紫铜般的色泽，而这正是无数草坪爱好者憎恶它的理由。”

拉斯金生气地大声嚷嚷“它的花瓣特征很不正常”——哪有植物会在花朵中央长出成簇的刚毛，哪有植物的花瓣呈现如利齿鱼下颌般的参差边缘，哪有植物看上去像是动物的喉咙里生病的腺体……（理查德·梅比《杂草的故事》，陈曦译。译林出版社 2015 年 5 月版）

周王的《救荒本草》说夏枯草：“《本草》一名夕句，一名乃东，一名燕面。生蜀郡川谷及河、淮、浙、滁、平泽。今祥符西田野中亦有之。苗高二三尺。其叶对节生，叶似旋复叶而极长大，边有细锯齿，背白，上多气脉纹路。叶端开花，作穗长二三寸许。其花紫白，似丹参花。叶味苦，微辛，性寒，无毒。”救济方法也是“采嫩叶炸熟，换水浸淘，去苦味，油盐调食”。

也不能不说源于英国王室的下午茶。下午茶配点心，茶由牛奶及芳草混合出品，似乎遗传了中国宋朝人“点茶”与“抹茶”

的风格。黄庭坚《奉谢刘景文送团茶》："刘侯惠我大玄璧，上有雌雄双凤迹。鹅溪水练落春雪，粟面一杯增目力。刘侯惠我小玄璧，自裁半璧煮琼糜。收藏残月惜未碾，直待阿衡来说诗。绛囊团团余几璧，因来送我公莫惜。个中渴羌饱汤饼，鸡苏胡麻煮同吃。"粟面与琼糜，正如《金瓶梅》里王婆经营的茶局子，用茶锅熬制的"稠茶"了，——她对西门庆用"宽蒸茶儿"，对潘金莲"便浓浓点一盏胡桃松子泡茶"。在茶水里加放香料，甚至有薄荷与芝麻。

今日流行的花草茶，不仅古已有之，而且中外一律。

2016年8月26日于甘草居

有时与年轻人闲扯也怪有意思。同事小牛约莫小我一轮，算是70后，他也是在豫北老家上过中学才到郑州来的。我嗜茶，他不喝茶。前些时我问他，你是否记得当年街头卖茶水的情景？他颇兴奋地说：“是的，那时县城大路口和汽车站门口的树荫凉里，都有摆小桌子卖水的——老式提梁壶装着茶卤子，一溜的深腰玻璃杯带棱纹，白开水事先盛八分满，一模似样罩个四四方方的玻璃片防灰尘。赶路人过来，花二分钱买一杯，主人掂起大茶壶兑一点茶卤子到杯子里，褐黄色茶汁漫漶洇开，水变黄也略微改变了水味，但很少有人坐下来慢慢品，差不多都是站着举杯，咕咕咚咚一饮而尽，搌搌嘴就急忙走开了。也有人声明自己只喝白水解渴的。”这就对

替代茶
是茶文化里很耐人寻味的
一种生活现象。

替代茶

了，说明直到 20 世纪 80 年代开头，老家人喝茶还大致如此。

“开门七件事，柴米油盐酱醋茶。”茶的意思，在北方民间其实就是解渴的水。北方人所谓喝茶，平头老百姓慕的是茶叶尊贵的虚名，讲个迎来送往的礼节而已。最典型招待客人普遍用的是白开水，铁锅里舀滚水直接曰“茶”的。更庄重的，类似招待上门来的新女婿，打荷包蛋也说是鸡蛋茶。茶非茶，可以用别的东西替代。元代诗人王旭，他咏《枸杞茶》：“为爱仙岩夜吠灵，故将服食助长生。和霜捣作丹砂屑，入水煎成沆瀣羹。①颊舌留甘无俗味，旗枪通谱亦虚名。癯儒要炼飞升骨，莫厌秋风古废城。”枸杞茶现在还是宁夏等地的特产之一。接下来讲红军两万五千里长征逸事，共产国际的代表、德国人李德被罢免了军事指挥权，但他见天还要保持喝咖啡的习惯。没有咖啡，他就用青稞即大麦籽用明火略炒，趁着那股焦煳劲儿冲好开水当咖啡喝。而学艺术出身的四川籍青年王朝闻当年在鲁艺，为了喝茶，就地取材，采延安黄土沟里的酸枣叶制茶。大麦茶现在还是一些饭店里的免费茶，酸枣叶替代制茶，据说还有特别的讲究，系古已有之。江苏的连云港临海有大山，山地种茶产茶，

《枸杞茶》 王旭

为爱仙岩夜吠灵，故将服食助长生。和霜捣作丹砂屑，入水煎成沆瀣羹。①

但同时也出产一种名曰糯米茶的，则是木樨科的流苏树嫩叶制作而成。流苏树叶制茶，长城内外河北与内蒙古交界地带也是。不独北方，广东潮汕地区至今还延续古风喝擂茶，茶叶之乡，添加花生碎和炒豆等调味品捣烂连茶煮，茶叶却是枫树的鲜叶。广西大新与海南岛出产的苦丁茶，分明是冬青科枸骨树与灌木的叶子烘干的制成品。豫东的杞县和柘城一带，豫皖苏鲁交界地带，清明时候的梨树芽与药木瓜的嫩叶芽，历来都是当地人待客用的替代茶。清代诗人汪士慎说《桑茗》："一阵茗香生草堂，风前满碗秋鹅黄。昔年仍有客来说，二月吴兴蒸嫩桑。"看看，就连名品紫笋茶原产地浙江湖州地区，古来也有桑叶制茶的传统。替代茶是茶文化里很耐人寻味的一种生活现象。

近年间，社会生活的大变化之一，表现在南北各地造大城，连环建设规模空前的大城市，再就是南方茶叶和茶业大举北上，饮茶之风风靡各地，几乎是别样的全国山河一片红，——哪一个大城市和中小城市包括县城，刻下没有茶城、古玩城和茶馆呢？三十余年大步跨越，不要说传统的茉莉花茶和龙井、竹叶青、毛尖与毛峰，北方人从铁观音、普洱到大红袍、正山小种，台湾的冻顶乌龙等，甚至贵州和湖北等地的有机绿茶，说起来也多头头是道之人。十三亿中华泱泱大国，国家的茶人口，从来没有当下这么多。

2016年7月15日于甘草居

《救荒本草》记野菜和蔬菜，包括野蔬、园蔬，果木、杂木，山野菜等，周王的分类任性而古怪。怎么看，也看不出他将少量园蔬和园艺果木入选的内在依据来，似乎没有规律可言。其“菜部四十六种”，有现在还广泛栽种的莙荙菜苋菜，荏子紫苏等，却不见普通家常菜，如北方人过冬的主菜萝卜白菜大葱。他说那山萝卜水萝卜山白菜，和我们常见的萝卜白菜不沾边。葱无大葱，却有山葱和楼子葱，好像故意不记大葱。山葱土名茖葱，南太行地区的高山和深山里有，清明前后采摘，叶子大而薄，连我也没见过。它和高档特卖店里的欧洲熊葱是一类。

大葱、分葱和楼子葱是第一，
其次胡葱即火葱，
第三说韭葱与细香葱。
韭葱又名扁叶葱。

与大葱相比，楼子葱是小葱，是园蔬

的一种。《救荒本草》记楼子葱：“人家园圃中多栽。苗、叶、根、茎俱似葱。其叶稍头，又生小葱四五枝，叠生三四层，故名楼子葱。不结子，但掐下小葱，栽之便活。味甘辣，性温。”①其救饥方法：“采苗茎连根，择去细须，炸熟，油盐调食。生亦可食。”徐光启曰“俗名龙爪葱”。吴状元说它又名羊角葱。都是根据其形状而言。好不容易，这两年我意外碰到了楼子葱，也是南太行，——南太行最北边豫晋冀交界之以红旗渠而闻名的林州（林县）城边。我去那里的古黄华寺采风，在周围的玉米红薯花生地边，发现农家人多在梯田的塄堰上，打土埂栽种楼子葱。楼子葱丛状，灰绿叶子似洋葱叶，一层一节，结着蒜瓣状小葱疙瘩，层层披张。打个比方，它不像一株株一窝窝的葱，像一扑楞放大的猪毛菜，很入画。林州人栽楼子葱，一边掐葱收获，一边随意取一截下来再栽。老乡不叫楼子葱，叫它红葱，因为它根茎的膜皮和洋葱头的颜色差不多。当地人说红葱宝贵，是好葱、香葱。平常过日子自家人用大葱，而娶媳妇“办事儿”，逢着红白喜事才要专门用好味道的红葱来做菜待客。

小葱里面，最常见的是分葱，即江南淮南人日常食用之香葱，

苗、叶、根、茎俱似葱。①

《救荒本草》 朱橚

又名四季葱和菜葱。

周王不言大葱，大葱在北方人眼里，却是葱的主力军和梁柱子，离开大葱，葱世界非塌台不可。大葱分长葱白、短葱白和鸡腿葱三种，我的老家叫鸡腿葱大疙瘩葱，它比长葱白的章丘大葱辛辣，更合豫北一带人的重口味。《植物名实图考》说葱，吴状元引文曰："《清异录》赵魏间有盘盏葱大如柱杖，粗盈尺。"今日济南寿光等地，年年秋来赛葱赛章丘大葱。我有一则剪报，乃2012年10月29日的《新民晚报》，图片报道：10月27日，在济南举行的"章丘大葱"种植状元评选中，一棵身高2.23米，葱白1.2米，单株重800克的章丘大葱得"葱王"称号，并为其主人——来自章丘绣惠镇王金村的苗发润赢得一万元奖金。

北方人普遍好吃大葱且嗜生葱，如山东煎饼就大葱，北京烤鸭的薄饼黄酱卷葱丝。河南人炒菜离不开大葱，凉拌菜吃猪头肉、牛肉、羊杂碎，必须有生葱的。今年春节，新冠肺炎疫情肆虐，郑州从大年初二开始，人人自危，气氛骤然紧张起来，超市里东西卖不及，我一时没啥买也跟着买，看见瓷瓷实实的好大葱

11 No. 大葱

Allium fistulosum

2020.2.8 郑州 甘草居

挺粗壮，就争着买了几根。春节的"五辛盘"与人日的"七种菜"，都少不了用生葱。炒菜热炒用葱花，横截面纷纷缕缕直接切大葱就是了，可是冷盘用生葱，要先将白如玉带点绿的嫩葱段破开，顺着切条，我们不叫葱丝叫"葱篾儿"——类似破苇子和竹子搞编织一样的，调菜和冷调肉必不可少，非此不能解腻除腥利口。烦此者直摇头曰"死葱烂蒜"，这种人极少，多数人却叫好不迭——韩信将兵，多多益善。葱为"菜伯"与"和事草"，没葱不香。饺子、大包子用葱，也是北方大葱。扩大至肉盒、煎饺和锅贴，皮包馅儿的吃食，无论蒸煮还是煎炸，肉多肉少是一回事，而美味取决于葱。大葱好，鸡腿葱更好，越辣的葱越是出味。可同样的锅贴饺，豫南大别山区，鄂豫皖交界的新县人，大米做饭为主，饺子分水饺和锅贴饺，不用大葱用分葱又名香葱。一年四季，早晨街边的菜挑子，卖水灵灵的好青菜，一撮撮带根须的小香葱，上绿下白，河水洗过了愈发鲜嫩。早点吃锅贴饺，金黄透明、有棱有角的手工饺子，碧绿香葱隔着面皮儿看得见。作为分葱的香葱，小巧玲珑，有点辛辣，更多是辛香。魔都大上海的早市上，外地包括山东来的卖菜人，随行就市，不仅嘴巴甜了，卖葱也回避大葱，以分葱小香葱为主，为了回头客，常常要搭几根香葱给买菜人留个念想。

《齐民要术》说“种葱”，引《四民月令》，东汉崔寔曰：“三月，别小葱。六月，别大葱。七月可种大小葱。”贾思勰就此做注释：夏葱曰小，冬葱曰大。

葱多葱太乱。为了说明问题，蔬菜专家张平真把洋葱之外的食用葱，简明扼要地分为三个层级——大葱、分葱和楼子葱是第一，其次胡葱即火葱，第三说韭葱与细香葱。韭葱又名扁叶葱，上海与四川，人们叫它“洋蒜薹”或“洋蒜苗”。细香葱在日本名叫“虾夷葱”。这两个葱品种，在内地市场不常见。

2020年2月8日于甘草居

汉魏久远，贾思勰说“夏葱曰小，冬葱曰大”，比喻并不准确。

贾思勰是北方人，在冀鲁一带为官，那时还没有洋葱头和南方红葱。洋葱古名回回葱，经中亚地区蔓延来华，新疆首当其冲。南方红葱又名火葱和胡葱，现在盛于我国南方、岭南及西南地带。新疆写散文的李娟，文字有点另类。我读她的文字，除了研习和温习西域及北疆风情，另外主要是作为忆苦思甜的现实材料，——她写牧羊人辗转驰骋，在转场途中遇天下雨，人在帐篷里面，没别的，只能摸个洋葱头和放了很久的卷心菜，弄一点点拌饭吃。还有，她写自己火辣辣性格的母亲，日天骂地的母亲，热天在向日葵地里独自锄草，干脆脱去了外

洋葱古名回回葱。
南方红葱又名火葱和胡葱。

洋葱

衣……我的老家，豫北称怀川那一带，直到 20 世纪 80 年代初，无论山区和平原，夏天大热天歇晌的时候，四五十岁的妇女，就是城里人，很多母亲与祖母级的妇女，是光着上半身乘凉而不避人的。民俗很深奥，我的奶奶在山里会扎针，村里人特别是成年人，无论男女，凡有头疼脑热，恶心干哕，四肢酸痛等，都要找我的奶奶扎针。怎么扎？窑洞院下午两三点，奶奶在阴凉地安放个小板凳，请来人坐下，脸对脸，她从发髻上取下一根针，你说是绣花针和缝衣针都行，让人伸出手，依次在手指头肚上扎针放血——不是红血是黑紫血。十指扎遍，再是头顶、人中、脖后根和舌根，扎舌根不用针了，随手摸一片瓷片——吃饭碗打烂的碎片为佳，割你的舌根放血。末了，在煤火炉里，叨一块红煤剂即火炭，大碗里舀了柿子醋，将红煤剂放进杵一下，轰的一声，顿时刺啦啦响而白烟冒起，让病人把这点醋汤喝下去，再由被放过血者起身将割舌根的瓷片高高抛弃。瓷片割舌根，不叫割，也不叫拉，土话叫劙，也是用刀片割的意思。已经是奶奶身后事了，我人到中年看闲书，不料在范成大的《桂海虞衡志》里，发现南宋之广西土人，已经是这么做的。这与塞万提斯小说里人在乡村理发店割皮放血治病，异曲同工。你说奇不奇?

说着说着要跑题了，我拐回来说洋葱。人在新疆旅行，大盘鸡、拉条子和烤全羊，都离不开洋葱皮牙子。也有吃羊肉要客人配蒜瓣吃的，说什么“吃肉不吃蒜，营养减一半”，这不正宗，肯定是内地人装扮哈萨克族人弄的。洋葱在河南，收获季和收麦几乎同步，略微比割麦子早点。洋葱不全是红皮，但红皮紫红皮居多，故而我一直认为红葱就是说洋葱的。我错了——前几年秋天，霜降才过在延安以北的榆林古城，城墙下边的早市卖菜卖冬储菜让人开眼。有洋葱，有大葱，还有成捆的青葱是红根葱，褐红色。我以为是洋葱的变种呢，但开出租的汉子老大声跟我讲，那不是洋葱是红葱，是专门吃席面吃羊肉用的红葱，很香的红葱。看，这与林县人把楼子葱叫红葱不同，又是一种红葱!

隔一年再去广西，大巴经过百色地区平果市的时候，那地方铝业发达，铝电企业多，高架上正修着广东经过这里去云南的高铁。走到一个路口堵车了，大家索性下来买水果吃，青芒和荔枝香蕉芭蕉，酸一点的野芭蕉口味甚佳。我第一次遇到黄皮果，也叫黄枇果，模样和苦楝子差不多。卖菜多青绿大芥菜，苦瓜和土黄瓜。还有一种枣核儿似的葱仔，酷似老家的野绵枣，我以为也是洋葱的一种。我和当地人说话，鸡同鸭讲说不清，慌慌张张离开后没有深究。可前年冬天在广州，意外发现这不是洋葱，也区别于榆林秋收的红葱，是另外一种红葱，也叫胡葱与火葱。

这种红葱，其实种植地域很广大，长不成大葱模样，细秀嫩叶，也是空心叶子，但香味柔和，吃着口感好，吃过了口中无气味。它和北方大葱或洋葱的季节不同，是秋种、深秋种，冬食和早春食用，四月以后就老了，要倒茬了。我远行在外看到它，回来也没有交流，但我太太在网上收集花种子时发现了它，自己网购而来，四川发过来的小盒子，里面装着绵枣一样的红葱仔，也像蒜瓣，秋深了栽种，和菠菜芫荽同季，一个冬天管我天天早上下面吃。我在武汉读书，武汉人过早，除了符号化的热干面，还有人早上下挂面吃。这一点也和信阳人一样。我在武汉和信阳两地生活的时间加起来不算短，就养成了早上吃面的习惯，而火葱宜人，甚于香葱和大葱。味道好极了！元宵节的时

12 No. 洋葱

Allium cepa

2020. 2. 26　郑州　甘草居

候，我早起剪红葱，发现它竟然起莛有花蕾了——与韭菜薹蒜薹不同，和洋葱起莛相同，空心的。豫鄂为近邻，春节以来，河南防疫部署严密，郑州各社区管控严格，人不能自由出入。而方方正正的大院子，前楼后舍加上打球场地，分割成几个长方形单元，人如坐井观天。急死人了，我没处去，出不了大门，只能在家里消磨时间，打发日子。庚子雨水节气这天，2 月 19 日，我在南窗下，画太太栽种的小菜和各种花木，特地依次画了蒜苗、嫩韭菜芽与火葱。原本挨着葱蒜是别的，但我灵机一动，将邻家房檐下越冬的青薄荷移植到我画里面来了。起名为《五味四君子》，包含解热除湿、强身健体、医病救灾之意。

2020 年 2 月 26 日于郑州

商陆作为一种植物，以前我肯定与它遭遇过不止一次，然而由于不相识就漠然而过。这和我们在茫茫人海中交朋友的经历有些类似。

我是在大别山区开始注意商陆的。

商陆在当地称野人参，入夏开穗花结小圆盘果实，立秋以后籽黑叶红。

自 1997 年，我接连在大别山生活了两年。新县位于豫鄂两省边界，向东不远是安徽省的六安和金寨。此地是 20 世纪 30 年代鄂豫皖红色根据地的首府，位于长江和淮河流域之间，南距郑州近千里。一来是由于地域的差异，大别山的风物给了我新鲜的刺激感。本来人到中年，由于生活和思维的定式，通常会和社会、自然产生视而不见的一层麻木的隔膜，如虫结茧。但是，这异地生活经历来得及时，

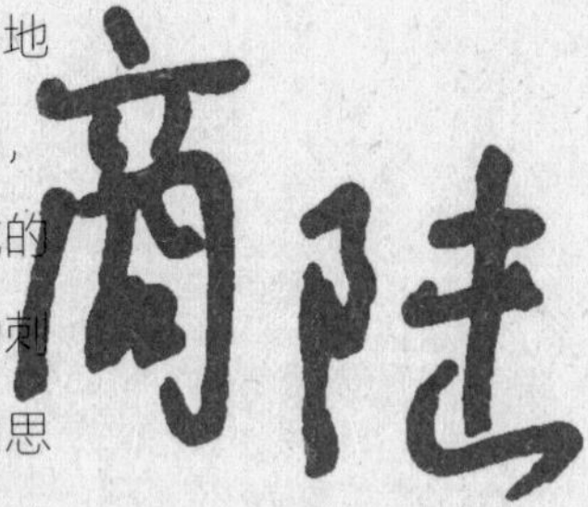

中年的从容，反之使我用一种谦虚和安静的世界观来面对现实，从此出发，我觉得自己获得了重新打量自然与人生的宝贵机会。

地理教科书说秦岭是南北中国的天然分界线，秦岭向东延续，绵亘依次是桐柏山和大别山，新县诚然有它特别的引人入胜之处。我在这里终日面对青山绿水，春天看到盈满山川金黄的油菜花，看到飞白如雪的白鹃梅与如火如霞的杜鹃花；秋冬之际看见山上的油茶树纷纷开花，第二年春天花后结果，入夏才渐次成熟，在割稻时节一同收获。常言是春花秋实，谁料想秋花春实秋熟？油茶树打破了自然的常规，也解构了我原来僵化生硬的对自然的概念。在新县生活的第二年，尤其幸运的是，我得以和学林业出身的科技副县长比邻而居，常常一道下乡。通过他，甚至还有机会和他的同事、河南农大的林业专家、负责编写《河南植物志》的教授一同到林场辨树识草。这不仅满足了我对草木世界的好奇和认知，而且一旦解决了理论的概念之后，再看那些常见的树木花草，我便油然产生一种主动的亲切感。知其然又知其所以然，还有什么比这还令我高兴的呢？

新县的大山里还生长了楠木和八角茴香树，为乡村居民直接提供庇护的有乌桕、枫香和香樟树，不择地而生的构骨、杜鹃、筱竹，都是城市里美化环境的优良花木。商陆和大名叫博落回的野大烟随处自生自灭。百合、萱草和石竹、肾蕨，就更普通了。

商陆在当地称野人参，入夏开穗花结小圆盘果实，立秋以后籽黑叶红，冬天全株朽死，翌年春天重新发苗长大，四季之间，一生多变。它地下的根茎是否如山里人所说，经过九蒸九晒，可以入药养人？但植物学书本里将其独立分类，名列商陆科、商陆属，别处还叫它白母鸡、胭脂和长老。我的太太到新县看望我的时候，一眼便对它发生了兴趣，临走摘了数颗种子带回。家里可供栽种的地盘小，她便埋在了黄杨树下，不意从第二年开始生苗长大，年复一年，与黄杨争生存。同常青的黄杨树不同，商陆虽四季多有变化，但一岁一花，来年复生。由于有了这一棵商陆，我到处留意，不想郑州有的地方也生长着，甚至太行山上也有野生。

今天看见我家的商陆又将开花，便想起前天在伏牛山区看到的那棵已经开了花。草木真有意思，同是刺槐，伏牛山区开花比郑州晚了一个月，可这商陆，那里野生的却比我家栽的发育还早。

2007 年 6 月 25 日于甘草居

大名堂的商陆

曰夜呼、当陆、章陆、白昌、大药、中庸、鹿神、文章柳……

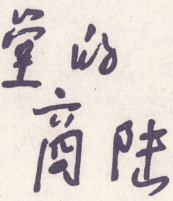

商陆是我家北窗下的一棵草，但又不是狗尾草和莎草那样纤细的禾本科杂草，自生自灭，作为害草可任意践踏，随时除掉。商陆乃宿根类草本植物，和美人蕉、大丽花一样，一年一生，夏天长大了的它颜值颇高，很蓬勃，很招摇。它天生有水红色的主茎，分杈如灌木而层层发叶，秀似舌叶苋菜的绿叶。其花成串，袅袅妖娆可爱；其果也成串，扁紫黑似亮晶晶的串珠和山葡萄。秋深了，它整株繁叶变黄再变猩红，遇连阴雨淫雨如滴鲜血。从小到大，我们看它看够了，最后把它连根砍下来，搭在墙角的葡萄架上，任鸟雀啄食。商陆——如此高古而不通俗的庄严的大名，是翻书得来的。最初我在大别山里遇到它，当地的老表叫它野人参，曰九蒸九晒了可以为药。倒是我太太看它风姿好，果实秀美，便不远千里采了种子带回来，谁知道它是个见面熟，落地生根，不择地而长势好。

每年清明前后，它雨后发芽出苗，嫩苗初展，嫩绿似菠菜叶。有时候勤敏，有时候偷懒，不同年份，发芽的时间不确定，前后错半月二十天你奈何不得它。但它的幼芽挺娇的。为了养花，我总是把每天喝淡了的好茶叶，仔细倒在花盆与花坛里，企图滋养喜爱的花草。有一年，这商陆迟迟不见发苗，我便掀开碎砖头看，呀！湿润的泥土里，商陆紫芽如姜芽一样冒头了，揠苗助长，便将隔夜的茶汁倒下喂它，你猜，竟受刺激而夭折了！好在没多久，它再发苗长大。开头两年，它每年发一主茎，长高了又开杈，不富态，似青葱少女。逐渐活稳了，一发苗就是一撮，好几根嫩茎尚需间苗。入夏长大，葳蕤蓬勃，便不可一世，和它依靠的灌木女贞扛起了膀子，常常喧宾夺主。直到它枯没了，小叶女贞才放松一冬一春。它开花细微却精美，小米粒般的小花蕾，穗状花序蓬开了似一个个秀美的莲花座。我不会画也不屑学画，但年年面对着商陆，静静看它在眼皮底下花开花落，忽一日有了冲动，就对着它描画起来。

商陆作为活泼的标本，还是我业余研究植物学与本草的导师。不看不知道——老天，它在《神农本草经》里就上户口了，你说它早不早？历代有人记商陆，续写商陆，主要以它可入药的根茎命名，不同地方有不同名称，有雅有俗。文雅文绉绉的，曰夜呼、当陆、章陆、白昌、大药、中庸、鹿神、文章柳……俗的多取形象的叫法，如白母鸡、狗头三七、土人参、湿萝卜、萝卜参、娃娃头、抱鸡婆、樟柳根。少数也说它的花和叶，叫它大苋菜或胭脂花，等等。不仅大别山、伏牛山、太行山和中原各地有，神州大地，几乎到处都有商陆。我家的是垂序商陆即美洲商陆，另外还有一种日本商陆。我在陕北桥山黄帝陵和宝鸡的炎帝陵，发现人文始祖的墓头上都有商陆陪伴。最令我惊异的，在淮水之滨的豫南息县农村，我前往踏访"五七干校"旧址，寻觅俞平伯、何其芳和钱锺书等人的遗迹。在息县东岳镇（昔日是东岳公社）以北的唐坡一带，遥看干校残存的老房子，如破船一样飘零于满地秋苗涌起的波浪中，而门前河沟上野生着一株风姿特异的垂序商陆，与我家商陆的品种一样，但是独头苗，无叶而三头杈，纷披下垂三串将要变紫的果实，沉甸甸的。

No.13_商陆

Phytolacca acinosa

2015.7.13 郑州 甘草居

俞平伯先生的干校日记如下——

（1970 年）元月 23 日：由包信（集）移东岳（公社），人与行李俱在一卡车，车路迂折，有五十里之远。下午四时行，到已黄昏。住邮局北首农家之屋，是一草间，茅茨土墙，比在包信小学稍宽，门以芦席为之，且关不上。室南向，北无窗。西侧临一池塘，有些稚树，风景尚好。25 日：下午李新萍来叫参加劳动，以后上下午均有劳动、学习。仍在菜园班，工作为搞积肥。28 日：小雨，路泞而滑，晚间赴读报会，连跌二次，幸有一路人拉起，并搀送一段。2 月 7 日（庚戌大年初二）：下午唐坡工地大会，文学所在此地开始建屋。唐坡在一旷野中，据传说后唐李存勖曾住此，闻尚有故址，距东岳集约五里。独步归。8 日：有学部拖拉机在工地附近翻入沟中，驾驶人徐姓死，副手受伤。9 日：得煤末五十一斤。14 日：烧完。13 日：早六时一刻至连部听报告。19 日：下午至唐坡工地观工地打井盖房，步行三刻余，一时半去，四时归，归后雨雪。21 日：上午工毕返寓，又雨，路难走，得人搀扶到家，以后未出门。天气甚寒。4 月 17 日：以后仍在唐坡上工，有周德恒、吴世昌、钱锺书。19日：威虎山大会。24日：下午威虎山大会，走至中途为水所阻，退回。25日：上午唐坡大会，四时去，五时到，路难走，逾七时归家。27日：为发射卫星应人嘱，赋诗二首。

俞平伯和钱锺书，当年皆夫妇同在干校改造。俞平伯偶记楝树开花，鸭子凫水，杨绛曾记村民冬天撒欢逮野兔。他们在这片至今还是庄稼地、菜园与树丛的地方，曾经都是和如是商陆者紧密为邻！

商陆并非华而不实的野草。除了本草药用，饥荒岁月还可食用。《救荒本草》说：“商陆味辛酸，一云味苦，性平，有毒；一云性冷。得大蒜良。”救饥的时候这样用：“取白色根，切作片子，炸熟，换水浸洗净，淡食，得大蒜良。凡制，薄切，以东流水浸二宿，捞出，与豆叶隔间入甑蒸，从午至亥。如无叶，用豆依法蒸之亦可。花白者年多，仙人采之作脯，可为下酒。”

2015年7月14日于甘草居

商陆味辛酸，一云味苦，性平，有毒；一云性冷。①

《救荒本草》 朱橚

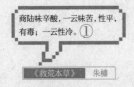

南太行的日本商陆

根似何首乌，
也像人参和小萝卜，
嫩叶灰绿色，
其实是日本商陆。

一岁秋来，我家北窗下商陆的果实先变紫熟，叶子接着变红，秋深而红彤彤的，很鲜艳。野生商陆，原本是一岁一枯荣的一棵杂草，因为在我家栽种将近二十年了，成为名副其实的“消息树”——岁时、岁月之痕迹与刻度，由于它的存在变得活生生的。年复一年地看着商陆生长，还有牵牛花，我对其仿佛有说不完的话。开头我说牵牛花，从齐白石和梅兰芳的人文故事写起。接着，又写我看到的牵牛花竟然傲霜开放，绵延开到霜降和立冬节气来临。再写《牵牛花的籍贯》一文，则是因为畅销书《杂草的故事》，英国人理查德·梅比说牵牛花源自南美洲，我不服气，我说汉代就有牛郎织女和牵牛星的故事了，中国人说牵牛花很早的呀。商陆也是的，在《大名

南太行的日本

堂的商陆》一文里，我写淮河边上与大别山相邻的息县，在豫南息县东岳集“五七干校”的旧址，那里的商陆在庄稼地边与房前屋后茁壮生长，曾经和俞平伯、钱锺书、何其芳等人为邻。而这商陆，又名美洲商陆，竟然是异国乌拉圭的国花。我亲眼见它活泼生长在南美洲——一个当地秋日的黄昏，在巴西、阿根廷和乌拉圭三国交界处一道宽大的堑壕里，分明有果实正在变紫黑的商陆长得颇招摇，和我家门前的垂序商陆一模一样，主干高高的，叶子少而果穗多，串串果实披拂四垂，酷似四周梳着小辫子的卡通姑娘。

还有一种商陆名为日本商陆，风姿与美洲商陆不同，在中国也多分布。极其无厘头与不可思议的是，我在陕北桥山黄帝陵，陕西宝鸡的炎帝陵上，分别看到野生的日本商陆很醒目，它的特点是花穗与果穗朝天。

植物学的现代命名，以最早注册者优先。所以，各地习见的小蓬草，我的老家叫驴尾巴蒿者，其学名却叫加拿大蓬。说起来，我最初在老家南太行地区发现日本商陆，过程很好玩。“愚公移山”出典处济源，王屋山里的紫微宫原址，生长着河南最大的一棵银杏树。清明时节，大银杏正在发芽，树下有乡人在卖所谓的牡丹花的根。根似何首乌，也像人参和小萝卜，嫩叶灰绿色，其实是日本商陆。我明知道它是商陆，出于好玩和好奇，弄回来栽到夹竹桃树下，不久却被我太太无情拔去了，她讲究先来后到的礼数，怕它和已经落地生根多年的美洲商陆竞争，夺了我家老朋友的风采。4 月初，我去日本本州看樱花，遇到了梅花和山茶花，日本人把山茶花叫“椿”的，如秋天开花的胡枝子叫“萩”。也是那一回，在名古屋市岐阜乡间见到开花的蒲公英和荠荠菜等，没遇到日本商陆和美洲商陆。这个时候，商陆还在萌芽中。我是通过商陆而迷上为植物作画的，今年7月，我和朋友在林州太行大峡谷里采风，意外发现这里也多有日本商陆生长。和美洲商陆即垂序商陆比较，日本商陆嫩叶似野苋菜叶子，美洲商陆叶子似嫩菠菜叶。美洲商陆的主干和枝干是鲜艳的水红色，日本商陆的茎和干不红。垂序商陆，花穗和果穗朝下呈纷披状，日本商陆的花穗、果穗直挺挺朝天。

今年夏天，我在南太行接连发现了几种《焦作植物志》不曾记录的植物品种。早早7月份就开花的何首乌是其一，再就是这个日本商陆了。2002年出版的《焦作植物志》，说本地只有美洲商陆，土名山萝卜。这本书是依托焦作师范学校的师生，从20世纪80年代开始采集标本，继而分类成书的。这有点像鲁迅先生当年带着学生在绍兴采集植物标本。1911年2月，“绍兴府中学堂开学，鲁迅继续担任监学，兼任博物学教员。”开春时带领学生春游，游览大禹陵等，还集体照相留念。“先生是领队，还带着一只从日本带回来的标本箱和一把日本式洋桑剪，沿路采集标本。”而植物志的编纂，确乎大有名堂。《绿色宝藏：英国皇家植物园史话》，其中第17章谈植物志的编写史。作者说，邱园图书馆最珍贵的收藏之一，即为15世纪末叶的《希腊植物志》，书中有大量精美的版画插图，栩栩如生地描绘了当时已发现的每个物种，令人爱不释手。“这类早期的植物志标志着人类开始认真记录和描绘某一地区或地方生长的所有物种，也标志着人类开始转变对自然的态度。这些史籍提供了一个参照基准，据此可以估测特定地点的被记录物种的出现或消失情况。尽管这类出版物的最初目标客户可能是一些富人——他们喜欢向人炫耀丰富渊博的世界知识，但它们的价值远远超过了作为少数富人的藏书。在 21 世纪的今天，这些经典文献仍在提醒着人们，世界各个地区的植物记录是非常有用的科学研究工具。”

当被问及如何真正完成一部植物志时，亨克·毕恩特的回答很明确——

不，你需要不断地更新。一旦出版了一本植物志，人们便开始运用书里的信息去发现和搜集植物，这通常会增加新的记录，有时甚至发现新的物种……传统的植物志包含的植物信息有时是不完整的。例如，植物的当地俗名常常被排除在外，而对于研究当地药用植物的民族植物学家来说，这可能恰恰是最有用的信息。在互联网上发表新的植物志的优势之一是，人们可以频繁地利用超链接来搜索相关的知识。

今天，邱园是创作植物志电子书的积极倡导者，目标是充分利用邱园的专长，扩展人们获取植物学知识的渠道……邱园正在同世界一流的其他机构联手，致力于实现一个宏伟的目标：到 2020 年，将全世界的植物志载入互联网。

得益于《焦作植物志》，使我对于老家的风土多了一重理性的认知。还因为这部书，借光和借着“前人的肩膀”，我发现了未被记录在案的太行何首乌和日本商陆。

2018 年 9 月 3 日于甘草居

花味道 老味道

醋柿子和糠红薯，十足的一双废物，但清贫的日子里，小时候吃过的味道，终生难忘。

五一的前一天，窗户外高高在上的柿花和楝花一起开了！好浓的楝花香，和清明时丁香开花的味道一样。节气马上就轮到立夏，外面连环拥挤的杂树，变大的新叶四处向外长，像锅淤了一样。青杨树种子开裂绽出的绵花打旋落下，在硬化的路面上团出蚕茧一样透明的白球，蠢蠢欲动。我从书房里走出来，这时才感觉好一派惠风和畅。王羲之上巳节写兰亭，曰天朗气清，惠风和畅，是书圣情怀。其实，年年清明到谷雨之间，江南和北方，春风不断且多带料峭，尤其今年遭遇了深深的倒春寒。

一会儿，妻子从厨房将泡醋的柿子收拾了，端出来放在门前的花坛边，出尽精华被放弃的柿子这一刻还圆鼓金黄。自己用柿子酿醋，吃了一冬一春的好醋，天一变热，那发酵许久的柿子生醭了，仿佛还要生小虫子。而老家在缸里泡醋，半大的粗缸，主人看不清里面的变化。可每到这个时节，奶奶也会从醋缸里捞柿子，把金黄的柿子取一大碗出来，让大家吃醋柿子，酸得人眼睛都一直眨巴个不停，龇牙咧嘴的，但还要吃。夏热初来的时候，人人干活回来贪凉，吃一个泡醋中的柿子，很爽的。这是当年的味道，老家的味道，和奶奶做的水饼蘸蒜汁一样，一并形成了奶奶的味道。说起来，这个时候还会吃生过苗的红薯，糠红薯。农家栽红薯秧一般是两茬，麦子扬花是第一茬，叫稙红薯。麦收后栽的是夏红薯，量最大，也耐收藏。家家各自育红薯秧，当院挖一个四方的坑，把好红薯从红薯窖里拔上来，用骡马的草粪围着，围严实，草苫捂着，慢慢红薯就会出秧。红薯秧育好了掰下来，和现在经常吃的青翠的空心菜一样。

生活大大改变了以前的模样。我的妻子从小没有经过自己家做柿子醋，是我把奶奶的方法说给她，大胆试验和实践的结果。城市已经没有了老式陶缸，再说就是有，放在家里也不成样。

便在超市买一只带盖子的玻璃坛子，把我秋天从山里带回来的烘柿，选一些眼看着要放坏的泡着，时间不长，竟然也酿出美味的醋浆来。一冬天不断续水，好醋源源不断生出，地道的绿色食品。醋柿子和糠红薯，十足的一双废物，但清贫的日子里，小时候吃过的味道，终生难忘。如今即使还有，也不会有人吃和愿意吃了。倒是这个时节，郑州街上的莴笋和杨花萝卜正多。脆生生地嚼一只胭脂红的小萝卜，汪曾祺写过的，翻新了的生活味道，也蛮有味道。

2013 年 8 月 26 日

栽红薯 红薯栽

红薯有很多名字。
金薯、朱薯、甘薯、番薯、白薯、地瓜、山芋、红芋等。

栽红薯
红薯栽

文章的标题这么写，仿佛是个绕口令。它不是绕口令，却和我老家的方言有关，——这第一个“栽”字是动词，种植的意思，读音与普通话相同。第二个“栽”字变成名词了，栽字的标准音予以儿化，指的是红薯苗或者红薯秧，老家人土话叫“红薯栽”。

传统的庙会和集市，以清明前后为界，前头卖树苗多，后边卖菜苗、红薯秧和夏收的农具多。每年清明过了，黄河两岸的农家百姓，除了麦田管理，就是种瓜点豆和种菜。“清明前后，种瓜点豆。”“枣芽发，种棉花。”棉花、花生、芝麻，因地制宜种植，或种或不种，而栽红薯则是中原各地普遍不变的农事活动。红薯太重要了！不列五谷之中，胜似五谷。陈世元《金薯传习录》，说生熟可食，“有六益八利，功同五谷”。徐光启在《农政全书》里说：“昔人云蔓菁有六利，又云柿有七绝，余续之以甘薯十三胜。”即十三条好处。

因为土地轮耕和换茬的原因，分早种和晚种两类。早红薯，清明一过就有栽红薯的，迟的是麦茬红薯，收过麦子再接着种红薯。早种的谷子、玉米、红薯，曰稙谷、稙玉米和稙红薯。四五十年前，山村的生产小队，还没有地膜技术，二月二过后，要育红薯苗，草粪即骡马驴粪，层层铺放，把红薯窖里取出来的红薯，竖着用粪埋好，上面铺着草苫或玉米圪档保温。十天半个月左右就发芽，紫红芽出苗。土地要轮耕轮茬，夏秋作物，早红薯和早谷子，叫稙红薯和稙谷。晚红薯曰小红薯。当年的豫北农村，虽然是公社经济，但是各家各户，也有自留地和小片荒，是关系农家的生活生计大事，以家庭为单位，我的爷爷也要育红薯栽。当院或者邻近院子的空地，挖一个长方形的坑，把草粪铺满铺好，老红薯并排放着就好。等着它发芽出苗。暮春时节，奶奶还要我们吃发了糠的红薯母，很松很虚的，可口味也甜。那么多吃红薯的方法，吃育秧的红薯母，也是旧年的传奇。柿子醋，春天从醋缸里取出发酵过的柿子让人吃，旧年生活的五味与悲欣。近来，我特地把李准先生的《春笋集》又翻读一边，其中讲收麦时节，妇女劳力出工栽红薯。其中，短篇小说《清明雨》，是写春耕春种的故事，农业科技推广的——栽红薯，种红薯，“头一件是治蝼蛄。红芋地里有蝼蛄，往年栽下的秧不少被咬断。小程发现后，提出要用毒谷来杀……第二件是红芋火炕育苗。小程和技术小组把火炕垒成后，有些社员看了看，担心了。特别是大章，他看看那么多火道、烟囱，又不用马粪覆盖，生怕把红芋放在火炕里蒸熟了。”

老家有丰富的红薯种植历史。乾隆时期朝廷推广红薯种植，农史记载，清朝乾隆年间，是官府在豫鲁两省大力推广红薯种植的时期。豫北怀庆府大面积种植红薯见了成效，朝廷曾经派老年陈世元来豫推广红薯种植。“薯生延绵，节节生根，人家有隙地数尺，便可种得石许。”（《乾隆光山县志》）晚红薯，麦茬红薯，是收过麦再种红薯。而今年新出版的《怀庆方言》，内容远比方言丰富，解释小红薯：“相对于老疙瘩红薯来说，即种植晚一点的红薯，也叫秋红薯。它是在麦子收割后的六月份，从老疙瘩红薯秧上剪下来的一段茎，插入地里生长起来的，其块茎比老疙瘩红薯小且细长。收获后主要是窖藏食用，以补充粮食的不足。”

育苗之后是栽红薯。担水栽红薯。不是井水，是水窖水和陂池水。路边的水窖与山坡开阔处的水坑，都是保存夏天的雨水的。春天，山区常闹旱灾，种晚谷子。初夏则有冷子暴雨。有一年，稙谷都要孕穗的时候，下冰雹把秋苗打了，怎么办？生产自救，干脆把红薯切块，大片子红薯直接往坑里放，再浇一点水，就这红薯也活了，结红薯了。我的印象极深，——红薯真是好成活的东西！潮州韩文公祠，孟县籍贯的韩愈，曾经两次到广东。后来得罪了皇帝，被贬官粤东。番薯的故事。作为文人的纪念馆，河南籍贯的杜甫和韩愈，成都杜甫草堂是平面，潮州就得笔架山改名韩山，水为韩江，韩文公祠大气派。插薯苗的故事：据说粤东一带，历来用薯块下种。有一位老寡妇的薯块被人偷了，因此坐在路边痛哭。韩愈见状，便叫她摘些薯苗直接插种，结果收获更多。于是，潮州人从此种甘薯使用插苗的方法。

红薯生命力极强，而且省工，除草就是了，不用施肥和浇水。夏末秋初，翻两遍红薯秧，免得跑秧就行了。八月十五之后，霜降来临，红薯把地皮都撑崩了。一窝红薯，嘟嘟噜噜有好多斤，比赛红薯王。出红薯和红薯的花样吃法，我已经写过了。

红薯有很多名字。金薯、朱薯、甘薯、番薯、白薯、地瓜、山芋、红芋等，最奇特的竟然是河北的沧州一带，人们还叫它山药。大同人把土豆叫山药蛋，四大怀药的山药叫毛山药或长山药。山药、土豆和洋芋，很乱。根茎类的作物，富含淀粉与微量元素，从来都是人类的主要营养。红薯、玉米和土豆，明朝的时候联袂从海外来华，它们在生存条件恶劣的山区也能生长良好，解决了人们的吃食问题。尽管农史学家和考古学家，一再强调要把薯蓣科的薯类，与旋花科的薯类区别开来，前者是山药与木薯一类，靠攀缘生长；后者伏地生长。

红薯成了防癌健康食品。过去是红心红薯，现在有紫薯。连红薯的叶子，也说比人参还好。超市里红薯叶子一直卖，下面或清炒吃。红薯茎和南瓜尖，过去也是信阳人的菜。红薯叶子和牵牛花一样，分圆叶和花叶两种，很奇怪的是，过去都没有见过红薯苗和红薯秧开花，如今，深秋的红薯秧开花越来越多，和紫色牵牛花一样。我倒是没有注意，这红薯花结不结子，是否和山药相同，可以用母山药下种，也可以用山药豆下种。

前些时，农历小满，回了趟老家。老家的山边地，花生小苗、红薯秧、稙玉米。应该还有稙谷和棉花、芝麻。红薯秧栽在土埂上，曰“隔”，或者土墩，封土墩。内黄县的三杨庄汉代遗址，种地打土埂了。从红薯、玉米、土豆外来，山区人用来充饥。计划经济公社经济，一斤粮食顶五斤红薯，从吃饱，饱腹，到吃好，好吃。

端午节的时候，大院里还有爱种菜的主，红薯秧，三毛钱一条，或者五毛。可郑州大变化，没有早市和集市了，弄不到红薯秧，网上试试。

2017 年 5 月 25 日于甘草居

“六一”前后是黄河两岸的麦收高潮。

今春来后，微信的生态明显变了。就我的朋友圈而言，文化、图书和美术美食多了，民俗和节气花草多了，明显丰富了看自然的细节。虽然是郑州一城，个人的目力所及毕竟是有限的，难免顾此失彼。例如，4 月 19 日是谷雨节气，公园的白睡莲早早就开花了。6 月 11 日，端午节才过两天，红荷花新开一朵。我最先发现睡莲开花却错失了荷花，是朋友上传的图片让我共享而弥补了缺憾。但是，最令我感动的是“三夏”麦收。

微信里的麦收

河南地大，从南到北，横跨江淮和黄河流域。小满的时候，麦收在信阳和南阳一带就率先开镰了，接着是豫东和安徽江苏的交界地带，收割机结队开进大田。这时候，有女子用微信接连发表美文回忆家乡的麦收，平原和山区都有。有的回忆跟着大人起早下地，初次用镰刀割麦，不小心割到自己腿脖上，父亲抓一把黄土按住女儿的伤口，就忙着朝前割麦。有人回忆打麦的过程，——从平地小块地碾场开始，接着用桑杈挑麦草摊晒麦子，赶牲口带着大石磙碾麦子，打场、扬场，用木锨翻晒麦子，收晒好的麦子。末了，垛大小不等的麦秸垛。文章里所配的图片带着彩色，似乎很逼真，但我觉得岁月晚了一些。因为其中的父老乡亲，把晒好的麦子依次装到编织袋里，这怕已经是三十年前的事情了，农村现在依然延用着编织袋，还有说蛇皮袋的。再朝前十年或更远，60 年代或 70 年代开初，豫北农村还没有编织袋，装粮食用的普遍是麻包与布袋。大麻包一包二百来斤，踩着麦堆的条板往高处的粮仓里上，若不是年轻力壮还真背不动。其余的人用布袋背，长条的布袋一百多斤，是上年纪人和嫩小伙背麦子用的。

今年麦收迟，明显有两个原因。一是从立夏到芒种，月余时间，天该热却不热，一直是低温徘徊，灌浆后的麦子成籽晚；再就是阳历一入 6 月，正是收麦的紧要关头，中原多雨且有风雨冰雹，好几个地方遭遇灾情。今年收麦季我没有回老家，但朋友传南太行山区一夜之间冰雹与风雨大作，割过的麦子被雨水泡了，没割的被打翻，一地狼藉。鲜桃、黄杏，才变大的核桃、葡萄，还有一地的稙玉米、稙谷、稙红薯苗，早秋苗被冰雹打个稀烂。厄尔尼诺循环持续了一年多，才告结束，今年收麦季灾害频发。我小时候，60 年代初经历过一次收麦季的冰雹，今年 6 月初，山里又早早遭遇了冰雹风雨灾害。当记者的老乡朋友，用微信传送白发老妪发愁地在收拾过水的麦子，50 岁的大汉们（不叫汉子）手捧着被冰雹（老家叫冷蛋儿）打落打烂的青核桃与瓜果，一脸茫然的样子，这种亘古不变的农民犯愁时候的表情，对我而言，一点儿也不陌生。

正常年份，“六一”前后是黄河两岸的麦收高潮。起早贪黑的人们，见面都省掉了寒暄打招呼的礼节，“三夏”大忙的关键词是“五黄六月”“焦麦炸豆”“抢收抢种”。但今年麦收迟了。《河南日报》“三夏”特别报道，直到芒种那天，全省才收麦过半。芒种节气翌日，6 月 6 日，我从豫西经连霍高速公路回郑州，快到市区，看得见连环的楼房了，郑州荥阳之间，一地过雨的麦子趁天晴正在抢收，收割机交驰混战。接着，就有微信详细报道豫北黄河故道长垣与滑县一带的收麦。报道者是在高校当领导，才退休不久的一位好友，他深爱故土和喜欢庄稼，今年收麦季索性回到老家帮助麦收。他的微信先是叹风雨无情，老天爷给农民添乱，图片上传好麦子大片倒伏的情景。6月8日早上，好不容易雨停了，一对开收割机的“麦客”夫妇，急不可耐地带着土路上的泥泞下地，男的开机器，女的负责丈量地亩，用手动的测量仪，打着趔趄在地头奔波。工价一亩地50元不还价。不一会儿，收割机被潮湿的麦秆夹缠住被迫停下了，女的跑过来在机器里努力掏麦秸，男的往机器里续着油，企图加大马力克服故障，好不容易开始重新运行工作。微信的说明文字如旁白曰，“麦客”夫妇一早一晚吃两顿饭，中午守着机器吃干粮喝水，大日头烤人也不敢消停。微友曾经也爱写作，他继续报道，——布谷鸟在天空飞着叫唤，斑鸠则在树上一递一声叫，声音节奏各不相同。“麦客”买一台机器将近8万元，要努力早点把本钱挣回来。一连两天，微信不停地更新报道不间断。9日下午，图片里剩下一地乱哄哄的麦茬，各种青绿的杂草和野草，如芦草、狗尾草、野西瓜、灰灰菜和打碗花趁机旺盛生长，黄河滩看不到边的一季好麦子虽然经雨打可终于收完了。

老兄仿佛是在为我做专场的报道。他意犹未尽，还续发乡村的暮鸦归林，炊烟四起，蝙蝠在农家院里贴着屋檐飞绕。入夜，村头那间供奉“北斗星君”的小庙上，月明星稀，黑树青天，农村伴着远近此起彼伏的犬吠声沉入寂静。郑州的夏蝉，在木槿花和萱草、紫玉簪刚开的时候，细细地开口叫了。而在黄河滩，老兄特别在微信里说明，豫鲁交界的农村之夜，夜深了夜风还清冷冻人，偶有犬吠之外，没有虫声唧唧，夏蝉还未及开口……

隔一日，他又回应我曰，今年麦子的收购价，挂牌是一元一角五一市斤。但麦子因雨而不同程度发霉，怕正价出售困难。而长垣黄河滩地的麦子，一亩地收获不过七八百斤，不到千斤。

2016年6月18日于甘草居

技术是把"双刃剑"。大棚、地膜技术和生长剂的滥用，交互助推了季节错乱。中原麦收刚过，荷花、萱草、百日红陆续开花，夏蝉才开口尚未及大声喧哗，这一刻，农家早种的植玉米还不过半人高，而大棚产品的花生、毛豆、嫩玉米和葵花盘，各种早产的秋果按捺不住而联袂登场。

边疆地区叫郁麦、番麦、棒子等，
东南还叫苞谷、苞萝与陆谷，
南太行地区我的老家，
山里人叫它玉蜀和玉蜀黍，
平地叫它茭草或玉茭草。

岁时才到五月夏至，大田里自然生长的玉米苗新出了土，一行行娉娉婷婷，青葱色半掩着麦茬。乡人在十字路口堂皇支起炸油条的大锅，豫北闺女回娘家号称"瞧麦罢"，络绎不绝的摩托车、自行车上，两口子都要带着一篮子慰劳爹娘的好油条做礼物。难得这农忙换季的小间歇，庄稼汉掀掉头上的草帽伸个懒腰，全家人在树阴凉

花样玉米的苦乐

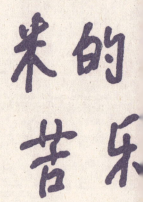

里惬意地换一口气，紧接着更繁重的玉米管理就开始了。

玉米俨然是秋作物里唱主角的，但它远比种小麦费气力。豫北人敬土地，古来讲究精耕细作，直到20世纪六七十年代，化肥、复合肥还没有广泛使用的时候，玉米出苗只是一季劳作的序幕。玉米的大田管理，最苦最累，集中体现在早中期的锄地"三部曲"，地锄不下三遍，——头遍是锄麦茬，把未朽化的麦茬连根锄去兼松土，一边要仔细间苗，剔除弱苗保留壮苗。有苗不愁长，大致固定住了一季的希望。第二遍锄地已进入伏天，目标集中于除草保墒。话说"夏草如走马"。此时杂草与庄稼竞长，烦死人的狗尾草、马唐、稗子、爬根草，灰灰菜、野苋菜，涩拉秧、狗秧，混合着匍匐生长的马瓟儿和野瓜秧，横七竖八，密密麻麻，下锄迟一点儿便喧宾夺主。这些还算好办的，困人的是那莎草和马齿菜，遇到这一类不死草，锄地锄下来，还要特别把它抛到地头或石头上，让冒火的大太阳即刻晒死它。"锄禾日当午，汗滴禾下土。"以此形容玉米地除草最贴切。而它关中版的形象注解，正是《白鹿原》写的地主黄老五，每天天不明就吆喝长工黑娃下地，三伏天竟然不叫人歇晌，黄氏的理由是："难得这么硬的日头，锄下草一个也活不了，得抓住这好日头晒草。”

恶草除过，除恶务尽。立秋之前接着锄第三遍，又叫封沟封玉米。封沟打垄，一来是便于浇地，玉米长大长高，需要引水浇透，迎接开花秀穗。再者玉米苗长大了怕风易倒伏，需要培土巩固根基。半人多深的玉米苗，宽大的叶子四仰八叉带着刺边，拉人的胳膊腿锋利如刀。三伏天锄地封玉米，太阳晒得人脊梁脱皮，锄地人浑身上下如水浇不说，胳膊甚至脸面、脖子，无处不被玉米叶划得七紫八道。可是，土地与秋苗也不负主人的血汗辛劳，眼看着玉米生长一天一个样，绿色的波涛淹没了隙地，玉米开始拔节，绿叶带露珠，早晚听“咯咯巴巴”的拔节声夹杂草虫声，是别样的一种天籁之音。希望逐渐变成现实，茂盛又茁壮的玉米连成看不到边际的青纱帐，漫漫玉米开花，出天缨出腰穗，腰里别着红缨枪似的……秋来农村的诗意与浪漫，是玉米的五颜六色和丰富多彩。当年有白玉米、黄玉米和红玉米多种多样。八月中秋收获了玉米，平地与山区到处晒玉米，屋檐下的玉米辫子，房檐上的玉米垛，山道边一人多高的荆篓子装满了饱满的玉米穗，白马牙、金皇后等，美不胜收。

比起早早西来的麦子，玉米在中原地区种植的历史不算太长。明末嘉靖年间，鄢陵、尉氏、襄城和巩县、原武等地的县志里，陆续才有玉麦、御麦即玉米种植的记录。但玉米不择地生长，天生具有高产优势，风头一下子便盖住了本土老资格的豆和麻。东南西北，它在各地的名字千奇百怪，边疆地区叫郁麦、番麦、棒子等，东南还叫苞谷、苞萝与陆谷，南太行地区我的老家，山里人叫它玉蜀和玉蜀黍，平地叫它茭草或玉茭草。而红茭草特指的是高粱了。有了玉米，加上与它几乎是结伴而来的红薯，粮食充足了，中国人口才有了飞跃式增长。百姓也不辜负一地的好玉米，花样翻新吃玉米，吃嫩玉米，吃玉米糁、玉米面和各种玉米制品。曾经吃商品粮的城市人家家有个购粮本，北方人三七开，三分细粮是大米白面，七分粗粮则以玉米面为主。一天三顿饭，老家人早晚玉米粥，摊小鏊馍是玉米面，蒸窝窝头、发糕是玉米面。过年的年馍，两掺面的馍是主打。可以说，五六十年代出生，我这一代的豫北人，最早的胃口和身体发育，就是玉米的营养培育成的，血脉里天然混合了玉米的基因。直到现在，每年秋季新玉米下来，弄些新鲜的玉米面和玉米糁，是我的家庭必需。

14 No. 玉米

Zea mays

2016.6.21　郑州　甘草居

树木花草可观，庄稼和作物的生长，同样令人着迷。19 世纪的英国诗人约翰·克莱尔在行文里说：“我捕捉着辽阔田野上的缤纷颜色；一块块不同颜色的作物，像一幅地图；古铜色的三叶草正盛放，晒成棕绿色的是熟透的干草，颜色略浅的小麦和大麦与放着耀眼光芒的黄色田芥菜混着，鲜红的玉米穗与蓝色的玉米棒如同落日晚霞，绚烂的颜色饱满地洒向整片土地。农田笼罩在这摄人心魄的美丽之下，不知如何是好。”我和他一样，初夏时节，过满目葱茏的太行山去晋中而雁北，晋东南的高平和长治以北，当地一年只产一季玉米。错落连环的大院四合院，过年的红对子颜色还没有退去，鲜艳的“谷雨贴”便取代掩盖了旧门神，——一边神农氏扬鞭驱牛耕地，一边雄壮的大红公鸡啄着五毒虫。这时，绵延百里的山谷川地，清一色的地膜覆盖如白浪万顷，玉米整齐出苗，恰似“小荷才露尖尖角”。夏秋交接中，坐火车从山海关到哈尔滨过东北大平原，全然不见了传统的大豆高粱，遍地都是玉米开花，开两种花，嫩黄和带紫色的玉米顶花。中秋国庆时，北方到处可见机器进大田在收获丰收的玉米。因为有化肥复合肥，尤其是除草剂的大量使用，玉米种植一下子变简单了，玉米种子统一，玉米种植的密度空前，农民省略了除草的环节,也不用开沟封玉米了,可玉米产量更高。玉米的用途比小麦大，价格也直与小麦看齐。人们啊！陶醉于玉米的连年丰收里。

玉米刺激了人的欲望，一味追逐玉米高产，却忽略了对土地的涵养，作物多样化的平衡。忽然，玉米和钢铁、煤炭、水泥一样，冷不丁栽了个跟头，——玉米连续14年强劲增长的势头于今中断，玉米收购价低落，政府提倡减种玉米。玉米躺枪了表现出一脸无辜，玉米说我其实是人的牺牲品，它诉说着自己当年救饥的功劳，广泛的现代用途……以玉米为例，呼唤的是慎重而有节制地使用技术，回归和谐而可持续的农耕与土地的关系。

2016年6月21日于甘草居

西瓜在宋朝

南宋西瓜园，现在杏花营。

西瓜到中国，最早出现在《新五代史》里。这部由大儒欧阳修领衔编纂的皇家正史，书中征引后晋官员胡峤的《陷虏记》，说明西瓜当年是契丹的物产。但它是什么时候引种到中原的？

对此讨论很多。有人捕风捉影地说，在《清明上河图》里仿佛已经看到了切西瓜的场面。更雷人者，1990 年代至今，陕西历史博物馆出现了一枚来历不明的“唐三彩西瓜”。《清明上河图》和《东京梦华录》是北宋首都市井生活的真实写照，而后者记伏天六月，东京“是月巷陌杂卖”的瓜果吃食，本地出产有莴苣笋、义塘甜瓜、卫州白桃、南京金桃、水鹅梨、金杏、小瑶李子、红菱沙角儿、药木瓜、水木瓜、熟林檎等。南方来的有荔枝、龙眼、花瓜、芭蕉干，花瓜指的是柑橘类的香橼。并没有提到北方来的西瓜。从作者孟元老的自序里分析，他是北宋末期即徽宗崇宁二年（1103）随家人而迁居汴京的，在开封生活长达 24 年，至靖康二年（1127）因金人入侵而避乱南下，随后流落杭州。著书写东京风俗，全为忆旧纪实而作。

北宋管辖的中原地区，的确还没有西瓜种植。洪皓是徽宗政和五年（1115）在开封金榜题名的进士，南宋初，建炎三年（1129）以礼部尚书身份奉高宗之命出使金国，被扣留长达 15 年。他著《松漠纪闻》，说自己在出使金国时，在漠北见到了西瓜，“西瓜形如匾蒲而圆，色极青翠，经岁则变黄，其瓞类甜瓜，味甘脆，中有汁，尤冷。”他声称自己是西瓜使者，“予携以归，今禁圃乡囿皆有。”

这么说，南宋才有了西瓜在中原和东南的栽种，而开封这时已是金国统治。的确，由金朝和南宋联手推广，西瓜在中原地区和长江以南迅速发展。

公元 1170 年，诗人范成大使金，著日记《揽辔录》。该书详细记载了他从宋金分界线（根据隆兴和议）的泗州而进入金国，直至金国统治中心燕山（金国称中都，今北京）的全部行程，包括沿途所经过的府、县、镇与山、河的名称、间隔距离，还顺便考察了部分重要的名胜古迹。同时，《石湖居士诗集》卷十二，汇集本次出使途中所吟绝句七十二首。

经泗州入沦陷区，范成大从灵璧、宿州经永城入豫，过商丘（由宋朝的南京改名为归德府）、雍丘、睢州、陈留而开封（由东京改名为南京）。再出旧开封的封丘门，在黄河李固渡口经浮桥过河，浚县、汤阴、相州（安阳），走临漳、邯郸、邢台、柏乡、赵州、栾城，过滹沱河，真定、望都、白沟，西望太行山，再定兴、良乡、卢沟而到达燕山（北京）。

这一途，他由归德府西行过陈留而至开封，发现附近有了西瓜园，便吟《西瓜园》：味淡而多液，本燕北种，今河南皆种之。“碧蔓凌霜卧软沙，年来处处食西瓜。形模濩落淡如水，未可蒲萄苜蓿夸。”范成大感叹物是人非，而西瓜在河南已经很普遍了，但味道一般，与葡萄比起来味淡似水。言外之意，包含了对故土沦陷的无限惆怅。

南宋人这时也积极推广西瓜种植。百余年后，南宋末咸淳六年（1270），湖北恩施有人名秦伯玉者，作摩崖石刻立《西瓜碑》：“郡守秦将军到此栽养万桑诸果园，开修莲花池，创立接客亭及种西瓜。”包括回回瓜等，已经有四个良种。而前三种已经在淮南种食八十余年了。这个记载，与范成大的《西瓜园》诗相衔接。《西瓜碑》的拓片，现存北京大兴的西瓜历史博物馆。

而元代的淳安人方夔，他有《食西瓜》诗：“恨无纤手削驼峰，醉嚼寒瓜一百筒。①缕缕花衫粘唾碧，痕痕丹血掐肤红。香浮笑语牙生水，凉入衣襟骨有风。从此安心师老圃，青门何处问穷通。”“寒瓜”乃西瓜的别名，“驼峰”用以比喻把西瓜切成三角形。看，经过宋金的共同努力，西瓜在长江以南，从东到西，已经食用很普遍了。

胡峤的《陷虏记》，记述自己在契丹七年期间见闻，“遂入平川，多草木，始食西瓜。云契丹破回纥得此种，以牛粪覆棚而种，

《食西瓜》 方夔

恨无纤手削驼峰，醉嚼寒瓜一百筒。①

大如中国冬瓜而甘。”此为欧阳修引入《新五代史》。

南宋西瓜园，现在杏花营。自范成大吟《西瓜园》，开封西瓜自此而有大名。

2013年6月22日于郑州甘草居

蘑菇在路上

蘑菇如精灵也如妖怪，
越是漂亮和稀奇的越是危险。

伏天虽然还没有来，黄色的菟丝子已经死缠着爬上了榛莽连片的灌木头上。忽然一场雷阵雨过后，天空出现彩虹，山地上生出地皮菜，草丛里出现了蘑菇。我的大学一年级是在湖北西部的山区分校度过的。这时，已经落地生根的晚稻秧都长高了，梭罗河边淡淡的松树林里，有人发现金针花颜色似的伞形蘑菇围绕着不大的马尾松，一出就是一群一片。

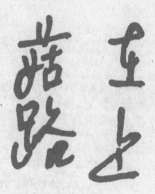

我是北方人，没有见过这样美观娇嫩的蘑菇，而老师和同学们也都放弃了下午的自习，野跑到山坡上捡蘑菇。说捡而不说采是对的，这一带山势平缓，亭亭如盖的橙黄的蘑菇，你碰它一下就连根断了，不一会儿就捡了一脸盆。这时，新收的大蒜还没有全晒干，特别是广东籍贯客家人的同学还贪吃猪油，我第一次见广东人把炼好的猪油，用勺子挖到白米粥里和着吃。猪油和大蒜，爆香了炒松蘑，我的天，真是美死人！原本还吃不惯集体食堂的蒸米饭，这时一气配着炒蘑菇吃了两大钵。第二年，我们搬回到武汉市了，武昌的校园也是山包，也绿树满山，但夏天的雷阵雨过后，在放暑假之前，大家不慌着考试却闹着要采蘑菇，哪里还有蘑菇？

儿时只见过白蘑菇，偶尔见到这旱地蘑菇，像蜗牛一样趴在山地，看不见它的伞柄，像晒好的一枚大蒜头一样。太行山向北，红旗渠所在的林州有著名的太行大峡谷，连着豫晋冀三省，悬崖百丈，纵横百里，从低到高，一层高台以一种植被为主。7 月的太行山，山蝉乱鸣，大山平行的栈道在悬崖之间，这一层几乎全是亮油油的山榆树，岩石一般扭曲的树干，树下生出一种纯绿色的蘑菇，带路人特地交代千万不可乱采，说有剧毒而不可食用。蘑菇如精灵也如妖怪，越是漂亮和稀奇的越是危险，如《西游记》里变形的妖怪一样。但是，福建武夷山除了出好茶之外，还有种特产是红菇，浅紫红的伞状山菇，最简便的吃法，当地人用红菇煮水喝。也是一场雷阵雨后，我们在闽赣交界的森林公园里爬山，看溪流咆哮着层层飞下，而路边的野杨梅树下，果然有伞形的红菇出现。

南方的山区，还出产一种叫烟荷笋的山珍，味道近乎于洋姜。但烟荷笋却是某种植物的嫩芽，有点像茭白和竹笋，层层紧裹着尖尖的，颜色是紫褐色。浙江和鄂西山区的叫法不同，金华和建德人的土话我听不懂，烟荷笋则是武当山人的叫法。吃法都一样，切片或切丝炒了很爽口，再放点青辣椒，是下酒和下饭的美味小菜。我始终没有机会弄清楚它原生的模样。但一次去张家界旅游，在桃花源景区的早市上，我发现有烟荷笋和当年捡过的黄松蘑。这令我喜出望外，两样买了装在黑色的塑料袋子里，下午乘火车返回。子夜时分，在襄阳汉水边，因大雷雨击了电线，火车停在野地里三小时左右，本来夜里到家，因晚点拂晓时分到家。一进门我连忙打开塑料袋，发现新鲜的松蘑竟然化成了水，剩下的只是烟荷笋。

2013 年 8 月 28 日

登南岳见薛荔

木莲即薛荔。

今夏南方多猛雨，遭遇超长“暴力梅”。而暑期才来的时候，我们老同学三人冒雨登南岳，领略了一番奇异风光。“五岳”之“四岳”，皆在北方近黄河，独南岳悬于长江之南，主峰祝融峰和上封古寺，海拔1300米，遥遥高出在湖南省的衡阳地界。前两年，78级政治系大学同学在长沙聚会的时候，我稍微犹豫，错失了南岳登高的良机，为此心不甘。7月里，郑州等地疫情才过去，我和同学杨代英酒桌上旧话重提，老杨比我豪气，说走就走，我俩三小时高铁就到了长沙。

神州夏日，从北而南，大地一色绿且浓青绿。乐平同学在长沙接站，旋即仨人又高铁飞驰至衡阳西站，于南岳古镇，直接坐车上山，安营扎寨于半山亭和磨镜台之间的农家宾舍里，直似潜水艇破浪驶至绿水深处停下。雨中游山，前方白雾与面前雨雾双重遮掩，但云雾遮不住南岳满山绿，林木青山，此际多是带一点嫩黄色的树木树林，郁郁葱葱，格外水灵。我自然不放过观察植物的好机会。包括南岳大庙和抗日忠烈祠，多松树香樟银杏枫香重阳木，柳杉水杉落羽杉，玉兰楠木青冈桂花女贞，等等。和郑州相同的，突出而醒目的有国槐和构树。女贞树结新子了，国槐摇曳着开花落花，红构桃正满树。还有遍地之竹与茶，野葛和苎麻，薯蓣菝葜爬墙虎葎草常春藤络石，等等。真名不虚传，不负这里是神农尝百草的圣地。林木深处之福严寺，号称“天下法院”。系六朝时期从豫南来此开山的慧思和尚创建。唐朝怀让法师，被尊称“禅宗七祖”，继而于此开辟道场，为海内释界所宗。怎么说呢，我参访过的南方古寺，福严寺和远在宁波的天童寺，气息格局仿佛。依山而建的木石砖瓦大屋顶建筑，紧致错落而气势不凡。山道曲折，近山门而银杏枫香树更大。进门又一大银杏，因雷击而复生呈巨大灌木形状，树前平台可以望远，——云雾出岫背景，变幻莫测。若干枯树满布青苔槲寄生，似战备拉练中的大炮装甲车，披着厚实的隐蔽装饰。你看，寄生的攀藤上，挂着木李和青梨一样的果实。初看见两三个，定睛细看，则越看越多。我约莫这是薜荔结果，就问小导游。谁知小女子根本不把习见的薜荔当果实看，我让她望半天，她坚持说没有发现什么。我急，恨不能用钩子牵一枝过来，她这才恍然大悟，说是凉粉果。

她说这太普通了，根本不算啥！接下来，见到几个挑担卖木莲羹的。我们三人，就回忆起当年在武汉读书时，拿分币买木凉粉即木莲羹当小吃的事。那个时候，啥都稀罕。

下山回长沙，又乘城铁到洞庭湖南岸的益阳农村。乐平的故乡，正是早稻收获季节。这里也是香樟青冈枫香，和橘柚柿栗。田埂与村路边上，多竹子苎麻。老同学筑园名“由斋”，大屋后边临着濠河的绿树身上，也是挂满了薜荔。

淮水流域，未见草木记薜荔。长江流域和岭南、西南，这东西就多了。我第一次开眼见到薜荔果，是某年的元旦，在苏州沧浪亭门墙上，一位有趣之人指点给我看，我觉得很有眼福。而今气候暖化的大背景下，黄河两岸植物品种日趋复杂，爬藤类植物，原有的爬墙虎紫藤凌霄扶芳藤以外，现在那花叶蔓长春、络石、常春藤等，已经不稀罕。我甚至异想天开，觉得南方的薜荔到中原，指日可待。吴状元在《植物名实图考》里说木莲并图画木莲（木莲即薜荔）：“自江而南，皆曰木馒头。俗以其实中子浸汁为凉粉，以解暑。”又说：“薜荔以楚词屡及，诗人入咏，遂目为香草。今江南阴湿，墙瓦攀援殆遍，何曾有臭？‘罔薜荔兮为帷’，则山居柴扉石户间皆是矣。”①吴状元宦迹半天下，出任过云南、湖南、山西巡抚等，见过的攀援薜荔不止湖南这一种。但是，他没有提及其故乡豫南大别山区有薜荔。我熟悉大别山，常见枫香树上挂着柴草垛似的槲寄生，却没有见过薜荔藤薜荔果。相对于江南及两湖地区夏日解暑的木凉粉即木莲羹，豫南信阳有种石凉粉，貌似木凉粉，但一字之差，它是一种树叶揉出汁水而做成的。民间的花样，真是五彩斑斓，无奇不有啊！

我越发觉得，游历比苦读更重要。说湖南，毛泽东诗词里几处涉及湖南的薜荔和芙蓉。如《七律·答友人》：“我欲因之梦

自江而南，皆曰木馒头。①

《植物名实图考》 吴其濬

寥廓，芙蓉国里尽朝晖。”《七律二首·送瘟神》：“千村薜荔人遗矢，万户萧疏鬼唱歌。”《毛泽东诗词》，当年是大事情。芙蓉国和芙蓉，赵朴初注释为水里荷花，荷花又名水芙蓉。而郭沫若直接解释为木芙蓉。郭是川人，自然多见木芙蓉。傅抱石图画毛泽东诗词，曾多次至三湘采风，故而画出开花木芙蓉。五代诗人谭用之《秋宿湘江遇雨》有句：“秋风万里芙蓉国，暮雨千家薜荔村。”此句被毛泽东化用了。人又说木芙蓉是拒霜花，秋天和菊花一样不畏风霜。对的！可是，木芙蓉夏天开花，直到秋天盛花。本次在长沙，先于橘子洲头看见芙蓉开花，我及时发了朋友圈。随后南岳山道上，摩崖石刻之下，更发现有野生木芙蓉，雨中开小白花。此情此景，不是亲见，不足为外人道也。

2020 年 7 月 25 日于甘草居

气候暖化与温水煮青蛙效应相似，不知不觉的，蓦然发现这几年郑州绿地里的野枸杞，冬天几乎不落叶了，变得和南方的枸杞一样，俨然四季常青。

原本北方的枸杞和垂柳，同为落叶植物。一下一上，交相呼应，均秋冬落叶，而每年开春的时候，发芽回绿都是最早的。枸杞现在摇身一变，变准常绿——因为它大多置身于灌木绿篱和屋檐下，接地气冬而不凋，所以换叶明显要早。清明时节，南窗下枸杞柔软的枝条绿油油的，我们吃过了香椿芽，也想采一点枸杞头尝新，手抚住它嫩枝的时候，这才发现它正在开花——紫色小五星花很有范儿，吐着一条精巧的花蕊。五一前后，樱桃红了，枸杞接着樱桃也变红，红得令人

龙葵属于茄科植物，周王叫它天茄儿苗。

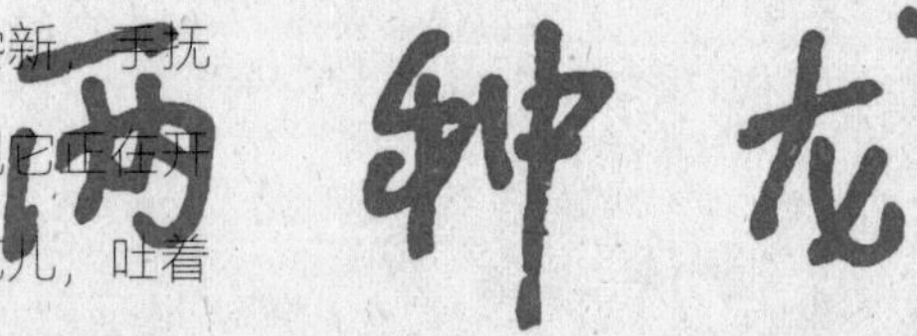

猝不及防，小红果吊着似红耳坠，纷披的绿枝条上有花有果。

小时候在老家，春天野菜多，夏秋野果多。树上果实不算，地上的苘麻籽、黑葡萄、红姑娘、马瓟、屙瓜野西瓜等，多是盛夏三伏天陆续才有的。可现在不同了！以老鸹眼睛和又名苦菜、苦葵、乌甜菜的龙葵来说，野生的龙葵和枸杞开花结果一样，此起彼伏，一年结果好几茬儿。龙葵属于茄科植物，周王叫它天茄儿苗："生田野中，苗高二尺许。茎有线楞。叶似姑娘草叶而大。又似和尚菜叶，却小。开五瓣小白花。结子似野葡萄大，紫黑色，味甜。"龙葵不仅果熟可食，嫩叶炸熟也可调菜吃，并且，采叶敷贴还可以拔毒——消肿毒，医治刀伤疮口。

草本龙葵和木本枸杞一样，刻下也是不停出生，不停地开花结果。清明前后就开花了，霜降立冬时候，隙地里的龙葵和野苋菜等，不畏严寒，还要再出苗开花结果。而且，不止是一种龙葵了——传统龙葵叶子和辣椒叶一样，光而碧绿发黑。现在有一种是黄绿色，叶子表面毛茸茸的，开花结果和光叶龙葵一样。我多次在电脑里搜索，但是还没有发现有毛叶龙葵的记载。

15 No. _龙葵

Solanum nigrum

2019. 8. 27　郑州　甘草居

外来植物和变态植物逐渐增多。同样是豫人要吃的野菜，菊科的小花鬼针草，开黄花，嫩苗叫鬼圪针芽，春夏之交掐尖，把它的嫩苗在滚水里弄熟了调着吃。菊科野菜的味道，与菊花脑和艾蒿吃口差不多，苦口清心，且带别致的芳香。但是，现在不到农村和山区，你看不到传统的小花鬼针草，那种苗叶细瘦可以吃的草品种了。反之，南粤和云南那边的白花鬼针草常见，开黄花的，也是大叶子粗茎，与白花鬼针草形似，不知道它们能不能吃？和白花鬼针草、草胡椒、鸡矢藤等，不请自来的杂草，还有多个新品种的狗尾草，初夏就开花，明显不同于以前见惯了的狗尾巴草。

科学家和植物学家，对此十分敏感。《无锡城市化进程中的植物》就是一本有意思的书。书不大，内容却特别丰富。其中回顾了近代以来无锡地区的植物采集史，也及时跟进记录了四十年来外来新生植物的名目——

无锡人黄以仁，是中国现代植物学的重要人物。他于 1902 年入日本东京帝国大学学习植物，学成归国，后来一直在北京的高校执教，抗战初期病逝于河南大学工作岗位上。他不仅参加过商务印书馆 1918 年出版的《植物学大辞典》的编写，早在 1911 年，日本《东京植物学杂志》，就发表了有关无锡惠山和常熟虞山采集种子植物六十余种名录。

从 1913 年开始，法国人顾多瓦多次深入太湖周围采集植物，先后发表《太湖湖滨采集之植物》《1918 年江苏植物采集记》，共列无锡种子植物 166 种。

接着，东吴大学的美国教授祁天锡编著了《江苏植物名录》，又经钱崇澍翻译并增补，陆续发表在《科学》杂志，1919—1921 年，无锡地区的维管束植物计 255 种及变种。

邬文祥与邬秉左两人合著这一本《无锡城市化进程中的植物》，记录了近来新发现的外来植物，如光穗豚草、糙毛一年蓬、直立小蓼、腺茎泽番椒等。同时报告说，一方面，乡土植物有的濒危，而外来物种入侵扩大——线叶金鸡菊、水花生、加拿大一枝黄花、多茎鼠曲草、母菊、美洲车前、续断菊、一年蓬、大狼把草、美洲商陆、豚草、钻性紫菀等陆续滋生蔓延。我由衷敬佩这看似默默无闻的记录者，他们忠实记载了社会、土地与山河变迁过程中真实生动的植物细节，对于后人而言十分有用。

2019 年 8 月 27 日

襄县三顿饭

豆腐脑、豆腐、豆腐汤
野菜、树头菜
面条、面片、葱花油馍

从许昌走出来的名家李佩甫，到省会郑州当专业作家差不多快四十年了，可许昌附近的几个县，老家的故土还牵着他的魂——襄城、禹州、郏县、长葛等，不定时总要回去，“也没有具体任务和目标，就是去转一转。多年的老朋友，逮住谁是谁，喷一喷、看一看总是好的。”别人看他，早已功成名就了，可李佩甫还在不停地写，从来不把话说满。

小满节气前，叉鸡和布谷鸟双双开口叫了，5 月中旬，豫中大地平展展的好麦子，一地厚实的麦穗正灌浆，显示出丰收的好兆头。这时，佩甫兄叫我陪他到襄县去一日，参加农民举办的西瓜节。襄县是襄城县的古称和简称，那里的尚庄村有千把口人，多年来搞大棚西瓜和菜辣椒种植，村民提前实现了小康。姓雪而不是姓薛的老支书，当初一块儿搞创作的，他比李佩甫年纪长，现在一边搞现代农业，一边还坚持着文学写作。尚庄西瓜节，被允许大大方方冠以县的名义，佩甫说，这个我要支持。

我俩头天下午过去，翌日下午返回，满共一天时间。料不到此行一日三餐，在县里打一枪换一个地方，三顿饭尽是豆腐、野菜、面，最家常又颇不寻常，让我这个豫北籍贯的同路人开了胃口。

豆腐脑、豆腐、豆腐汤——我们住宿的小酒店，没有餐食供应，早上由主人带着到县城的街头吃。小吃最讲究口碑，过路走了好远，慕名来到一连好几家组成卖早餐的一个方阵。许昌这一带豆腐、豆制品素来有名，早餐打头炮的虽然也是胡辣汤、豆腐脑和油条、包子组合，但此地的咸豆脑，并非一味地黄丸，不只是掺了胡辣汤吃，还有用油豆腐疙瘩打卤做浇头的，掌勺人大声说这是真正的襄县特色。

油豆腐疙瘩浮在黏糊糊的卤汁上面，貌似洛阳水席中的焦丸子，也像西安人早餐喝的素胡辣汤，汤锅上浮着一层珍珠丸子。勾芡制成的五香卤汁连油豆腐疙瘩，严丝合缝浇在白如玉的豆腐脑上似盖帽，咸淡搭配拿小匙舀着吃，于是，普通的一碗豆腐脑便有了嚼头。

而接风的夜饭，在另一家店里，开头就来个木桶豆腐，不是炒豆腐和蒸豆腐，非锅塌豆腐、麻辣豆腐，而是牛骨髓牛油炒成的好茶面，烧成面茶和粥一样，放时蔬青菜叶加碎豆腐，用小碗盛着喝，开胃顺气的。我猜其来路，它类似昔日救饥的菜豆腐和懒豆腐，菜叶子多而豆子豆腐少，两者掺和着吃，本意为节约。但推陈出新下一番功夫，旧瓶装新酒而滋味绵长。西瓜节中午的农家饭，则有一大盆豆腐汤，豆腐嫩得像豆腐脑一样，芡汁里放入了精心捣碎的食香菜末，羊脂玉衬着翡翠绿，别有芬芳和清香。食香菜即本土古香菜，其食用传说尤其保存并流行于豫中一带，几位本地的诗人与作家，禁不住也直呼这豆腐汤味道正，好味难得。

野菜、树头菜——背靠着连绵的伏牛山，沙河与北汝河似两条彩带穿境而过，襄城人自豪地说：“八百里伏牛山，牛头在首山。”首山不大，离县城不远，而尚庄村邻着过境的高速公路，正在首山南麓。远看首山，仿佛是个泊在码头的大船，面对着一望无际的黄淮海大平原。冈阜之上，村人在树林和果园里办农家乐，农家饭以满地新鲜的野菜为主打，为外来游客饱口腹、解乡愁。夏热初来，马齿苋才出来还来不及采食，而野苋菜品种多，好口味的也多，豫中人笼统把苋菜叫玉米菜。西风谷的绿叶野苋菜最好吃，刺苋、凹头苋、山苋菜、鸡冠花苋菜、银叶菜等，分别是野苋菜不同的品种。客人入席就开席，先上个蒜汁调黄花苗即蒲公英，是祛火解毒的。接着烙馍卷菜，洋槐花炒鸡蛋，香椿炒鸡蛋，调灰灰菜等，纸皮烙馍似宣纸一样透明，咬在口里醇香且筋道。唯一的大菜，是个胡辣味道的熬炒三黄鸡，满满堆起连着铁铛端上来，四边簪花一样插着排骨形状的现炸小油条。

面条、面片、葱花油馍——固然说“南米北面”，但人在南方，直呼吃饭就行了，不必说吃米，否则会闹笑话的。同样，河南人说吃面，就是面条的代名词。天热了，豫人好吃不放调料的甜面片，随锅掌（放）菜叶，白苋菜、红苋菜都好，最好是红苋菜，大瓷碗里的汤水和宽面片一色染成那胭脂红。佩甫兄好吃面是出了名的。前年，第九届茅盾文学奖颁奖给《生命册》，获奖的消息传来，他一连声说要请人吃烩面。这一刻在襄县的农家院，芝麻叶杂面条和鸡蛋捞面任选，他指名要大碗捞面浇蒜汁。又谈到在关中采风的趣事，那里的面条花样多，比河南多多了，有一样只是刀法和切面的功夫不同，店家便别出心裁起名，结果，让肚饱眼睛饥的他，勉强吃一点就连连摇头。

2017 年 6 月 3 日

吾意是说“荷藕”或“莲藕”，指它的植株全部。强调它，荷藕作为一种充满了灵气的水草，不仅美观，而且是水生蔬菜之一，无论其花、叶与根茎等，通体是入馔的美味。而这个“身”字的读音，要用我老家的土话发音才好，加儿化音。

凡芙蕖之茎根、藕节、根须、叶梗、荷叶、花朵、花瓣、莲房、莲子等，无一废物。

5 月里我在鄂东踏访李时珍故里，浅山重丘地界，南邻长江东流水。蕲州稻麦菜籽间作，竹木水产也多。这里水田连片似玻璃镜面，田田荷叶参差不齐，新叶未及覆满水面，但是老远看见，已经有人全副武装似采蚌人和冬天挖藕人一样弯腰作业——原来是采藕带。前人包括李时珍在内，将莲藕枝节间横生的嫩枝芽曰“藕蔤”。周王言之详细：“其本蔤，云是茎下

荷花全身

白蒻在泥中，藕节间初生萌芽也。”这就是河南和北方人所不大熟悉的稀罕物藕带了，也叫它藕鞭藕梢子。

此地邻着东坡赤壁之黄州，方圆有鄂州黄石大冶，东向直通九江庐山，多湖泊水洼串联，水乡人家，这个时节皆以采鲜嫩藕带增收。外地人吃藕带，有冷链车直送的，多数以真空包装。当地人，以鄂州梁子湖出产正宗武昌鱼为傲，变着花样烧鱼吃鱼，声言做鱼两窍门——辣点并咸一点。一边吃鱼，一边用才出水的藕带做开胃泡菜或清炒，脆嫩滋味解腥祛油腻，实在妙不可言。藕带风光在两湖和安徽，过去在长三角和苏北地区也不兴，这边名声在外的“水八仙”，夏秋时节正吃，有藕瓜而不言藕带。而苏北仪征人颇自豪的“洲八样”，是春季特产——蒌蒿、芦笋、马兰头、洲芹、鲢鱼鳘、野茭白、地藕和紫菌，或者再加上枸杞头与菊花脑，看，与荷藕不搭界的，分明也没有藕带。汪曾祺说蒲菜，说茨菇……可是，你听他说藕带了吗？

荷花淀。荷花塘。还有，荷花泡。荷花海子。东北鸭绿江边，高句丽文化遗产所在地集安市，集安火车站临着一片荷花塘，

16 No. 荷花

Nelumbo nucifera

2020. 8. 10　郑州　甘草居

当地人就叫荷花泡。北方人北方地界，毕竟水域小，总把荷花荷塘作风景看的，是过日子的装点。这与江南和两湖地带拿荷藕当作物，完全不是一个概念。那边人，像咱们经营玉米青纱帐一样种荷，一世界荷花，多得让人不知道心疼不耐烦。人在京港澳南北大动脉一线，经过两湖地区隔着车窗望两边荷花，那是什么感觉？长沙市里大名鼎鼎的岳麓山风景区，为湖南大学、湖南师范大学等校共享，东面临着湘江。沿着湘江橘子洲景区，隔路从湖南大学石牌坊入口到师大校园门口，整整一个公交车站的距离，山坳里林木森森有潋滟湖水，满当当荷花荷叶铺满，仿佛水葫芦和睡莲模样，一色野荷花小叶小花，别样荷花天地。而益阳市距离火车站不远，郊外谢林港镇清溪村的“周立波故居”，现在与“特色小镇”格调靠拢。一方面，作家代表作《山乡巨变》，经由连环画圣手贺友直先生再创作，其白描图画放大了，描画在铁路大桥桥墩上，和景区道路两边，别开生面吸引人。另一方面，山脉梯田，湖荡河岔，因地制宜全植荷花。此地观荷不是平的，而是曲折蜿蜒，层层远上的荷塘荷花，好一个漫山遍野的荷花大舞台，游人至此顿生一番“走秀”的豪迈。7 月“双抢”，获稻栽稻，农家还招待客人配饭吃藕带和野菱米。

但北方人吃荷也有自己的绝招。似乎白洋淀水上人家，比南方人吃藕利用藕更彻底。六一刚过开始收麦子，荷花才开一点，远看水面上平铺重叠的嫩荷叶，是米粥表面结了一层油皮子的感觉，出水藕叶卷曲，有的是放大的三角叶，形状类似茨菇，这时，淀里人经过水边要采嫩荷叶，吃油炸荷叶尝鲜。等到“接天莲叶无穷碧，映日荷花别样红”的盛夏，荷花开多了，船家采带着露珠的荷花瓣，拖一点芡汁炸荷花吃花，粉红色荷花瓣油焦了变紫色。花入馔的品种多多，最近似荷花的，乔木广玉兰开花叫荷花玉兰，它的花片单片落地像个勺子，也是可以油炸了吃的。

因为农历闰四月的原因，今年六月廿四，荷花生日是8月13日，比常年晚了二旬左右。好在荷花花期长，5月至10月，直到中秋节荷犹开花。

藕带。嫩荷叶。好荷花。我只说藕与荷花这两样入馔者，别的不再赘言。与清人《花镜》配对的《花经》，民国人上海黄氏父子说荷花为芙蕖，其通体可用。用途："凡芙蕖之茎根、藕节、根须、叶梗、荷叶、花朵、花瓣、莲房、莲子等，无一废物；非入药，即供食与用，其益可谓大矣。"

2020 年 8 月 10 日于甘草居

韦力说《芸香草的味道》，借着新出版的《费孝通晚年谈话录》，谈了一则关于天一阁藏书使芸香辟蠹的掌故——

书中也谈到了参观宁波天一阁，参观完的转天费老还惦记着天一阁藏书避蠹所用的香草是不是广西所产，他命张冠生了解此事，而张先生首先查了《宁波市志》中的所载："书夹芸草以除蠹鱼，橱安英石以避潮湿。"此两物我在天一阁内均有得见，但天一阁善本处主任饶国庆先生告诉我说，其实英石对吸湿完全没效果，他带我到天一阁内特地看了此石。而芸香草直到今天，天一阁仍在使用，其善本书库内放着大量的芸香草布包，此物是否能起到防虫的作用，亦有不同说

胡卢（芦）巴。
香苜蓿。
芸香草。
"细细芸香辟蠹鱼"。

法，但到达善本书库时，一开门，扑面而来者就是强烈的芸香草味道。以我对古书的偏爱，使得我对这种味道颇为熟悉，我觉得芸香草所营造出的香氛，已然是藏书楼不可分割的一部分。（《文汇读书周报》2019 年 6 月 24 日）

“多多积卷传司马，细细芸香辟蠹鱼。”（清人忻思行）芸香作为藏书防虫的特殊植物与药草，已经被神化和符号化了。然而，它到底是哪种香草？

为了解答费孝通的疑问，张冠生查阅《辞海》所说的“芸香草”——禾本科，又名香茅筋骨草，产自广西。不错，现在广西金秀县打出香茅草特产招牌，淘宝网上有卖。但古籍版本专家赵万里别有一说，他说天一阁辟蠹防虫的芸香草，是菊科之除虫菊。

从 1930 年起，26 岁的赵万里少年得志，开始担任国立北平图书馆采访部中文采访组组长、善本部考订组组长、金石部馆员、编纂委员会委员，协助徐森玉（兼任采访部、善本部、金石部主任）工作。作为最高层级的访书和采购大员，他在 1931 年 8 月中旬，兴冲冲和郑振铎同行，专门探访天一阁。可因为范氏家族主事者不在吃了闭门羹。

在宁波勾留了一星期，天一阁去了两次……我们本想直奔阁上参观，因为范氏族长不在，无人负责招待而罢。后来请鄞县县长陈冠灵先生和小学校长范鹿其先生交涉，又因范氏族中主事者到乡下收租去了，一时不得回来，我们急于离甬，参观阁书之议遂无形搁置。（《重整范氏天一阁藏书记略》）

赵万里不罢休，1933年7月25日至31日，由蔡元培具函介绍，经鄞县县长陈冠灵接洽，获范氏家族允准，终于得以登天一阁观书，编辑阁书目录。“在此期间，所有监视我们的范氏族人的伙食费，都由我负责筹款担任。”赵万里说，“我们发现好几个柜子里都有蠹鱼，因此对于传统的保存阁书的秘诀，发生疑问。故老相传阁里的书全都夹着芸草，可以防蠹；柜子下镇着浮石，可以吸收水分。这完全是神话。其实天一阁所谓芸草，乃是白花除虫菊的别名，是一种菊科植物，早已失去了它的除虫的作用。浮石不知从郭外哪个山里搬来的一种水成岩的碎块，并无什么吸收空气中水分的能力。现在阁里的书，遭虫蛀的，数不在少。东边一个柜子里，装着六部不全的成化本《宋史》，没有一部不遭虫蛀。所以科学防蠹的工作，实是今后保存阁书最要的一着。”（刘波：《赵万里先生年谱长编》第136页。中华书局2018年8月第一版）

芸香究竟何物？传说从何而来？

古之《梦溪笔谈》卷三有“芸香辟蠹”一条：“古人藏书辟蠹用芸。芸，香草也。今人谓之七里香是也。叶类豌豆，作小丛生，其叶极芬香……香草之类，大率多异名。所谓兰荪，荪，即今菖蒲是也。蕙，今零陵香是也。茝，今白芷是也。”沈括已经指出植物学上同名异物、一物多名的现象。

此七里香叶似豌豆，众说纷纭中，有说即报春花科的零陵香。不对！吴状元《植物名实图考》说芳草，芸和零陵香各自不同。

明知山有虎，偏向虎山行。胡道静《梦溪笔谈校正》，为考证“芸

古人藏书辟蠹用芸。芸，香草也。今人谓之七里香是也。①

《梦溪笔谈》 沈括

香辟蠹”，逐一排列出十二条文献资料。第一，他举例《说郛》所收沈括《忘怀录》记“芸草”：“古人藏书，谓之芸香是也……南人谓之‘七里香’。江南极多。”第八，举例宋人王钦臣《王氏谈录》：“芸，香草也，旧说谓可食，今人皆不识。文丞相自秦亭得其种，分遗公（即钦臣之父王洙），岁种之。公家庭砌下，有草如苜蓿，摘之尤香。公曰：‘此乃牛芸，《尔雅》所谓，权，黄花者。’”胡道静就此作按语：芸香，芸香科芸香属，南部欧罗巴原产，多年生植物，茎高至三尺；叶复叶，互生；花黄绿色，开于夏日。此植物之全部皆香气甚盛。

开黄花，花黄绿色。此乃又名七里香之芸草特征。更进一步说，它长的样子，像豌豆，也像苜蓿。而苜蓿与豌豆的叶子，的确有些近似。

这就是了——最早，《说文解字》曰芸：“草也，似目宿。从草，云声。”

看看，不是禾本科的香茅草，不是菊科之白花除虫菊，不是报春花科的零陵香，都不是。因为它像苜蓿，即刻就提示了我，让我想起了大前年端阳时节的商洛之游——那天上午在贾平凹老家丹凤县城，古代的花戏楼，背倚青山临着昔日水码头、现在的县文化馆，它后门通着后街，“古龙驹寨”大牌坊之后，是一道漫上坡大街，人们正在赶集，卖各种各样东西。麦收农具以外，还有红薯秧、粽子叶、艾草、枇杷和黄杏。还有一种垛着的干草束，枯如豆秸模样，老妇人叫它香苜蓿。我问怎么用，臼磨碎了作调料，很香的。

我一两年都没有反应过来，但我记住这香苜蓿了。

隔年为访茶再去西藏，这次特地去了藏南。在云雾缭绕的墨脱县城的早市上，临江可以听到雅鲁藏布江湍急的水流声，当地人和云南、四川、陕西人聚集一起，卖土产和园蔬，竟然有卖折耳根和香苜蓿的。折耳根即鱼腥草是鲜的，和红薯秧有些相似。香苜蓿和丹凤县城里卖的一样。我则因为提前买到了一本科学普及出版社的彩图版《西藏野花》，按图索骥，其中有“毛果胡卢巴”一目——它的图与黄花草决明略似，藏语叫吉布察交，汉语为毛荚苜蓿。说明系豆科，胡卢巴属植物。分布于尼泊尔、印度、巴基斯坦，我国西藏东北部和西南部，另外，青海、云南、四川、陕西等也有分布。

接近我要寻找的目标了！而上海古籍出版社的《本草药名汇考》，程超寰和杜汉阳编著，第565条胡芦巴，记载其名出《嘉祐本草》，系豆科植物胡芦巴的种子。其异名又曰芸香草、芸香、香草、苦朵菜、苦草、香苜蓿。

对住了！都对住了！它也符合《现代汉语词典》释"芸香"："多年生草本植物，茎直立，叶子羽状分裂，裂片长圆形，花黄色，结蒴果。全草有香气，可入药。"

胡卢（芦）巴。香苜蓿。芸香草。"细细芸香辟蠹鱼"——这才是《说文》和《梦溪笔谈》所言之芸香也。固然现代人有了科学的防虫防蛀手段，可美丽而诗意十足的"芸香"传说，依旧味道十足，使我意犹未尽。

2020年7月23日

癞葡萄犹艳，无花果早熟更甜

癞葡萄犹艳，无花果早熟

时间一跨进 6 月，中原正三夏大忙的时候，市面上的水果猛的就多起来了，五颜六色爆炸式很铺张的多，满坑满谷一地鸡毛的多，韩信将兵多多益善的多——去年积存的苹果橘子梨还很滋润，本年荐新与尝鲜的草莓、樱桃、枇杷、桑葚刚刚过去，而应季的大樱桃与葡萄，西瓜、甜瓜、蜜瓜，“金太阳”早杏和“胭脂红”鲜桃纷纷登场。不止本地的，南方水果和洋果中的荔枝、芒果、香蕉、木瓜、榴莲、提子、布李、青苹果……源源不断，一派水果总动员，一股脑儿赶来凑热闹！不过十来年的光景，曾经拉着板车，风餐露宿，在十字街头卖瓜果的老乡没有了；骑着自行车，后边扎着一双篓子，走街串巷吆喝着卖瓜果的贩子不见了，郑州的街景，却多了许多生鲜

这个癞葡萄，雅名是锦荔枝。

“无花果的繁殖方式非常奇特。它们其实并不是果实，而是花序。

水果店，大大小小的，星罗棋布的水果店，比面包、蛋糕店和熟食店开得还要多。各种水果，其口味与卖相，略微差一点就滞销。我的小叔叔和大哥退休之后在老家种瓜果，桃、杏、李子、山楂、柿子、核桃等，这两年一直抱怨样样不好卖。东西太多了！

才多少年？当年生活艰辛，色彩单调，父母养家不易，我小时候要吃个橘子算出格。已经不记得第一次吃香蕉、荔枝的光景了，而老家出产的荔枝，非“一骑红尘妃子笑”的荔枝，不是树上结的荔枝，而是土名叫癞葡萄的荔枝，《救荒本草》也直接叫荔枝的——实际就是小苦瓜。《金瓶梅》里，西门庆为求房术之药，将庙里装神弄鬼的胡僧请到家里来，百般讨好，变着花样请胡僧吃喝，且有时令水果相佐——“又是两样艳物与胡僧下酒：一碟子癞葡萄，一碟流心红李子。”这个癞葡萄，雅名是锦荔枝，就是我说的本地荔枝了。《金瓶梅》借了水浒人物，虚拟宋朝生活背景，可是，单就这一碟子当时称“艳物”的癞葡萄而言，还真让它说对了。因为同为明人的王象晋，在其《二如亭群芳谱》里说苦瓜，便记载有宋仁宗一朝的苦瓜故事——大臣陈尧叟的母亲，当着仁宗皇帝和皇太后的面，哗众取宠带皮生吃锦荔枝，一边很高调地说，如是便可以多生贵子。如今，苦瓜已是北方人夏日餐桌上离不开的好东西了。曾经少见多怪，可一旦吃多了，日益吃出它的好，加上药食保健的健康新理念，观念引导口味，过去埋怨苦瓜苦远离苦瓜的情况不再。清明前后，种瓜点豆。虽然各地现在还延续着栽种癞葡萄，北京人也是，它成熟的果实其色犹艳，高高在上，果皮开裂四面翻卷，露出一团血红的肉瓤来很刺激。不过目前好吃又好看的东西太多，夺了昔日癞葡萄的风头。

也算风水轮流转吧，倒是开头好些年，老家人一直嫌弃无花果，觉得它甜得不正经，不登大雅之堂的邪乎甜，甜腻腻的硌硬人的甜，没人爱吃它，只是把它作为赏绿的花木来栽种的，如今无花果却和苦瓜一样被正视，转身变成好东西了。北方不少地方，已经尝试规模种植无花果。

癞葡萄和无花果，这两个早早就有的。不承想，这一双宝贝与葡萄石榴一样都是外来物。它俩沿着不同路径——无花果走陆路，从西亚过来；癞葡萄从海路加南方丝绸之路，先登陆闽粤而纵深蔓延。得地理风土之便，新疆最多好无花果。当地人说，这里在汉代以前就有无花果和葡萄了。头一次，热天都快过去了，中秋节在乌鲁木齐，大巴扎广场上有个卖无花果的，远远地被我误认为在卖蟠桃——一个个扁平肥大而发黄似小烧饼，我的老家叫蟠桃是烧饼桃。一片新鲜的掌形叶子上一枚果子，累积错层叠放起来很美观。凑近细看和问询了，才知道竟然是无花果，吃一枚无比腴软香甜。

为什么无花果是烧饼状？过后在央视的旅行节目里，看到无花果老家地中海沿岸人吃熟透的无花果，都要先打扁的，“先揍它两下再说”。这很幽默，却源于古老传说——亚当夏娃偷吃了伊甸园里的果实之后，赤裸裸被上帝贬到凡间，无花果树动了恻隐之心，取自己的树叶遮蔽其隐私。这同样触犯了天条，结果被上帝惩罚，命令人们吃它的时候，每次都要先拍打它，让树记住自己的错误……这一叙事母体，在《古兰经》里也有类似的说法。故而，新疆的维吾尔族与回族民众，对于这“树上结的糖包子”，也效法先拍打再吃的风习。这么一来，无花果从此不断掉泪，每到成熟的时候，果子上面都有露珠般的汁液冒出来。可是，前两年的夏末，8 月里我又去新疆的南疆采风，沙漠绿洲，和田除了玉石，最著名的景点是一双大树——“核桃王与无花果王”。那棵硕大无比的无花果树，像是拔地而起腾云驾雾的一片绿云。街头卖的无花果是紫色的果实，并不用打扁了再说。维吾尔族女子跳舞一般托着盘子兜售无花果，给她整钱不找你的，含笑魅人，推说她不懂汉语。可转脸过来，即大大方方告诉我们说，你们内地的朋友尽情来旅游吧，这里风景物产好，并且也是很安全的。

无花果树品种很多，但是从果子成熟的颜色来区别，可以分为三种：白无花果、紫无花果、黑无花果。内地见不到黑的，常见的两种，紫无花果圆的最多。白无花果，当然也是掌形叶子，只是开杈更深密，看着更花。它结的果实多似大肚子小甜瓜，熟透了变黄色。虽然唐代的《酉阳杂俎》就记载了无花果，可它的名字系音译。周王的《救荒本草》，首度记为中国化的名字无花果。书上都说，无花果成熟在 7—10 月。郑州也多是 7 月数伏以后，无花果陆续成熟，闹人的灰喜鹊擅登高枝要先开吃的。但今年 6 月中旬，正是吃桃子和好西瓜的时候，忽然发

17 No. 无花果

Ficus carica

2017. 4. 1　郑州　甘草居

现我家南窗下的无花果膨大而发黄了！我很吃惊，接着在四邻的院子里转悠一下，发现集中成熟的白无花果还真不少。摘了几枚放在案头看，似小甜瓜和猪腰子。我要模拟新疆人先拍打它，它不是圆的，顿时我无从下手。隔一夜剥食它，不是紫红心，而是冰糖心，很正宗的腴软香甜，与我在新疆吃到的一模一样美味。

无花果得名，在于“无花果的繁殖方式非常奇特。首先，它们其实并不是果实，而是花序，最奇怪的是它们是里外翻转的——许多真正的小花簇生在绿色的外表之内。要看到这些小花，必须将无花果剖开，而且每朵花都是单性花，要么是雄花，要么是雌花。”商务印书馆新出的《水果：一部图文史》，系目前英国皇家园艺学会的专家彼得·布拉克本-梅兹撰著。书里说：“在欧洲北部，无花果的耐寒性正处于适应这里气候的边缘。它们在极偶然的情况下才会遭受霜冻和冰雪的伤害，就像1999—2000年的那个冬天一样，当时许多地方的无花果树内枝顶端10厘米的部分都被冻死了。这些树在2000年几乎没有结果，因为长成第二年果实的正是枝条顶端幼嫩的‘小无花果’。在大多数北方温带国家，无花果的生长方式都很特别。夏天的长度或温暖程度不足以让无花果在一个生长季形成、发育和成熟，所以它们必须在两个生长季才能完成果实的生长。在第一年，微小的‘小无花果’——约为火柴头大——形成于多叶枝条的末端。只有最顶端的两或三个才能安全无恙地度过冬天并在第二年的夏末或初秋发育成熟。几乎所有在第一年春天长成樱桃大小或稍大的幼嫩无花果都会在第二年春天到来之前被冻死（如此翻译，句子真够冗长的——本文作者注）。只有在最温暖的国家，无花果一年可以产出两次（甚至有可能三次）。”将气候变化的最新情况与无花果的生长联系起来，这本书与我日常的观察贴得紧密，也很符合实际。郑州比英国与北欧暖和多了，之前与我家邻近的城中村还没有拆迁的时候，有一户人家，冬天无花果树枝上也多小果实。大雪冻僵这个以后，春节刚过，树枝上未生新叶就有疙疙瘩瘩的小无花果陆续出现了。它的主人自豪地对我说，她家的无花果一年四季都结果。当初我不相信，现在我眼见为实。

老辈园艺学家、植物分类学家俞德浚之《中国果树分类学》，出版于1979年2月，其中说无花果："原产西亚，世界各地有栽培。我国在长江以南栽培较多。在新疆南部栽培亦盛，特别是阿图什的无花果最为著名，在华北地区由于冬季气温低冷，枝条往往冻死，常盆栽作观赏用，冬季移入室内防寒。"刻下，连北京的无花果树，都露天长得很大的。而阳历6月，才过芒种，郑州就有无花果提前成熟了，这真稀罕。

这么说，无花果也是气候变化的活标本了。

2018年6月17日于甘草居

“夏三月，草木蕃。”夏天来了，许多攀缘的草本植物，如牵牛花、何首乌、芄兰、鸡矢藤等，与木本攀缘之爬墙虎、常春藤、卫矛、蛇葡萄等互为交织，竞相生长。这些家伙，人工的与野生的鱼龙混杂，乱七八糟，要分别它们认识它们实为不易。特别不容易辨别的，要数萝藦科孪生模样的鹅绒藤和芄兰了，它俩交织缠绕，三伏天长到最得意的时候，呈现恣意汪洋、肆无忌惮的气势与派头，仿佛这世界就是它的。其实，从端午芒种就吐蔓儿开细白花的鹅绒藤，很是面熟，之前我弄错了，老觉得它就是小时候割草吃地稍瓜的稍瓜秧（秧读穰的音）。不对，实则是割草喂牲口的捞饭秧也，别的地方还叫它牛皮消和白首乌。2015 年出版的彩图版《郑

鹅绒藤、芄兰、地稍瓜和雀瓢，这四种乃萝藦家族的草本植物。

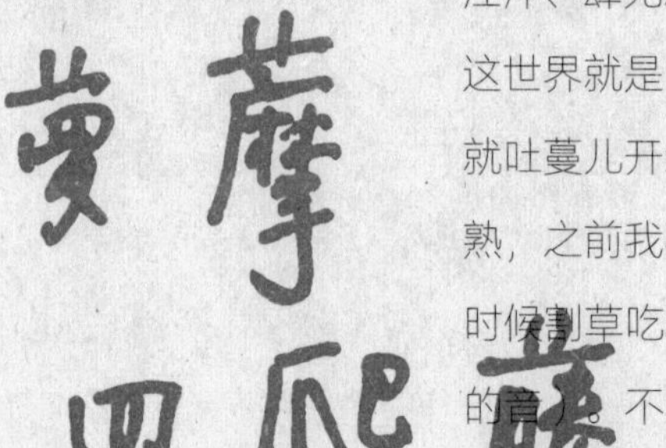

州黄河湿地野生植物图谱》，书里逐一列出萝藦科包括鹅绒藤、芄兰在内的七种植物，分别是萝藦、地稍瓜（芄兰）、雀瓢、鹅绒藤（地稍瓜变种）、杠柳、荷花柳和柳叶白前。荷花柳与柳叶白前，一直立一匍匐。这两种湿地杂草不多见。

鹅绒藤、芄兰、地稍瓜和雀瓢，这四种乃萝藦家族的草本植物。相比较鹅绒藤和芄兰的好高骛远，高大与奔放，地稍瓜与雀瓢细小低调得多，细叶子伏地生长，开花结果，袅袅伸长。鹅绒藤、芄兰攀缘的对象是篱笆或门墙，地稍瓜、雀瓢至多攀附一下比它壮实一点的草木而已。从品类上来观察，不妨把地稍瓜和雀瓢视为一种。

芄兰与鹅绒藤就不同了，鹅绒藤它出苗早，清明过后就出苗，和半常青的何首乌混在一起，打成一片。但是，与何首乌叶子绿而多尖不同，鹅绒藤叶子圆一些，心形的叶子，两片一叠向上节节攀缘。端阳节前后天大热，拉长中的鹅绒藤就开花了，一节一簇，细白花毛茸茸的。我的老家南太行，山里人过去吃米饭，分小米和大米两种，分别叫小米捞饭和大米捞饭。鹅绒藤白花花开花，仿佛散落了大米捞饭的饭粒。黄河两岸和太行山区，鹅绒藤夏日攀爬在路篱上，老家人叫它捞饭秧，是切碎喂牲口的优良杂草。前两年我坐火车，由石家庄朝东北方向斜穿，过白洋淀而天津，伏天的两种草花，一高一低让我吃惊——红蓼花，绿叶红花，在丘陵地段间隔撑起大片，仿佛人工经营；铁路两边，平地或沼泽地，鹅绒藤白花花遍地开花，仿佛山里的菟丝子开花，又像滩涂上晒盐一样。周王记鹅绒藤之土名为牛皮消。《救荒本草》第 226 说牛皮消："生密县山野中。拖蔓而生，藤蔓长四五尺。叶似马兜铃叶，宽大而薄。又似何首乌叶，亦宽大。开白花，结小角儿。根类葛根而细小，皮黑，肉白，味苦。"救饥的方法："采叶炸熟，水浸去苦味，油盐调食。及取根，去黑皮，切作片，换水煮去苦味，淘洗净，再以水煮极熟，食之。"

芄兰貌似老资格也文气一些，因为《诗经》里有芄兰，那青涩的小伙，佩戴着用芄兰的花和叶做成的衣结，一边玩着草珠项链……鹅绒藤与芄兰，在城市隙地也疯狂地生长。小区的出门口，门垛上交织好几种爬藤——何首乌、鸡矢藤，葎草和乌敛莓；

再就是芄兰与鹅绒藤了。有的地方葎草与乌敛莓强势，有的地方何首乌强势，可更多的地方，最有力最强势的是萝藦家族的鹅绒藤与芄兰。姊妹草貌似家草，开花略有不同。鹅绒藤是一片片小五星似的碎白花，芄兰簇花成团，五角星形状带紫红色。我把地稍瓜和鹅绒藤弄混了，一直紧盯着鹅绒藤开花结果，发现它结的不是菁葖果，而是细长角果，像是夹竹桃结的细豆角模样的果荚。而地稍瓜的叶子细，伏地扯秧，开黄绿色小花。当年在老家上学的时候，给生产队的牲口割草，稍瓜结得多，伙伴们看见就要吃的，生吃稍瓜。

周王记地稍瓜：生田野中。苗长尺许。作地摊科生。叶似独扫叶而细窄尖硬；又似沙蓬叶，亦硬。周围攒茎而生。茎叶间开小白花。结角长大如莲子，两头尖艄。又似鸦嘴形，名地稍瓜。味甜。

救饥：其角嫩时，摘取炸食。角若皮硬，剥取角中嫩瓤，生食。

由稍瓜开始，这引起我诸多田野里吃野的回忆——清明过后，剥食茅草甜根根嫩草的心，剥鸦葱又名轱辘葱的根，剥皮吃它，嘴角还流白汁；夏天吃地稍瓜，吃野皂角紫红色又酸又涩的嫩梢；秋天吃甜圪档，吃玉米结的黑蛋蛋；等等。

可我一直没有看见过萝兰结果，直到夏末 8 月里，朋友带我在绿地花叶芦竹的青纱帐边上，看萝兰缠绕结果——和地稍瓜一样的果实，皮色更绿，上面疙疙瘩瘩，如粗紫砂似的。吃过地稍瓜，没吃过萝兰的果实。但我这个年龄，好奇心被观念束缚过多了，不想探奇和猎奇，于是就放弃了尝食的机会。

如果我的认知成立，地稍瓜与雀瓢合二为一，这样，鹅绒藤、萝兰和地稍瓜，已经说过了萝藦科三爬藤。还差一种，即杠柳，它不是草本，而是木本爬藤，与紫藤、凌霄、爬墙虎一样的落叶灌木。我更熟悉它，老家人叫它羊核桃叶，叶子可以吃，根茎之皮炮制之后，以北五加皮的名义入药。既然它是木本，另当别论，下回分解吧。

2018 年 6 月 6 日于甘草居

或许是气候暖化的原因，或许是人们之前并不了解某些南方植物也具有适应北方生长的基因，或许……总之这些年，中原地带和北方出现了许多原本只宜于江淮以南生长的南方植物，甚至是热带植物，如杂草类攀缘生长的鸡矢藤。

茜草科的鸡矢藤，南方人直呼为鸡矢藤，而且还有斑鸠饭、主屎藤、女青等别名。

1

清末的《植物名实图考》，第894条吴状元说鸡矢藤：“鸡矢藤，产南安。蔓生，黄绿茎，叶长寸余，后宽前尖，细纹无齿。藤梢秋结青黄实，硬壳有光，圆如绿豆大，气臭。俚医以为洗药，解毒，祛风，清热散寒。”

鸡矢藤“北伐”记

茜草科的鸡矢藤，南方人直呼为鸡矢藤，而且还有斑鸠饭、主屎藤、女青等别名。作为草药，旧年月，南方人

鸡矢藤，产南安。①

《植物名实图考》 吴其濬

还将其作为“土参”使用，术后病人或产妇，常常用它入馔来滋补养身。有人夸张地形容它，说它是一种“臭名远扬”的药食佳品。每年三月三和清明节，北方人用青蒿、茵陈蒿，江南人用鼠麴草和麦青，岭南人用鸡矢藤及艾草，分别制作蒿馍馍、清团与鸡矢藤粑粑（粿），用于一岁尝新并祭祖。鸡矢藤还是一味滋补和清暑热的妙物，据说，每逢农历七月初一，海南岛家家户户特地要吃鸡矢藤粑仔。屈大均《广东新语·草语·藤》记载：“有皆治藤，蔓延墙壁野树间，长丈余，叶似泥藤，中暑者以根叶作粉食之，虚损者杂猪胃煮服。”可北方人根本不了解它，眼看它很陌生，很警惕地揣摩并打量这异军突起、后来居上的鸡矢藤。

去年7月中旬，我的南方朋友在微信群里晒鸡矢藤开花，我恰好在太行山的一座寺庙里觅古，其后塔院有竹有树，墙头蔓延着开放的凌霄花，墙上攀爬着的鸡矢藤也正开新花。今年我仔细观察鸡矢藤开花——7月5日，郑州黄河迎宾馆的鸡矢藤开新花；7月13日，南太行那座去年我访问过的古寺里，鸡矢藤今年照常开花了；7月25日，我家门口，河南牧业经济学院的老校园里，四处蔓延而不可一世的鸡矢藤也纷纷开花。大部分凌霄花开的是小喇叭模样的橙色筒状花，鸡矢藤亦筒状花，只是细小而精巧，白花嫩，紫花红。鸡矢藤的花蕾是白米粒形状。如果放大观察，它的花颇似春天开放的地黄花，我们叫婆婆花或蜜蜜罐的。

我拿案头之书仔细检索，1991 年版的《河南农田杂草志》，不记鸡矢藤。2015 年版的《郑州黄河湿地野生植物图谱》，已经有了鸡矢藤开花的写真。我自己则在 2003 年“非典”来后，初遇鸡矢藤。在郑州市区的金水河边，每年它早早出苗，迅速蔓延爬高，清明前后，和爬墙虎纠缠在一起一同吐蔓儿，似蛇吐信子，似灌园喷水。我的单位挨着名叫司家庄的城中村，不远处一个旧胡同，自然形成卖菜的市场。我常常在这里过早，并顺便观察菜摊、水果摊的青菜、野菜与四季水果的变化。这里人气很旺，杂草也配合买卖长得旺——过街攀缘在电线上的是一架浓绿的涩拉秧，大名葎草，周王曰葛勒子秧。逐渐的，忽然有鸡矢藤和涩拉秧并驾齐驱，扭轱辘一般撕扯在一起一荣俱荣。冬深了，涩拉秧不肯变枯，鸡矢藤也硬挺着绿着。后来

18 No._鸡矢藤

Paederia foetida

2018.7.28　郑州　甘草居

有一年，眼看着那鸡矢藤竟然绞杀了葛勒子秧。说什么“强龙不压地头蛇”的，鸡矢藤不信你这一套。早几天，头伏才过，我特意又去看鸡矢藤，今年那胡同之上，干脆没有了涩拉秧！鸡矢藤一藤独大，汹汹如过江龙似的，威猛而不可一世。但是，它还没有开花。相比较别处开花的鸡矢藤，它用力在长叶子长自己的气势。

不止鸡矢藤，南方来的花和杂草，郑州已经有了花叶蔓长春、双色茉莉花、草本一品红、白花鬼针草和草胡椒等。不知道它们何时就来到了中原地带，而鸡矢藤最野跑最远，已经到达豫晋冀边界的太行山区了。

这篇小文字本该结束了，可我不放心，鬼使神差从书架上取下来《燕园草木补》作验证。乖乖！刘华杰教授彩图记录北大校园里的鸡矢藤：“见于艺园餐厅南，26 楼，继续教育学院。2011 年始见于校园。在同一时期也入侵到清华大学校园。木质、半木质或草质藤本……圆锥花序式的聚伞花序腋生和顶生，扩展，分枝对生，末次分枝上着生的花常呈蝎尾状排列。果球形，成熟时近黄色，有光泽。”

2018 年 7 月 28 日于甘草居

两种何首乌

两种何首乌

夏日找个清凉地方避暑，古人诙谐地称之为逃暑。米芾致友人《逃暑帖》，有“芾逃暑山，幸兹安适”等句，山里当然是盛夏三伏天的最佳去处。去年 7 月中旬，我和画画的朋友张文江等人，一同到豫北的太行大峡谷采风避暑。太行大峡谷，起头于“人工天河”红旗渠所在的林州市石板岩镇，地在豫晋冀三省交界地带，逶迤南太行，由此开始而最深最雄壮，植被之丰茂也不输于南方。石板岩悬崖百丈，山体分为数叠，每一叠呈现一道大皱褶，山崖与山坡之间，树木杂灌很密实，许多藤本植物交织纠缠在树木上，蓊郁厚实似盖了大帽子。我们信步在石板岩镇的小街上，来到一片崖柏加工小店，也是前店后院格局，老板趁着废旧的老屋当作坊，片石砌着围墙，

《焦作植物志》记何首乌在蓼科蓼属，本地共有蓼属植物 29 种 3 变种，何首乌与杠板归、刺蓼、戟叶蓼和虎杖等并列一起。

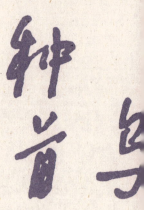

门头上爬着一架青翠的绿藤，紫红色的主茎，细细的花蕾还没有开放，主人说是从山上移植的何首乌。但是，此何首乌不同于常见的何首乌，叶子非卵形也非心形，而是俏皮的三角形，和荞麦叶子一样。

相隔一年，文江兄躲避梅雨从皖南归来，日前我们再上南太行，还是林州太行大峡谷。这一次连日下雨，还是那爿崖柏加工点，依旧的主人小两口。而茂盛的何首乌已经开花了，仿佛荞麦花，一莛一簇，像嫩白色精致的簪花。别的地方的何首乌都是秋天开花，中秋节过后开花，直开到霜降寒露。这花期怎么相差如此大呢？尤其是简单分明的三角形叶子，嫩绿的叶子叶片，不像何首乌而很像荞麦。我用手机里的“形色”和“植物识别”软件来鉴定它，结果竟然都是“刺蓼”。我犯糊涂了，很较真地盘问小老板，这是何首乌吗？好脾气的主人不与我计较，干脆走到院门口来，用手指着这东西扎根的旧铁桶，下手拨拉一边的土层表面，一个黑乎乎毛烘烘的大圆疙瘩露了头——真的是何首乌！

接下来几天时间，我们来到大山高头一个名叫车佛沟的村子写生采风。这里是各地美术院校的固定写生点，村委会下辖有六七个自然村，小村庄各自依山而居。山家门口，人工种植做风景又是药材和食材的，有开花结果的瓜蒌，也有正在开花的何首乌，还有比何首乌开花更细小的野山药。沿石阶盘曲而上，村委会上头一个叫长身地的自然村，清一色石板房，石头围墙，鳞次栉比的小院各自独立门户，形成巷道似小街模样。一户人家敞开大门，女儿正回家来探望年高的母亲，当院老梨树上悬挂正开花的一架何首乌。她们把我当画家了，拿小板凳让我坐下来画何首乌，热情给我讲解何首乌，说山上曾经有人挖到一窝何首乌四五十斤重，主人用编织袋装了背下山，在石板岩街上慌慌张张卖了，才卖得八十块钱。过了几天，我们出山来到县城旁边的黄华寺，挨着红旗渠，黄华村路两边多是农家乐。我们住的农家乐，可以采摘李子、葡萄，院子里也有攀缘的何首乌。主人说可以现场挖何首乌，四五斤一个很多很好挖，人家都说何首乌大了就成精了，药效最好，每一个你给二百元好了。我哪里是收购何首乌的，但到底弄清楚了此地的何首乌就是三角形叶子，开花早，的确就是小暑和大暑之间就开花的。那么，

No. 19_何首乌

Fallopia multiflora

2017.3.30　郑州　甘草居

前人说何首乌，皆从两广地区山地说起，周王也不例外。《救荒本草》记何首乌：“一名野苗，一名交藤，一名夜合，一名地精，一名陈知白，又名桃柳藤，亦名九真藤。出顺州南河县，其岭外、江南许州及虔州皆有，以西洛嵩山、归德柘城县者为胜，今钧州密县山谷中亦有之。蔓延而生，茎蔓紫色。叶似山药叶而不光，嫩叶间开黄白花，似葛勒花。结子有稜，似荞麦而极细小，如粟粒大。根大如拳，各有五楞瓣，状似甜瓜样，中有花纹，形如鸟兽、山岳之状者，极珍。”附图所画的何首乌，叶子果然似山药叶，近乎卵形并非三角形。到什么山上唱什么歌吧，周王既然就藩于开封，他就不惜多为本地的出产做广告，他说河南各地出产的何首乌，比别处更优质药性更好。他提到了中岳嵩山，钧州即今日禹州，和郑州附近的密县，现名新密市。整个《救荒本草》涉及的采摘范围，远到豫北的辉县和延津县。辉县也是南太行地区，它与林州太行大峡谷及河北的邯郸、涉县、武安，山西的陵川、平顺，大山一脉相连。林州黄华古寺，山头上有春秋时期赵国的赵南长城遗址，赵武灵王实

叶似山药叶而不光，嫩叶间开黄白花，似葛勒花。①

《救荒本草》 朱橚

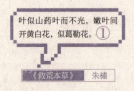

行胡服骑射的社会改革，大政方针就在这个古寺里决定。然而，《救荒本草》说何首乌，没有涉及太行山。南太行是个芭蕉扇形状，林州在那头，而焦作在这头，《焦作植物志》记何首乌在蓼科蓼属，本地共有蓼属植物29种3变种，何首乌与杠板归、刺蓼、戟叶蓼和虎杖等并列一起。花期是7—9月，除了药用，还可以利用其根茎的淀粉酿酒。但是，何首乌的叶子则是卵形，而不是三角形。太行何首乌，这个概念能成立吗？我希望自己实地考察的结果，最终有个说法。

2018年7月19日于甘草居

夏秋看树，行道树和廊道花木，花与果二者皆美且招摇，风头正劲，当下没有比得过栾树的。灌木和小乔木的木槿、紫薇，花期长达半年有余，优点在花，也局限于观花。乔木中的合欢与国槐花美，合欢结角与国槐的槐豆也可叹赏，总不及栾树之果，一披一挂，灯笼状之累累果荚有形有色，富于变化。这都是落叶树。还有常青树里的夹竹桃和广玉兰，花开各有特色，——夹竹桃有红有白花期绵长，簇花坠枝似筑花墙；广玉兰又名荷花玉兰，从立夏到夏至骤然满树繁花，富丽高标。但与栾树相比，也弱在果实逊色。那夹竹桃的细角果实，低调无华，多数人不知道夹竹桃开花又结果，几乎可以忽略不计的。

最有代表性的栾树两种——
一曰北方栾，
一曰黄山栾。

两种

栾树和它们相比，多了观果的一大风光和特色，显然更胜一筹。

栾树不是单一品种。植物志说栾树多种，不下四五种。但直观而论，看花期早晚长短，最有代表性的栾树两种——一曰北方栾，一曰黄山栾。同样开金黄色花，北方栾开花早，属于夏花，5 月下旬开花，且花且果，立秋之前即花果并老；黄山栾迟于夏至前后发花，盈盈细花渐渐开，越开越繁，越开越可观，直到秋深天冷了才花果皆老。

北方栾，有灌木有乔木，自身生长慢，树皮粗糙。最突出的特点，乃叶薄叶小，叶缘锯齿状。黄山栾皆苗圃育苗，摇身一变成速生树种，树皮匀净高直，全缘叶无刻齿，一横一枝，一缕一条，乍看和乔木无患子的树叶不分伯仲。

北方栾花开轻巧果荚小，肾形果荚带尖，一律淡青色。黄山栾簇花花粒大，开花浓金黄，朱砂红之花蕊比北方栾醒目。栾花盛开的时候，树树皆披黄金甲，铺天盖地大热闹。但栾树发花是慢性子，伏日里细水长流一般，伴随蝉鸣蝉唱的韵律逐渐舒展开放，至立秋处暑，陡然而臻于盛花。栾树好！栾花一半，栾荚又一半。黄山栾果荚不仅比北方栾果荚大，并且彩色，系矿石红间了青紫色，颜色有变化自成风景。最难忘一年一度，国庆节前的黄山栾丰富多彩，9月下旬，上海人民广场的雨中绿地，林下宽叶麦冬和细叶阶沿草，芳草交织如茵；兼了络石、常春藤及花叶蔓长春，绿藤错杂匍匐，金边麦冬草大穗紫蓝花，石蒜猩红花，诸草纷纷抽莛开花，其间，点缀着黄山栾落花与彩色的新果荚，构成一派天然图画。这情景与博物馆和人民公园的招贴画彼此呼应而相得益彰。

庚子年因疫而生活节奏趋缓。哎！也难得这点慢，有益细读书，可以慢赏花。北方栾是夏花，黄山栾是夏秋之花。黄山栾，夏至左右初发花，入伏而花开渐大。6月7日，人在东风渠畔，眼看着黄山栾生出最早的花蕾枝，幼枝如蕨芽。6月19日，次第有黄山栾变大的簇蕾开始着花。对照着花节奏，我重新梳理一遍栾树资料。例如，《救荒本草》记栾树为木栾："生密县山谷中，树高丈余。叶似楝叶而宽大，稍薄。开淡黄花，结薄壳。中有子，大如豌豆，乌黑色。人多摘取，串作数珠。叶味淡甜。”密县在黄河南岸，郑州西出不远，近登封属于伏牛山浅丘地带。《植物名实图考》也记北方栾，名为栾华。吴状元照引《救荒本草》之后叙述自己亲历：栾华，“山西亦多有之，俗讹作木兰。《通志》，木兰丛生谷岸，叶可染皂，晋人名黑叶子。春初采芽作茹，名木兰芽。又《长治县志》，栐即木兰。”这番话，说的是黄河北边太行山地界之晋东南。我老家在南太行系晋豫边界，春天的树头菜有木兰芽和香椿头，而我们说的栾树，土名也叫黑叶树。《礼记》有关“天子树松，诸侯柏，大夫栾，士杨……”的记载，说明栾树的身份，很早就受重视了。

栾树当下再度风光，东南西北，神州植树多栾树。但栾树曾经沉寂。曾经的江南，景观树中无栾。有木槿紫薇，合欢国槐，乌桕香樟枫杨，而偏偏无栾。不信我们翻书，无论清人之《花镜》，还是民国《花经》，杂树虽多而无栾。斯文江南，不兴栾树。栾树长时间被冷落，被打压。

栾从古老的庭院树、身份树，如何沉寂又翻身跨越，成为今日之风光无限之行道树、景观树？其中道理耐人寻味。值得比较的是国槐与栾树。同为夏花，同样大有来历，同样花开满当当，但槐树花色静穆含蓄，符合官衙旧街，四合院与老瓦房之古雅背景。栾树高直招摇，浓花艳果，显示度高，适宜今人的审美格调。此外，槐树好生虫，孟夏多生槐蚕，细丝长长吊着青虫，树叶动辄被蚕食殆尽。栾则虫害不显，且栾树多名，名字夸张，曰黄金树、灯笼树、金雨树、国庆花，等等。大大迎合了时尚趣味。这么一来，栾树复兴，个中道理昭然若揭。

2020 年 7 月 22 日于甘草居

夏日是一年晒酱的好时光。大河两岸的河南人伏天晒酱，制作西瓜酱和甜面酱。无论城乡，有老人或其闺女儿媳凡得了老辈真传的人家，把发酵的黄豆摆治好，放入洗净的面盆在毒日头下面连天晒。——这也是炫手艺！雪白的纱布蒙几层扎紧了，房前屋后转转，还要掐楝树头或紫苏的叶子拢到纱布上面，借其苦烈或芳香的气味，保洁驱苍蝇虫豸。

梅夏话紫苏

越南和我国广西，
见天吃米粉，
掐紫苏叶子切碎作香菜。

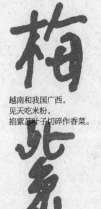

可江南还有拿梅子制酱下紫苏的故事，典出北山施蛰存的《云间语小录·梅酱》："余小时，每夏日行坊巷间，辄见人家屋檐下列大小瓦钵，或覆以纱，盖晒甜酱及梅酱也。青梅丰产之岁，几于家家做梅酱。松人做梅酱皆拌入紫苏，故其色殷红。又不洗去梅皮，故劳咀嚼。此盖犹承古法，亦土法也。苏州人家做梅酱则不然，洗净梅皮，用糖窨之，别是一种茶食。又不用紫苏，故所制金黄莹洁，与今厂中所制果酱无异，品格自较细雅。然紫苏梅皮，如缕切匀细，晒过三伏，此种梅酱，别有一味清香，然非苏式者所能赛也。”

甜酱即面酱也，中原吃炸酱面打荤素汤卤必需。一如武汉人吃热干面，只论麻酱优否。它不同于老北京炸酱面用酱色重且咸，放在过水的面条上是一坨子。倒更近似北京吃烤鸭佐大葱的黄酱，也比东北掺辣子的大酱细腻，咸味的甜面酱入口回甘。

我没得品梅酱的口福，但吃过东南和日本的梅子腌制品，若干梅干和梅粉。是公元的1963年吧，枯寂中的老年周作人，开手翻译着青木正儿的《腌菜谱》，根据原作的本意，擅自添加“中华”二字打头作标题。青木的第七节说“白梅”。知堂插注曰：“所谓梅干是指日本的盐渍酸梅，乃是一种最普通的也是最平民的日常小菜，平常细民的饭盒除饭外只是一个梅干而已。”好像《繁花》中的老金，说当年沪人的白饭里只有独一块油炸带鱼。青木如是说：“因为我的长男住在和歌山县的南部，北方乃是梅子的产地，时常把地方的名物‘封梅’，去了核的梅子用紫苏叶卷了，再用甜卤泡浸，带来给我，偶尔佐茶，那时起了头。……梅干的味道却又是特别的。在中国似乎没有像我国那样的有紫苏的梅干，有一种不加紫苏用盐渍的叫作‘白梅’从古以来就制造着，也使用于菜料，这个制法也传到我国。紫苏是制造梅酱时这才加入，从古昔到现在都是如此。清初康熙年间的《养小录》卷上，《柳南随笔》续编卷三和近时世界书局的《食谱大全》第九编所记梅酱制法，虽然有点小异，可是加紫苏的一点却是一致的。”

这就都说到了紫苏！有趣的紫苏，怎么梅酱梅干，都离不开它？紫苏很古老了，《尔雅》曰苏即桂荏。荏子、红苏等是它的别名。紫苏制梅酱梅干并不通俗，但其去鱼蟹腥冷的功用广大。日本鱼生，最小份也有一两片紫苏的鲜叶陪衬，并不是全为装饰，且有调和作用。越南和我国广西，见天吃米粉，掐紫苏叶子切碎作香菜。作为芳草的紫苏，野生和园艺在各地都有，分赤苏、白苏，白苏是绿叶种。梅酱用苏乃红苏也。一岁一枯荣的紫苏，

No. 20 紫苏

Perilla frutescens

2016. 6. 19　郑州　甘草居

为一年生草本，但与宿根的多年生草本植物藿香模样类似，为姊妹芳草。藿香开紫花似狗尾草，皱叶紫苏即红苏者，秋来开细茸茸的黄绿花穗。生活里去鱼腥和暑日解表，兼作吃食里的香菜，二者功用多相通。于是，如同茵陈、白蒿和青蒿在本草里你中有我分不清，紫苏与藿香的界限也很模糊。《救荒本草》没有藿香，有紫苏和荏子，注者曰紫苏和白苏。但还有一品苏子苗，也说是紫苏就不对了，和现实草木对不上号。我说周王的苏子苗其实是藿香，苏子苗流行的叫法，从南方过中原直到东北很普遍。翻今人的《本草药名汇考》（程超寰、杜汉阳编著，上海古籍出版社 2004 年 12 月版），果然紫苏藿香串着叫的地方不少。李时珍说紫苏："苏从稣，音稣，舒物也。苏性舒畅，行气和血，故谓之苏。"又："紫苏嫩时采叶，和蔬茹之，或盐及梅卤作菹食甚香。"日本固然喜用紫苏解鱼腥和充当梅制品的调味，但绝不是青木所言的独创。

端午和三夏一来，北方的夏天就大热了。没有梅子采摘和夏至前后的梅雨季，即使不言制酱，论起热天解暑的酸梅汤来，说着说着，梅与紫苏，和我这北方人一下也拉近了。风流唐玄宗《端午三殿宴群臣并序》小引："闻蝉鸣而悟物变，见槿花而惊候改。喜麦秋之有登，玩梅夏之无事，叹节气之循环，正当召儒雅，宴高明。"《雅舍谈吃》说旧年琉璃厂信远斋的酸梅汤冰镇了喝一碗难忘。雅舍主人曾自作主张用乌梅加冰水制作，效果差得远。信远斋老板狡狯地浅笑，就是不言自家的配方。雅舍主人不知道制作酸梅汤要放紫苏，一是染色，二是有药用。其实还不止酸梅汤，康熙年间的《养小录》之前，明代的《遵生八笺》介绍有多种养人汤品的制法，分明都不离紫苏。

《遵生八笺·饮馔服食笺》列汤品三十二种，打头为"青脆梅汤"，类如北山老人所言苏州制作梅酱和青木说的白梅，不用紫苏。但其次的"黄梅汤"则类似"云间梅酱"：

肥大黄梅蒸熟去核净肉一斤，炒盐三钱，干姜末一钱半，紫苏二两，甘草、檀香末随意，拌匀，置瓷器中晒之，收贮，加糖点服。夏月调水更妙。

类似今天的酸梅汤，《遵生八笺》记梅苏汤配方：乌梅一斤半，炒盐四两，甘草二两，紫苏叶十两，檀香半两，炒面十二两，均和点服。至于那梅苏丸，自然也用紫苏。

2014年6月13日于甘草居

供给侧改革的深入，分明已经触及了农业。持续多年玉米和小麦价格不分伯仲的大格局变了，——今年玉米价格开始下调，它对农民和农业的冲击，连带效应尚来不及详细考察，但震动是明显的，不少地方陆续开始了秋作物种植结构的调整，大豆、土豆、麻子和各种小杂粮种植获得重视。持续多年，人在连环放大的喧嚣城市圈里紧张久了，虽说有公园、绿地可以舒缓情绪，但论起真正的接地气来说，我们的精神滋养，还需要到大地的深处去做调节。包括公差、郊游与回老家的时候，我一次次努力突围去野外看庄稼，分辨四季。但是我遗憾地发现，刻下在连绵的高速公路和纵横延伸的高铁上俯瞰和巡视大地上的作物，与早年夏日打草走过村路，顺着

麻子还是粮食。
上古粒食时代，
麻子位列五谷之中。

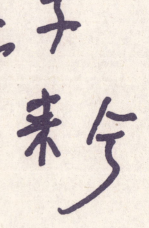

公路赶集，和玉米青纱帐擦肩而过的图景大不相同了。我固执地认为，作为作物的庄稼，是一种浸透了汗水充满了人情的东西，世世代代演绎着春华秋实、夏收冬藏的故事，它远比那些个没来由的城市花草更贴近我们深层的记忆，活生生联系着父老乡亲与祖辈的根脉。

“太行不墨千秋画，黄河无弦万古琴。”在我的老家，人们喜欢把这副对联配着中堂山水画悬挂于当屋。是啊！云台山冲天而降的大瀑布，神农山虬曲如龙的老白松，还有那丹河两岸的好竹园，黄河滩地的杨树林，处处风景如画，连环衬映着怀川大地四季好庄稼。四季当中，就数大秋作物最是丰富多彩，——玉米固然是主角，还有水稻、谷子、糜子、麻子；也有芝麻、花生、绿豆、白豆、黑豆、豇豆、红小豆、大籽青豆；又有“四大怀药”与棉花、红薯，而国营农场还大面积种植开紫花的苜蓿作为绿肥。例如，高粱，那高粱还分红高粱和芦穄高粱，后者又名九头鸟高粱，是专门种了吃甜圪档类似甘蔗的。农家年年利用小片地种高粱，却不吃高粱，取高粱秆编箔来晒东西，也可以编织间墙或做覆棚。而高粱秆的尖，是做锅排的好材料。粗糙的高粱穗脱了籽，是做扫帚和笤帚扫地用的，而细茸茸的糜子穗脱粒后，束一把弯头的笤帚，则是新媳妇来家专门扫床用的。

再就是麻子了。我要特别说说麻子——麻子和稙玉米在立夏时就下种了，专门种在临路的大田边上。麻子叶的味道古怪，人嫌它气道难闻，连羊和牲口也不吃，却正好起到了保护庄稼的作用。山里人在半山坡或丘陵地打个土坑曰泊池，聚夏天的雨水成水塘，用于洗衣服、饮牛羊，同时也用来沤麻。麻子不择地而生，南北都有种植，种子可获油料，麻皮可以纺织。《白石老人自传》，这一部经典的口述史，开篇即忆前辈和父母，画家深情地说，当年自家五口人有水田一亩，水田名曰"麻子丘"。"我们家乡，做饭是烧稻草的，我母亲看稻草上面，常有没打干净、剩下来的谷粒，觉得烧掉可惜，用捣衣的椎，一椎一椎地椎了下来。一天可以得谷一合，一月三升，一年就三斗六升了。积了差不多的数目，就拿去换棉花。又在我们家里的空地上，种了些麻。有了棉花和麻，我母亲就春天纺棉，夏天织麻。我们家里，自从母亲进门，老老小小穿用的衣服，都是用我母亲自织的布做成的，不必再到外边去买布……"这是麻子用于

21 No. 麻子

Cannabis sativa

2016.9.7 郑州 甘草居

纺织制衣的一个实例。

麻子还是粮食。上古粒食时代，麻子位列五谷之中。《齐民要术》分开讲麻与麻子，曰枲麻和苴麻，前者剥皮，后者取实。孟浩然丰收时节《过故人庄》，欣然记“开轩面场圃，把酒话桑麻”。白居易有诗《七月一日作》：“七月一日天，秋生履道里。闲居见清景，高兴从此始。林间暑雨歇，池上凉风起……双僮侍坐卧，一杖扶行止。饥闻麻粥香，渴觉云汤美。”麻子大致在宋元之后被弱化，因为棉花的引入和扩大种植而被逐渐边缘化。但它依然存在，20 世纪 70 年代，老家人还要沤麻，纺麻绳、制麻包，小麻子则可以榨油或作零嘴吃食。至今在陕北和关中地区，还有风味独特的麻子饭，农家拿炒过的麻子上碾盘轧，然后和着青菜和野菜作粥状的吃食，想来那就是令老年白居易馋虫大动的麻粥香了。广西名气很大的巴马长寿村，老寿星与本地山民平常爱吃的火麻仁熬菜粥，与陕北的麻子饭异曲同工。而火麻就是麻子，又曰大麻、黄麻和汉麻的。

连大麻的叶子也是山菜。《救荒本草》所列的山丝苗和油子苗，分别就是麻子叶和芝麻叶，一同被周王记录为可食用之野菜。如今，包括河南人在内，芝麻叶食用者还多，芝麻叶杂面条是特色美食。但麻子叶入馔的风习，则遗存于闽南、东粤一带。随着北人南迁的历史，凡客家人定居的地方，麻子叶堪入《山家清供》的。今天的潮汕地区，味道很冲的麻子叶，经过水洗与淘洗处理，依旧是减肥素食和煲汤专用的特殊食材。因为麻子被冷落久了，有的地方闹不清麻子与毒品大麻的区别，出现了在农村铲除麻子的误会。而美国学者迈克尔·波伦在《植物的欲望》里已经指出，经过上万年的进化，“纤维大麻和麻醉品大麻已经区分得如同白天与黑夜一样不同：纤维大麻只产生可以忽略不计的四氢大麻酚，而麻醉品大麻的纤维则毫无价值。”前者是中国传统大麻，小麻子是也！后者是印度出产的大麻作物之一种。

很久很久以来，多种多样的作物庄稼，与多姿多彩的杂草树木一道，编织起无与伦比的自然多样性，组成了农民和市民，士人与诗人的天然朋友圈。所谓大地锦绣，不只是工业社会之于农业所偏重的小麦玉米稻谷，重利图实用，将五彩斑斓的农田和田野刻意简化。五谷杂粮，不仅丰富人的口味与营养，还关系到作物自身的生态平衡。好在神州大地，东西南北，仍不乏敬重和珍重土地、作物之人，以我的行旅所至，目力所及，——大运河流经的苏鲁豫皖交界地带，初秋除了浓密的果树和玉米，大面积间作有水稻、谷子、大豆、芝麻、花生、红薯等。八月中秋，位于江汉平原的仙桃、潜江、荆州一带，临水是荷花与木芙蓉花，居家有夹竹桃花紫薇花木槿花和桂花，满地是沉甸甸低头的稻谷、开嘴笑翻的棉花、红脸的高粱与大豆、甘蔗。麻子！麻子！阳历十月，霜红早早，河西走廊的武威、张掖一线，祁连山下是天然广袤的玉米良种繁育基地，而雪山之麓的丘陵地带，连绵的麻子地伴着菜花一样的板蓝根和橙色的金盏菊花，尽情地释放着大地的精彩。

2016 年 9 月 7 日于甘草居

论四季水果，北方出产的水果数苹果了，说人人爱苹果似无大错。今年8月以后，猪肉价格陡高；而8月之前，水果蔬菜价格也一度波动，其中，数那红富士苹果价格居高不正常，——已经是三伏天大暑时节，郑州超市里，本年的早苹果、嘎啦果陆续登场，大量上市了，而上一年的红富士，每斤还卖十元以上。生活水平提高了，人们追求水果的吃口好，而且还要其品相好。红富士，苹果里的佼佼者，因供求关系而价格出格。

现代果树学，
将苹果家族分为三大系列，
苹果、花红和楸子，
楸子多指海棠。

花红海棠

苹果是个大家族，古老的农书如《齐民要术》等，老早就有柰和花红、林檎、蜜果、海棠、海红、文林郎果等记载。而京津地区与中原，也是传统苹果出产地。早几年刘心武的《想吃虎拉槟》一文，很有代表性。他说："北京地区，原来苹果一类的水果种类极多，除了古时写作苹婆的大果子，还有林禽、香果、沙果、秋果、虎拉槟、酸槟子、苹果梨……"这样说，和清代的学者汪灏在《广群芳谱·果谱》里说法一致："蘋果，出北地，燕赵尤佳。"

现代果树学，将苹果家族分为三大系列，苹果、花红和楸子，楸子多指海棠。而花红系列，主要包括红沙果、白沙果和槟子品种。现在南北流通发达，水果品种空前丰富。而水果洋化和优质化，却使传统水果的多样性不断遭受损失。以苹果家族为例，花红海棠的比例明显在缩小，尤其西府海棠这一类原本可以食用的果木植物，当下只是春季观花了。因为它果粒小，品相单调，成了水果鸡肋，人们觉得吃口不过瘾了。花红也变成了稀罕物，——五六十岁的人，以前过夏天在夏秋之交买花红吃花红很正常，难得放开吃，只恨花红少。酒盅与核桃大小的花红果，红里透黄透白，酸甜口味沙沙的，而且口有余香。如今偶遇花红，看着它混在五光十色的水果摊里，不用说少年儿童，即使是同龄人，竟然"儿童相见不相识，笑问客从何处来"了。

几年前，我在丰富胡同老舍故居门脸儿的“老舍书店”里，买了一捆减价书，其中“北京旧闻丛书”，李春万和樊国忠两先生合撰的这一本《闾巷话蔬食：老北京民俗饮食大观》，实际上是一本难得的老北京风土吃食辞典。关于秋冬的水果与干果，让我照着它抄一段目录来——

烤白薯、人参筋儿、炒大花生、烧花生、煮五香花生、梭罗花生米、炒花生仁儿、盐水炒一窝猴、炒半空儿、炒葵花子儿、酥豆儿、炒蚕豆、玛瑙红、鸭蛋李子、苹果干、杏干儿、大石榴、大黑枣儿和黑枣儿糖葫芦、蜜枣儿、干红枣、醉枣、卦落枣、甜酸老虎眼、大海棠果、大挂山里红、烂择儿、虎拉车、生熟荸荠……

其中那篇《大海棠果》全文如下：

到城中来卖的大海棠果儿有两种：一种是大白海棠，多买去做糖葫芦或“蜜饯果”用；那红色的，除去做糖葫芦用之外，多做水果供人吃用。北京人好在秋、冬、春三季买此果吃，而且随季节不同各有不同的风味：秋天，海棠刚下来时，其色红粉相间，汁味儿也足，可与沙果、槟子、虎拉车等一同充北方的果子市，供人们当鲜水果吃。在秋日，秋风儿下来了，别的水果有的已没了，可经秋风一吹，大红海棠就更好吃了，成了北京人爱吃的“风蔫大海棠”；到了冬季，只要你不把海棠的外皮碰破，它可以直放到寒冬，上了冰后，带着“冰碴儿”当水果为人所爱，被称为“冰碴儿大海棠”！一物当三季之果，供人吃用，海棠之功不可没！

京津一带的花红海棠，出名可不是自吹的。一百年前，1909年的上海《图画日报》连载三百六十行“营业写真”，这一幅担挑子卖花红的图画上面，说明文字类似竹枝词：“天津花红好来路，不熟不生真崭货。入口并不涩舌头，爽脆鲜甜吃得过。花红好个吉利名，此名商界最欢迎。年年只望生涯好，得把花红分几成。”花红与红利相通，可谓一语双关。

郑州的碧沙岗公园，原本是北伐军掩埋阵亡将领墓园，冯玉祥题署牌匾，后来演变成城市公园。20 世纪 30 年代，张恨水游豫，对此曾有专栏文章报道。这里现在以观赏海棠木兰为主，每年春天举办海棠花节，除了传统的《海棠四品》，又多了北美海棠等新品种。秋来白露时节，满园海棠果实累累，有白有黄，更多则似山楂初红，还有一种海棠的果实似野棠梨，一串一嘟噜的褐红果实如豆子。

明代的《救荒本草》，周王记载花红沙果——沙果子树：“一名花红，南北皆有。今中牟岗野中亦有之，人家园圃亦多栽种。树高丈余，叶似樱桃叶而色深绿。又似急蘼子叶而大。开粉红花，似桃花瓣，微长不尖。结实似李而甚大。味甘，微酸。”其救饥方法：“摘取红熟果食之。嫩叶亦可炸熟，油盐调食。”

花红的叶子可食，当然我们早已忘记了。而周王记录果树叶子可以食用，还记石榴嫩叶和杏叶，枣叶与桃叶，文冠果与棠梨之叶。但是，《救荒本草》有花红而无海棠。

不仅老口味的水果被遗忘，被淘汰。大城市日趋严格的市容管理，也使昔日平民街景消失迅速。21 世纪开头那几年，十多年前的郑州街头，夏天有豫西洛宁人拉架子车沿街叫卖黄杏、花红、

《救荒本草》 朱橚

一名花红，南北皆有。今中牟岗野中亦有之，人家园圃亦多栽种。②

嘎啦果的；冬天河北省邢台和大名一带人，推着自行车，后边载两个大篓子卖红梨——煮冰糖水消炎止咳的红梨……这几年全绝迹了。去年夏天吧，我在家门口十字街头，连着几天见一个三十左右的大小伙子，骑车载双篓卖甜瓜的，装着青白皮羊角蜜和黑皮大面瓜，分明就是河北卖红梨之传人。白天，他哪里也不能停；黄昏时分，超市门前人流如织灯光明亮，小伙子歪仄着自行车，一个篓子偏沉着地，掏出手巾不停擦他的瓜，那倔强不屈的脸庞，活脱是郑州德化街和北京王府井的一尊青铜雕塑。

2019 年 9 月 8 日于郑州

瓜蒌葫芦

瓜蒌又叫黄瓜、野苦瓜等；瓜蒌子，皖南和江南人叫吊瓜子或葫芦子。

秋分白露时节，正是皖南好光景。我从黄山登高下来，隔一日，在松竹满满的山谷里沿着太平湖和青弋江穿行。这一刻，太平、泾县地界，单季稻收过了，双季稻的晚稻出了穗远观还青绿茁壮。我眼睛舍不得眨巴一下，一直在看江山如画，而临水的平川，连绵田地，清一色蔓延着苦瓜葡萄架似的，不知道是何种物产。主人说是吊瓜，做瓜子用的。利用歇脚的时间，我趋前仔细看，一下子认出来它是瓜蒌。

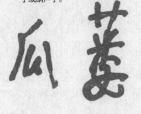

瓜蒌我熟悉呀！老家人叫它壳娄蛋，是野生的药材，它的根叫天花粉，和山药一样扎根很深，不容易挖出来。《救荒本草》有它，周王叫它瓜楼根。其救饥方法："采根，削皮至白处，寸切之；水浸，一日一次换水，浸经四五日，取出烂捣研，以绢袋盛之，澄滤令极细如粉。或将根晒干，捣为面，水浸澄滤二十余遍，使极腻如粉。或为烧饼，或做煎饼，切细面，皆可食。采栝楼穰煮粥食，极甘。取子炒干捣烂，用水熬油用，亦可。”

旧时山里少年，与城里青少年炼牙膏皮取锡、捡旧纸换钱不同，山里人晚春扳蝎子，夏秋天采马兜铃和壳娄蛋，秋冬之交挖瓜蒌根即天花粉卖钱，药材都卖到供销社去。但黄河以北的人，似乎不知道入药的瓜蒌还可以食用。南太行除外，有一年初冬在天津盘山，一夜之间，遇苦霜打落了山道上国槐树的青叶，鳞次栉比的古村落全暴露了，农家大棚房顶，枯叶枯藤，滚着一片又一片金黄发橙的壳娄蛋，蓟北之人，分明也不知道瓜蒌可以取瓜子和鲜食食用。

瓜蒌又叫黄瓜、野苦瓜等；瓜蒌子，皖南和江南人叫吊瓜子或葫芦子。而葫芦和瓜蒌，《诗经》里双双在谱。周王说瓜楼根：“《诗》所谓‘果蓏之实’是也……苗引藤蔓，叶似甜瓜叶而窄，花叉有细毛。开花似葫芦花，淡黄色。实在花下，大如拳。

生青熟黄。”可周王没有记载葫芦。藤蔓类植物，《救荒本草》有丝瓜苗、锦荔枝，无南瓜、冬瓜、黄瓜和葫芦、瓠子。类似瓜楼根瓜蒌的，则有山药，还有野山药。

古老的葫芦，为什么被周王忽略？葫芦与瓠子，一样做菜吃的有亚腰葫芦、圆葫芦和秤锤葫芦，炒菜或盘馅蒸包子都好吃，也包饺子吃。当年莫言首获诺贝尔文学奖，记者采访他的妻子，她说要包葫芦馅饺子犒劳莫言。

接着我要讲个苦葫芦的故事——我家隔路的一片工地，东西分割，正在分头基建施工。大空地空旷为我所用，东向观日出，面西看日落。荒地上野草、蔓草长得旺盛。加蓬、草蒿和柽柳朝上，野牵牛、葎草与丝瓜、葫芦横生。说是工地，也没有正经门禁，禁不住我自由出入。迎着晨曦和晚霞，我在这里独自走秀。一个看工地的大小伙子当我是大老板，这天他走近我，告诉我旁边的葫芦结了，可以做菜很好吃的。边说边将草草掩盖的白色葫芦拨拉出来。这属于秤锤葫芦，而且一窝子结了两个，像小白兔似的。不由分说，他要把两个都摘下来，我说先弄一个好了，那个不急。

老家人知道葫芦有用，葫芦瓢儿可以舀水掠米面，大葫芦可以用作泅水渡河的工具曰“腰舟”。“愚公之乡”济源人的抗日葫芦队，和白洋淀的游击队一样出名。《诗经》曰《匏有苦叶》“匏有苦叶，济有深涉。深则厉，浅则揭。”白话是：葫芦熟了叶儿枯，济水深深有渡口。水深腰系葫芦过，浅水撩衣背葫芦。

我将这个肥嫩的白葫芦连秧掂回来，要妻子中午炒了吃。我们没有吃过葫芦；按照吃瓠子和笋瓜的方法，切块熬炒配米饭吃。我先吃，吃了一口感觉苦，再吃还苦。我说不行。太太却说或许和苦瓜一样是祛火的。再吃几块我犹豫了，随手百度苦葫芦，哎呀——果然苦葫芦吃不得。下午三点之后，立竿见影，我开始腹泻拉肚子了。

然而，我还忧着剩下的那个葫芦，下雨连阴雨，我怕它就地生长受影响，拔了一束野蒿垫在它下边。嫩葫芦沉甸甸的，茸毛有些扎手。直到 9 月下旬，我要去江南采风观光了，我怕这个苦葫芦保不住被别人摘去，就将它提前摘下来作为清供。每年秋来，我都要弄两个葫芦或看瓜玩玩儿的。接下来黄山之行，却也见到当地人多拿葫芦做菜吃，皖南的早市上，带棵子卖毛豆和芋头正多，也有各种各样嫩葫芦卖的。而“瓜子大王”家乡人皖人擅吃瓜子，精选南瓜子，18 元一斤；吊瓜瓜子即瓜蒌子 58 元一斤。他们说瓜蒌子乃“瓜子王”，不仅营养丰富有药用价值，而且可以两头开口。

2019 年 10 月 29 日

郑州夏秋两季，常见的开花树是紫薇和木槿，木槿与合欢，栾树和国槐，与红白夹竹桃。这些年我联系生活实际，持续研读《救荒本草》，重点关注可食用的草木。

《救荒本草》木部，周王列举“叶可食”“花可食”“花叶皆可食”“花叶实皆可食”者数种，例如，花和叶皆可食者——槐树芽，不是后来的洋槐树，周王指的是国槐树。国槐嫩叶可食用没问题，那细碎的小花怎么吃呢——“或采槐花，炒熟食之”。而花叶实，一树三品皆可食用的树木，有棠梨树和文冠花即文冠果，等等。

山里老家，有合欢花叫绒花树，而没有木槿紫薇花。

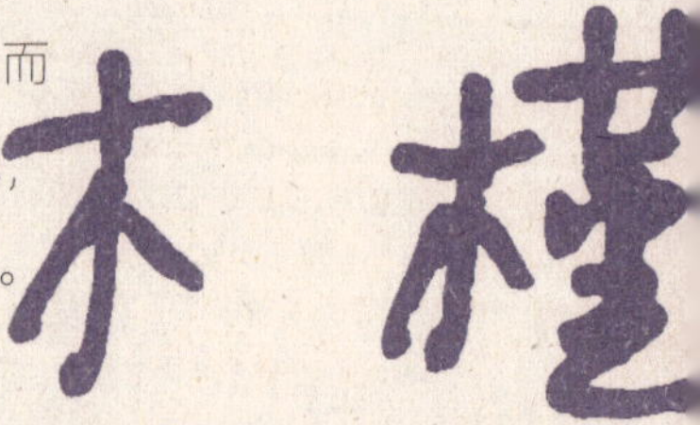

实际生活里，以我的老家南太行和古怀庆府为例，树头菜和树花树果实，

可食用的并不止这些。例如，木槿树，以灌木小乔木居多，它的嫩叶如《救荒本草》所说可以食用，然而现在并没人吃，反之木槿花却有多种吃法。古诗咏紫薇花，杨万里诗句："谁道花无百日红，紫薇常放半年花。"木槿紫薇是树木中的花姐妹，我的观察，木槿开花更早落花更迟，比俗名百日红的紫薇花期长。比不上紫薇树大，木槿多为花篱，它们在城市绿廊里交叉种植，每年阳历 5 月半或 6 月初，准当可以发现木槿先开花。它与合欢相同，开花都是朝开夜合型。紫薇开花略迟，并且盛花期来得慢，常常 6 月半，小暑大暑到来之前，紫薇花属于肉脾气，迟迟不肯缤纷大开，直到三伏天才盛开，"盛夏绿遮眼，此花红满堂"（王十朋）。但紫薇花色比木槿更丰富些，白花银薇之外，如玫红、大红、深粉红和淡红色等，还有紫色和雪青色两种。而夏末秋初，水红色的紫薇开花，一团一大疙瘩，压得树枝纷披下坠。可是一过了处暑节气，除了玫瑰红水红色的紫薇花盛放，别的紫薇，早开的紫薇花，一边结子一边继续开花，花团则陆续变小——远看仿佛和夹竹桃花一样。国庆节的时候，常常与八月中秋时令重叠，"胡天八月即飞雪"，边疆包括北京的西山，会早早下雪。这时郑州的紫薇花，花头很小了。离

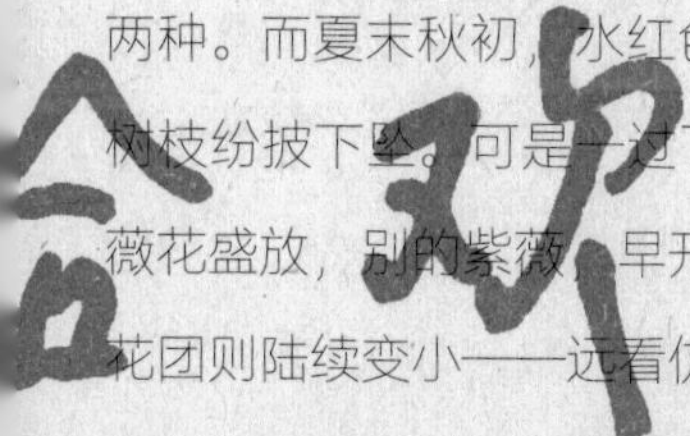

我最近的一株银薇，长在与我们院子邻近的省电视台家属院，花残了，仿佛一头薄薄的雪花。

木槿不一样，它一个夏天匀速开花。学生秋季开学，木槿与合欢再次盛开迎新。

这几年，我还发现，一个棣棠开花，一个木槿开花，花期绵长。而棣棠比木槿花期犹长——清明节才过，棣棠和牡丹就开花了，直到 11 月初，农历“十月一”天冷要上坟祭祖了，市区就要放暖气了，棣棠还有花，木槿边落叶边开花，“春蚕至死丝方尽”，最后的木槿花，半卷着开，不大似蚕茧一样，颜色紫蓝色。从南到北，各地很多木槿花的吃法。调着吃，炒着吃，吃火锅。吴其濬《植物名实图考》图文并茂，其中“木类”部分与《救荒本草》交叉不少，文字多简短，少的仅有二十余字，多直接袭用周王原文。但说木槿，周王没有说到花可食，吴状元则说：“江西湖南种之，以白花者为蔬，滑美。”与南太行隔河相望的巩义人，他们叫木槿花为面疙瘩花——小麦面粉古来叫白面的，加水打成面穗子搅面汤，做面疙瘩汤。或淡味的甜面汤，或放调和的咸面汤，随意在门口或院子里摘一捧盛开的木槿花放到锅里，当作彩色菜叶子了。

四五十年前，山里老家，有合欢花叫绒花树，而没有木槿紫薇花。合欢也有野生的树，叫山合欢。周王记合欢曰夜合树：“《本草》名合欢，一名合昏。生益州及雍、洛山谷。今钧州、郑州山野中亦有之。木似梧桐，其枝甚柔弱。叶似皂角叶，又似槐叶，极细而密，互相交结，每一风来，辄似相解，了不相牵缀。其叶至暮而合，故名合昏。”救饥方法也是嫩叶过水后调食，但“晒干炸食，尤好”。最后这一句我要具体说明一下——秋来晒秋，农家晒南瓜片、晒茄子干、晒过水的豆角等，这很常见。而中原和北方人，春天晒干菜——杨树叶子、老菠菜等，用水炸过晒干，吃的时候，再用冷水发开，然后再调吃炒吃蒸包子吃，人们就好这一口。

但是，我们同样不知道合欢树的嫩叶可吃。合欢之花，花是特别的浓香香烈。6月初，中原正收麦，我们好朋友几个，出郑州南下去桐柏山里过周末，夜里第一次闻到合欢花的香味，真的太冲了！而城市里的人，以中老年妇女为多，常常早起捡合欢落花，说是治病治脚气之用。

2019 年 9 月 17 日

霜降一过，老家正是出山药、出红薯、够柿子的时候，这是一岁秋收的延续，起早贪黑，人们都忙个不停。因为霜打过的红薯柿子才甜蜜，山药药效和口感才佳。我写过《土豆和山药》的小文章，以晋北大同一带为例，秋冬的早市上，当地人把土豆叫山药，真正的山药怀山药，人曰长山药或毛山药。后来，我又发现石家庄和德州一带，这里竟然把红薯也叫山药或山芋的。车轱辘转圈一样，即刻把人给转蒙转糊涂了。

红薯与山药，
一个就地蔓生蔓延，
一个搭篱架寄生。

山药红薯

走的地方越多，了解到各地对于同一物种的叫法，确实无奇不有。由是我觉得考证名物异同，是件出力不讨好的事，是个没有尽头缠磨人的迷宫和大坑。何炳棣论美洲作物的引进和传播，红薯即甘薯和番薯，遍览地方志，他细数其在册的名字："计甘薯名之可考者，共二十六：甘薯，白蓣（芋），红蓣（芋），紫蓣（芋），红薯，白薯，甜薯，金薯，番薯，红山药，番芾，番荠，粤蓣，番芋，山芋，朱薯，黄薯，回子山药，土瓜，地瓜，红山蓣，山薯，黄苕，赤芋（朝鲜），琉球芋（朝鲜），番茄（朝鲜）。"饶是这样，终还是漏了"苕""红苕""红山药"与"唐薯""义薯"等名称。憨头憨脑之红薯是个隐喻，指代脑瓜不开窍的人，如武汉人开口骂人、调侃人——"你是个苕！"

山药和红薯，分明是两种东西，而且两者的形状显著不同。

周王的《救荒本草》有野山药和山药。他说山药："《本草》名薯蓣，一名山芋，一名诸薯，一名脩脆，一名儿草。秦楚名玉延，郑越名土薯……怀孟间产者，入药最佳。"①而野山药"生辉县太行山山野中"。辉县在东北，怀孟居西南，周王所言，这一带正是我的老家旧曰怀庆府之所在。四大怀药，古已有之。包括怀山药，药食通用。邑人乾嘉进士范照黎有《怀怀诗》："乡村药物是生涯，药圃都将地道夸。薯蓣篱高牛膝茂，隔河开遍

名薯蓣，一名山芋 ①　《救荒本草》朱橚

No.22_山药

Dioscorea polystachya

2019. 12. 16　郑州　甘草居

地黄花。”沁阳为怀府衙署所在，《沁阳文史资料》第四辑“怀药专辑”，如此说怀山药——

据清道光十三年（公元1833）《河内县志》载：“蔬之属，曰薯蓣称菜山药，药之薯蓣为药山药，称铁棍山药，产于怀庆者优。”这里所指的“铁棍山药”，质坚实、粉质足、色白、久煮不散，俗称“鸡骨山药”，产于我市大郎寨。明洪武二十四年（公元1391）该地山药被列为贡品。郎山药为怀山药中之上品，出口山药均以“怀郎”山药标名。

此说与《救荒本草》相符。何炳棣也说：“山药系中国土生，南北皆产，要以河南怀庆府所产为最有名。”怀山药，一声之转，又讹为淮山药。因为沁河冲击形成坚实垆土，成就所谓怀山药中的“铁棍山药”，而它同样产于共同流域的温县、孟州、武陟、博爱。它名气大了，难免有搭车同行者——每年秋冬之际，甚至南太行以上之晋东南晋城、长治等地，其山药也以怀庆府“铁棍山药”标榜出卖。12月大雪节气过了，我在北京海淀区一座大院里，看大篷车一样的早市买卖，南北蔬果中，有专用纸箱子标明是“河北特产”的铁棍山药，卖六元五角一斤。于是，我即刻晒到朋友圈里，“气一气”我的老家人。

周王记录山药野山药，《本草纲目》有薯蓣和甘薯，此甘薯并非红薯。红薯在明朝后期来华，周王不用说了，李时珍居内地也未及见到红薯。倒是徐光启，他的记录有山药、木薯，又有红薯，并大力推广红薯种植。当年缺粮而南北调剂，老家人也曾吃过两广来的木薯干，但木薯至今没有在中原地区和北方移植记录，野生也无。

红薯当年，乃救饥度荒宝物。当下红薯，又以健康绿色名义重来，并且寄托着乡愁。人们变着花样吃红薯，烤红薯、蒸红薯、煮红薯，吃油炸红薯丸子和拔丝红薯。连带红薯淀粉产品，不加任何添加剂的红薯粉条、粉皮和坨状凉粉，美其名曰“姥姥的味道”“妈妈的味道”，成了正宗好食品的代名词。南北各地的网店、商铺与农家乐，争着出售系列红薯制品。

红薯与山药，一个就地蔓生蔓延，一个搭篱架寄生。我家因山

No. 23 红薯

Ipomoea batatas

2019. 12. 16　郑州　甘草居

药发芽，随手弃于门前花木旁边，不料它年年自然生长良好。夏天开花开细花结山药蛋，藤蔓直上三层楼高。秋来绿叶先变金黄明黄，又变橙黄赤黄近红，观叶煞是好玩。山药两种种法，山药蛋落地生根为其一，成品山药截段下种也行。红薯也可以切片（块）下种——有一年老家天旱，久旱不雨错过了玉米生长便改种红薯。夏天七月要数伏了，红薯育秧为时已迟，当机立断，公社干部指导村民抗旱，将红薯切块下种，直接埋到土里。红薯与村民贴心，好成活，也不过一马瓢的水，浇下去浇到土里，它竟然就发芽出苗了，而且结出果实累累！

当年，书斋里的夏鼐也曾发表《甘薯与薯蓣》《略谈番薯和薯蓣》的系列文章，后一篇，针对有人误认为《南方草木状》里的甘薯，即为后来南洋传来的番薯即甘薯。他说："实则番薯并不是我国古代的'甘薯'。后者当是薯蓣的一种。这事牵涉到我国农业作物史的一个重要问题，不可不加以辨明。"农史草木志，往前边说，说来话长，实际是吴状元最早弄错了古甘薯与今甘薯，两者闹混了，开了徐光启的倒车。流风所及，影响后来人延续错误。薯之读音，今日独一音而同"薯"，恐怕也是误事的原因。

“文化大革命”中，夏鼐随队下放河南五七干校，在淮河边种红薯看红薯，在日记里记录红薯生长与收获红薯。作家写红薯、爱红薯，也不乏其人——10 月下旬，郑州的文友相约到郊外黄河边挖红薯，消息一出，李佩甫响应最快。他继《平原客》，刚刚完成了一部新作，才交给出版社，正需要活动一下筋骨的，便被这挖红薯活动吸引。那天聊过了书，聊过了文学，收获了白菜萝卜，赶趁着夕阳西下时分，换个地点，李佩甫带头又挖了不少红薯。大家分红薯，装红薯，诸人皆大欢喜，万分开心。

2019 年 12 月 16 日于甘草居

苦菜的滋味

华夏地大，各地都有名叫苦菜的青菜和野菜，让你说不出正宗来。这两年，饭店的凉菜里流行一种生菜的变种曰苦菊的，许多人直接说苦菜。云南和两广人，历来还习惯把用来煲汤的大叶芥菜的一种叫苦菜，而北方人说的原始的苦菜却是野菜。郑汴一带邻近黄河，郊区人在春秋两季入城市卖的曲曲芽又叫曲曲菜，学名是苣荬菜。这东西一年多生，主要集中于暮春和夏末两个时节，披针状的嫩苗，中间独一条纹路清晰的叶脉，整棵挑起来，带细白根且流白色的黏水，凉拌着生吃，爽口去心火。它味苦而微涩，自然该叫苦菜。不过它有近亲植物难区分，周定王在其《救荒本草》里带图记载的有两种，一种苦苣菜，小名天精菜；另一种苦荬菜，小名老鹳菜。

一种苦苣菜，小名天精菜；
另一种苦荬菜，小名老鹳菜。

我小时候在山里没吃过曲曲菜。前些年接连去雁北的大同和张家口，三伏天，塞外的白天也燥热难堪。宾馆里的自助餐，开胃的小菜见天有苦菜和沙葱，东道主自豪地说是本地的绿色食品，纯天然。沙葱细于韭，青绿而空心，生调后的模样像泽蒜，让人一眼能看出来。但那苦菜经水焯了弄成菜羹很糊涂，怎么也分辨不出原貌来，而主人却无法给我说清楚。今年端阳节后，我有机会又一次经太原、五台山，翻山到大同去。话说"百里不同俗"，一路上发现邻近的山西人过端午很隆重，家家门户不仅插艾还贴门神，比过年的门神略小一点儿，多用剪纸作品，一边是大红公鸡啄毒蝎子，一边是人赶着春牛在耕田。原来呀，自南太行上山，从晋城以远直到大同，山西冬冻，一年只种一季秋粮。每年的端午节，夏天来临才事春耕。我们从焦晋高速公路上山的时候，黄河北的河南人收麦未完，而山上山西人种的玉米已青苗满地。

夜来遇雷阵雨，雨过天晴，大同的早市上成堆在卖曲曲菜。大同盆地，北向连着大漠草原，这里的成年人，从脸的轮廓和古铜色皮肤看，还依稀能望见当年契丹与蒙古人的粗犷来。农家口音，不类晋南而近乎陕西和张北一带。那爷们和女子用编织袋满满装了曲曲芽的嫩苗来市里卖，对我说官话是苦菜，本地则叫甜苣。虽然内地的大棚蔬菜也供应齐全，可当地人多喜欢大把抓着买曲曲菜，像开春时的郑州人贪柳絮、香椿和面条棵。中午到了离北岳悬空寺不远的浑源县城，旧地重游，饭店里等吃莜面主食之前，我特意又点了凉粉和苦菜。浑源的凉粉在三晋大地很有名，前几年陪我们游雁北的山西同行，对此赞不绝口。此地凉粉又筋又软，用老醋和胡麻油兑汁，浇头放一点花生仁和焦豆，老陈醋的酸绵与胡麻油的香冲混合在一起，令人入口难忘。原先吃过的苦菜，这次我弄清了是曲曲芽，只不过与郑州人生调的吃法不同。“谁谓荼苦，其甘如荠”。到此才把那古典的滋味给吃出来。雁北的凉粉和苦菜，都是连汤的，稀而黑的汤臼汁水五味俱全。

几去雁北，我以为自己终将苦菜弄清楚了。可旅行回来，看那里的行家说苦菜，原来还有歧义。首先，大同卖菜人说苦菜又名甜苣，非甜苣是田苣，我把声音听转了。而且，当地也有说田苣与苦菜并非一种。那文章说，五六月到新耕的土地里，可以挑到许多新出苦菜和田苣苗。从细节上看，苦菜叶子发灰，田苣的叶子带一点紫红。苦菜怎么炮制都是味苦，而田苣做好了后味有些甜。田苣的做法之一，先用滚水焯过，“然后用冷水浸，谓之沤，把绿色渐渐沤转为赭黄，这时田苣的苦涩味道会稍杀，连那汤也能喝，据说可以清火明目”。这便是我在雁北几次吃过的。

人不过四十，不知道豆腐萝卜好吃。这是这几年我经常给朋友切磋和探讨的一个话题。苦菜也是一样的。我说的那个行家叫王祥夫，曾在《北京晚报》“五色土”上写“祥夫谈吃”的专栏，单说塞外和东北地区的家常小吃。我觉得他行文比我好，说故土风物，如对亲人，用不着掉书袋也不说掌故，从容自然中，却写出了中年阅世之后的人生况味来。与知堂谈吃比较，他说菜根固然也略带苦味，但比苦茶庵的笔调更多些凡人过日子的烟火味。荼字是茶还是菜？我觉得是曲曲菜或田苣更合理。于是我又想到，包括周作人与王祥夫，还有远古那位未具名而留下了“谁谓荼苦，其甘如荠”的小吏兼诗人，一定都是五十岁以后略微有点驼背或秃了头的人啊！

2011 年 7 月 3 日于郑州

早先怀川一个好新奇的小伙，偶入城市，饭时，到焦作塔南路国营的饭店“四海春”用餐，抬头见黑板上写的菜谱有“四季美”一味，就吆喝索要。须臾，服务员端上来的竟是一盘普通的炒刀豆，小伙直呼上当，惹得乡人传笑多年。

茭白古曰菰，
是水生的佳蔬之一。

好水多茭白

这是土物冠以时髦的美名，俗人慕虚名而觉得被蒙的一个实例。打个颠倒，今日应时的蔬菜貌似贱物者，昔日却金贵风雅，典籍里大有名堂的，茭白是也。秋风起，白露秋分一到，秋来吃茭白，处处早市上多，如今很普通，但是，很少有人把它与“鲈鱼莼菜”的掌故联系起来。

茭白古曰菰，是水生的佳蔬之一。它

有不同的名字，有些地方，又叫它高芭或茭笋。荷与菰蒲芡实菱角，皆水生的姊妹植物，江南颇丰饶。而对于多旱地的北方人来说，难得亲近，总是分不太清楚。我曾经在黄山脚下的新安江边和苏杭之间的田野里，特地停下来专门看菰看茭白，那连环的池塘与河汊错杂交织的地方，茭白和蒲草乱苇长在一起，一片草莽。可惜行旅匆匆，一时分不清，印象很模糊，我不甘心。

“一岁好景君须记，正是橙黄橘绿时。”直到冬初橘子下来的时节，在太湖西山的缥缈峰下，这一带白浪滔天，湖水汪洋，大小聚落总依附在山坞里，凡村口，多古樟树，竹和茶与橘子枇杷银杏环绕门户，家家房前屋后临河，小阳春时节，水面铺满油绿的浮蘋，如苇的一种草，叶比苇叶阔大，又似甘蔗、高粱，——这就是菰。早上看山家像劈玉米穗和剥春笋一样，临水采茭白，收茭白。丰盛的农家饭，吃稻草扎的大块红烧肉和白水鱼，取茭白入馔，荤素两宜，油焖茭白嫩而微甘，的确是美味。再走上海与朱家角毗邻的淀山湖一带，青浦古镇是革命家陈云的故乡，这里有上海郊区最大的茭白大市场。中秋节前后，临河人家，马头墙的老屋，大门是石库门，一眼都可以穿过天井看见主人的旧式厅堂，硬木家具上，胆瓶里插了一枝红的似螃蟹子一样裹团的金桂花，瘦而轻捷的婆婆在河岸边生火炉，用扇子煽柴火升灶。卖大闸蟹的推车过来，阿婆用手指按按，单挑青壳鼓满的金毛蟹，又细细地剥茭白，择翠绿的马兰头。

如今已经并入上海市区的松江，是陆机陆云兄弟和董其昌的故乡。松江古名又曰云间。《云间语小录》，是老作家施蛰存晚年记家乡风土的一部小品。他深情地说《菰》：

张季鹰因秋风起，念吴中菰菜、莼羹、鲈鱼脍，遂浩然动归志。后世文家，整齐其语，辄言莼鲈，乃使菰菜一味，摈不入典，此是吴下土宜，千古冤案。余既录莼鲈，岂可更屈此蔬，不为张目？惟是菰乃古称，近世罕识。诗人常使菰蒲字，辞书遂入草类，侪于蒹葭，几不知其为泽蔬也。《本草》明言菰即茭白，学者不看书，遂不知茭白即菰，又不识字，亦不知菰茭音转。菰，古又作苽，《礼》曰："鱼宜苽。"注者千言，总不明白，或以为古人笾豆中物，非今世所有，岂知其即茭白炒鱼片耶！此物虽贫民小户，秋间无日不登盘馔，富家以为贱品，雅人视同俗物，又孰知其尝动人千里乡心、与莼鲈等价哉？《嘉庆松江府志》著录茭白，乃不知引张季鹰语。《光绪续志》始补注曰：“茭白即菰。”是光绪志编者有识矣。吾松茭白，初无所异，且昔时经济价值不高，菜农所不贵，几于野生。多空心者，灰斑者。近年农艺大有改进，虽小蔬亦培植不遗余力，迩来所产，殊为甘美，始不负江东步兵眷眷之意。惟菰实谓之菰米，又曰雕胡，可以作饭，亦频见于骚诗，则今所不闻也。

《云间语小录》，是朋友沈建中为施先生暮年编书之一种，多年来我却遍觅不得。今夏，郑州耕月堂主人崔耕老人，将《北山致耕堂谈碑书简》刊印，我有幸参与校书。书出，自以为有小苦劳，便直接向崔先生指名求书。老人遂将当年沈建中题赠其《云间语小录》，又添“移赠”二字，慷慨交与我存，此文事可记也。

“昔上古三代，皆在河洛之间。”而秦汉以降，河与大泽仍满布中原，菰和荇菜也多。《救荒本草》将茭白记为茭笋和菰根。前两年，我曾在洛阳的洛浦公园里，收秋的时候见卖茭白，主人说是当地的土产。郑州雁鸣湖的风景湿地，延续着古代圃田泽的余脉，至今依然也临水植茭白。茭白和荸荠一样，种一次不用管了，年年野生蔓延。前人还说茭白之收获和入馔如是：“寒瓜方卧陇，秋菰亦满陂。”（沈约）“乌茭白芡不论钱，乱丝青菰裹绿盘。”（苏轼）“稻饭似珠菰似玉，老农此味有谁知。”（陆游）茭白从古至今都不断头，且凡有好水处多有茭白。菰菜不孤。这也说明张翰张季鹰当年，大声嚷嚷，急着回江南吃菰和莼鲈，分明是眼看着皇都洛阳的政治烂了，麻烦将至，便急流勇退，是自己避祸的一个借口罢了。

2012年9月24日于甘草居

三月三新郑祭黄帝的时候，与之交界的新密、荥阳，还有豫中的西平县也要祭“蚕神”嫘祖。尤其西平，这里称嫘祖故里当仁不让，当地百姓，一年两次祭祀轩辕黄帝的原配夫人嫘祖——紧挨着三月三，农历三月初六是嫘祖冥诞日；而四月二十三小满节气这天，小麦泛黄的时候，蚕茧刚下来就热热闹闹举办庙会谢“蚕神”。此庙会是载入河南省非物质文化遗产名录的。

树林里有桑有柘，而柘树如桑，
桑葚红紫落地之时，
柘树的小球果也变红黄。

说来这中原地带蚕桑故事多多，南太行上下古来蚕桑业也甚是发达。我曾在文章里叙述自己在晋东南阳城县的闻见，对蚕桑业至今还是当地的支柱产业之一而惊奇。回忆我们兄弟姊妹在老家与爷爷奶奶共同生活的时候，

家里养猪养大牲口，但春来依旧也要喂蚕。郑州现在桑树稀少，每年 4 月里洋槐树开花的时候，总有年轻的爸爸妈妈，带着孩子到处找桑叶采桑叶偷桑叶，喂宠物蚕宝宝。当年我们随便摘桑叶喂蚕，山里人不叫蚕宝宝，也不叫养蚕，直说喂蚕。蚕茧收获了，我的奶奶（那时候奶奶可能六十岁不到）将做饭的铁锅洗净了烧水，煮蚕茧缫丝，用线拐子缠丝，在线绳上晾丝。然后，带我翻过东坡，去山外边赶会把丝卖掉换东西。那时候老家人不仅喂养吃桑叶的蚕，因政府推行，还喂过吃臭椿树叶的柞蚕。柞蚕，我们叫栅蚕。那种蚕发黄，不限于春天喂养，也不宜少年游戏喂养，带着刺毛很吓人的。

“前不栽桑，后不栽柳，门前不栽鬼拍手。”尽管还喂蚕，桑树在我们老家是自生自灭的，没有人刻意种桑树，但桑树与构树一样，生生不息，有土地处即有桑树。构树我们叫构朴栳的，灌木形状为多。冷不丁的，它们会在人力不及的拐弯抹角处兀自长成树。人们害怕充满野性的它与庄稼争地力，“恶竹应须斩万竿”的，尤其是对于构树，基本的做法是赶尽杀绝。仅从用材林而言，过去，我们村子人工种植有用的杂树分别是——

椿树、榆树、杨树（白杨青杨两种）、槐树（国槐洋槐两种），黄楝树、苦楝树和泡桐树，以及绿化荒山的柏树松树。20 世纪 70 年代以前，山村还没有行道树的概念。2005 年开始，大家决定编写村志《北洼村志》的时候，预设的内容第二章是自然环境，其第二节讲生态植被，分野草、野果和灌木、乔木两个部分。我们很认真集中了一下树木、草木的名字，发现有种很特殊的灌木，包括支书和退下来的会计，竟然没有人知道它的名字。这个时候，我在老家上学时的老辈，我的爷爷奶奶那一茬人基本没有了。没有长老可以询问。

此灌木植被面积不大，却联系着村子的水利史、采矿史和搬迁史。《北洼村志》记载，1958 年春季，县政府发动好几个地方的人，集中到山里来，在北洼村开工修大水库——将素来叫东河的弯弯曲曲的一道山涧拦腰筑坝，把汛期的山洪截住，企图赖此解决山区人畜吃水困难。但三年不到，上级又下令把这个水库扒掉了。而水库完工的时候，指挥部在大坝西头的高地上，特地修建了一个纪念亭，并立碑两通，刻了碑文与光荣榜。村人形象地叫它八角亭。已经是 20 世纪 60 年代后期了，我们放学或割草的时候,跪骑马爬,尽情在八角亭和距此不远的那棵号称"天生树"的大柿树上玩耍，八角亭凸起的地基上长满了那带刺的灌木。

后来山里驻扎部队，得到驻军帮助，打深井提水上来，修了好几个石券的大蓄水池，村里开始通自来水了，有个最大的蓄水池取代了曾经的八角亭，八角亭和石碑被无情拆去挪作他用。80 年代，开矿采煤之风蔓延，集体与个体竞争开矿挖煤，不几年就将地下水系统破坏了，大小蓄水池没水可蓄，逐渐废弃坍塌了，老村也不能住了。于是，搬迁老村建新村，从祖祖辈辈住窑洞改成住瓦房，而新村恰巧就在天生树和曾经的八角亭旁边。1985 年立碑记载新村落成。这样一来，那种原本不知名而带刺的灌木，就暴露在人们的眼皮底下了，村人对它熟视无睹。本家一个出了五服的嫂子，她的公公我叫来荣伯的，肚子里故事多。因为建设新村而我们成了近邻，一次说起闲话来，我指着那灌木问嫂子，她听老人说名叫铁篱寨，还特别说明它的叶子可以喂蚕。我不满足于铁篱寨一名，下决心弄清楚这东西的确切植物名。我想，之所以方圆多少里没有这种东西，或许是当年庆祝水库竣工的时候，主事者特地从别处移植于此的。

《北洼村志》已经出来了，而我的机缘得益于过后的一次远行——我第二次游北京西山的潭柘寺，这一次，细心阅读了其中的碑刻与有关说明，忽然一下子就知道了柘树，所谓“南檀北柘”的，并在古寺的岩石间认识了和老家一模一样的带刺的灌木，将其二者对上了号。恍然大悟之后，再读古代的《救荒本草》和当代的《河南野菜野果》，它们一脉相承，同样有桑有柘。

周王曰：《本草》有柘木，旧不载所出州土。今北土处处有之。其木坚劲，皮纹细密，上多白点，枝条多有刺。叶比桑叶甚小而薄，色颇黄淡，叶稍皆三叉，亦堪饲蚕。绵柘刺少，叶似柿叶，微小。枝叶间结实，状如楮桃而小，熟则亦有红蕊，味甘、酸。叶味微苦。柘木味甘，性温，无毒。

其救饥方法：采嫩叶炸熟，以水浸淘，作成黄色，换水浸去邪味，再以水淘净，油盐调食。其实红熟，甘酸可食。

这么说，北洼村的是枝条多有刺，且有白点的那种柘木了。可是，我们并没有见过它开花结实。

《河南野菜野果》记柘树的地方名即小名，曰柘桑（商丘、柘城）和铁疙针、疙针棵（开封）。其分布于全省各地，豫东平原多为栽培，常作篱笆墙。

以柘木多刺而用作篱笆墙，分明也可以叫铁篱寨了。例如，枳树枳刺，它在很多地方叫铁篱寨。巧的是，5 月里桑葚红了，孙荪先生在微信里吆喝大家去他的“官渡草堂”摘桑果，他在中牟的别墅隔一条河，树林里有桑有柘，而柘树如桑，桑葚红紫落地之时，柘树的小球果也变红黄，这就是周王说的绵柘了，只不过孙先生不知道柘树果实同样可食。彻底地弄清了柘树的身份、名字，如释重负，我立即分享给村里人，并当面给那位嫂子点赞。

一如老家人的生活史屡有变迁，北洼村现在除了儿童养蚕玩耍，大人不再养蚕和缫丝。同样，村子的树木志和植树史也有了不小的变化——银杏、竹子、大叶女贞、梧桐，这些旧年不曾有的绿化树和风景树都有了，而且还有不小的一株喜树，而喜树是长江流域的标志性植物。今年清明节，我们弟兄几个约定提前回老家上坟，我从郑州赶回去，一连两天在村子周围和村里徘徊，野桑出叶了，而柘木柘刺才发芽。三十年前搬迁过的新村变老村，两层楼的院落起了好几座，还有人继续在拆旧屋起新屋。而我又有了不认识的树木——我们家前院，一户人家门前有棵被截头的小乔木状似灌木，嫩绿稠密的小叶子上面刚开过花，我真的认不出它是什么树。还是那位嫂子，她说这是棵"鬼见愁"。《植物志》里的鬼见愁即无患子，而各地名叫鬼见愁的植物我也是见过一些的，如扬州市区古运河东岸的普哈丁墓园里，长着很醒目的一种灌木，扬州人人就叫鬼见愁，可它们完全不同于眼前的这一棵鬼见愁。

嫂子已经满头白发，比我的奶奶——当年既纺花织布，又抽丝剥茧，并且翻山越岭卖布卖丝的硬朗的奶奶年纪还大了。

2018年4月12日于甘草居

有橘有枳

寒风乍起，一遍遍吹落街树的黄叶。

木叶摇落之时，农历刚迈过十月一的门槛，北方的冬储菜正集中上市。一夜醒来，见到瓷丁丁的大白菜、水灵灵的青头白萝卜和壮实的大葱、雪里蕻，皆带着郊外新鲜的霜渍，忽然就堆满了条条小街的路口。这一刻，南方的柑橘也纷纷登场，与本地的冬储菜遥相呼应。如今蔬菜水果丰富充裕，柑橘品类繁多，各地常年都有柑橘和橙子卖。但是，柑橘的花样再多，我印象里最深、最美的还是那川红橘。说橘子红了，应该以川红橘为典型。它出产最迟，带着历久不变的本色，直到冬至前后，才用新编的竹篾篓子装了，点缀着一簇一缕碧绿的鲜橘叶，应时到中原和黄河两岸来。橘子曾经

柑橘家族芸香科植物里的枸橘，文绉绉大名曰枳，小名叫臭橘或臭杞，而它在中原地区最家常的名字叫铁篱寨。

是稀罕物，县城里做买卖还是供销社的土产门市部一家独大的时候，每年只有很短时间有不多的橘子卖，且一色的川红橘。春节前，偶尔吃到川红橘，大家小心翼翼地剥橘子皮，晒陈皮备做调料。橘子瓣的外衣曰瓤叫橘络，母亲特别要我们姊妹把这来之不易的丝网状东西也吃下去，说是有止咳化痰的药效。1977 年新年过后，新华书店门市部里陆续才有《小桔灯》《白洋淀纪事》等书卖，那一版用的是当时的简化字，推行不久就废止了。吃着川红橘，我遥想冰心先生于冬的暗夜里手提的小橘灯，就该是用这种川红橘做成的，因为，柑橘再多，似乎也只有酸甜可口的川红橘的皮壳最松散也最像灯笼，如利核的桃和杏，便于灵巧的双手把它的果肉一点点剥出来。

有道是“橘生淮南则为橘，生于淮北则为枳，叶徒相似，其实味不同。”虽然河南大多数地方并不产橘子，枳却到处都有，不择地生长。柑橘家族芸香科植物里的枸橘，文绉绉大名曰枳，小名叫臭橘或臭杞，而它在中原地区最家常的名字叫铁篱寨。铁篱寨大名鼎鼎，顾名思义，是围墙的防护植物。十多年前，我们机关的小区在北郊新建成，从苗圃里移树搞绿化，特地弄来铁篱寨作篱笆墙，临路的铁栅栏两边，里面栽枳，以枳为主，插花栽火棘和金银花、迎春花，外面铺地植剑麻。枳和剑麻，虽高低不同，但都是头角峥嵘、张牙舞爪的，不几年下来，枳橘和剑麻长大了，院墙穿上厚厚的绿色防护甲。带刺角的枳树颇似野皂角，结的果实成熟了即枳实，土名陈刺蛋，大的似乒乓球，小的如板栗和枣子，黄颜色并不明艳，却在冷风里零星悬挂到来年春暖花开。

看呼智陶老师参与编写的《北京园林植物识别》，知道枳的分布远到长城脚下。而植物学家吴征镒笔下，五月的青岛绿树红墙，芳香四溢的白色枳花开满了海滨。枳花在暑日还会再开一茬，似江南的茉莉花和白兰花。可惜本地人讲吃少风雅，春来吃树头菜有枳树芽曰陈刺芽。清明才过，汉水流域的牡丹、月季竞相发花，樱桃泛红，树绣球由绿变白变大，南阳人在家园四周的铁篱寨开花时，剥它碧绿的小叶芽，过水后调菜吃，还把陈刺芽拌在雪白如玉的冷凉粉里吃，美滋滋的曰苦味野菜降火。古书《救荒本草》和现在的《河南野菜野果》，都没有记载枳叶芽入馔的例子，但现实生活无奇不有，总能突破文字和书本已有的藩篱。这也许就是类如周王和吴状元者格外注重田野考察的兴味与内因吧。不止吃枳树芽，我在伏牛山区栾川县界的深山里，看农家在山坳里种地种果树，其家院和菜畦、果园，至今还多用铁篱寨栽好大的篱笆墙。山家过年的红对子，到麦子泛黄、蜀葵开花的时候还红得鲜艳，果园的柴门上也贴着红对子，有两口子在“五月鲜”的桃树下插红薯秧，还费力登高摘枸橘的嫩果实切片，细细晾在竹箔上。尤其他们用枸橘的茎编织的柴门，精密细致又朴实，无异是一件美观的工艺品。

《本草纲目》既有橘也有枳，分明是两种植物。即使在豫南少量产橘子的地方，大别山区的固始县和丹江源头的淅川县，橘树成园，但也多有枳树。枳不仅是灌木状的铁篱寨，也有乔木，大似橘子树的，除了果实药用，还可当母本嫁接橘子树。同样的，郑州的公园和宾馆里，有橘有枳。就是黄河北岸的孟州市，古河阳韩愈故里，好事者在教育局的院子里种一棵大橘树，果实也大且稠，就是不好吃不堪食，但绝不是枳。

柑橘是个大家族。民国的《花经》，依次把天下花木分为果木、生利木、观赏木和宿根花卉四大类别。果木里的柑橘类，《花经》逐一介绍有：代代、金柑、文旦、橘（分蜜橘、福橘、天台山蜜橘、洞庭红橘、广橘、贵州蜜橘六种）、柑、佛手柑、柠檬、枳、橙、香橼、柚。著作人剡曲灌叟黄岳渊这么说枳——

橘逾淮而为枳，此殆风土使然也。……枳俗称枸橘，枝干皆作绿色，分歧甚密，枝上密生锐刺；叶片由三片合成掌状，初夏开花，色白，花柄甚短，几着生枝上，花瓣五片，芳香浓厚；后结果实，初呈青色，成熟后淡黄，球形，味酸苦，不堪食；干之即成枳实，作药用。性最强，生长甚速，故用于编篱，人畜均畏，终年常绿，天然之篱藩也；但着火甚易，一经燎原，立即四向衍延，此为美中不足。

作为药用的枳，名堂也多——其根皮曰枳根皮，树皮屑曰枳茹，幼果乃枳实，将熟果曰枳壳，种子曰枳橘核，功用则各不相同。但枳为铁篱寨者，易燃而常常殃及村舍人畜，此说骇人听闻。我不止于沉浸枳橘之辨，萝卜蔓菁之考，还有法桐梧桐、胡杨三千年不死的话题等，诸如此类，总觉传统文化兴味无穷。今年吾病腰，长长一个夏天不良于行，却意外得以把玩了《花经》的原版。这是筚启轩主人李趁有借我开眼的，我与趁有君早年是同事，他是已故专治生产工具史的荆三林教授的得意门生，藏书之富足傲郑州。这本《花经》，精装硬皮本咖啡色，五六十年保管下来，流传多人之手，书皮皴裂似巧克力的酥皮。系新纪元出版社民国三十八年四月沪上初版，名副其实搭的是民国的末班车。它和上海书店出版社 1985 年的影印本大有不同，影印版的专业内容是足本不错，但其原有的形式被大量删节，大为弱化和简化了。原书前边有题词和序言，后面有跋，还附有很多图，典型的民国粉画用珂罗版印制插图，从细小的花木标本到应该防治的昆虫害虫，累计约数十页。另外，著作人的单页小像没有了，很多名人的序跋题词被删去了。本来是沈恩孚署题书名并序，还有葛湛侯的墨笔题词，而且代序与作序者众多，计有陈谱眉、陈夔龙、张謇、虞和钦、陈遗陶、蒋维乔、江修、潘堃、甘元桢、郑昭、袁希洛、王彦和、钱文选、俞寰澄等人。末尾跋文，还有横云山人杨氏、周铮、钱辅乾、周国粲四位，真可谓一代风流，齐聚一堂。影印本却只保留了文人郑逸梅和周瘦鹃两位的序言。这么一来，旧年出书专讲究穿衣戴帽的程式与叠床架屋的名士派头大为弱化，惨不忍睹了！

2013年11月26日于甘草居

秋日赏红，南太行和中岳嵩山的树木杂灌，每年霜降才应时染红，满山红叶以黄栌黄栌、枫槭橡栎为主，其中还有柿树。柿树不能少！柿树亲近村庄人家，多生长在山麓、山坳和沟谷里，比黄栌和枫树的叶大而厚实，经霜而红，别样殷红。几百年的老柿树，一株就是一隆天火。不仅柿叶，柿子也是经霜才佳——中原农家摘柿子的时候，土地空落了，野菊花、嫩麦苗，出山药、刨红薯，和摘柿子的劳作配搭着，黄河两岸呈现出别样的一幅天然图画。豫西函谷关和渭南之潼关相邻，这厢，三门峡、灵宝好苹果好枣好柿子；那厢华山、华清池与骊山一线，柿子、石榴与遍地好苹果，果实累累，也全都变红。

周王说柿子柿树不言柑橘，
李时珍既说柿子又言橘柚。

北地苹果，南方橘子，华夏有此一双珍果闻名天下。但柿子不逊于橘子苹果，且柿子最大方不拘一格，大江南北，星罗棋布，四方都有柿子。它从东海迤逦而至滇桂边陲，打破了苹果橘子天然对立的楚河汉界，古来号称“铁杆庄稼”，美曰“柿有七德”，贵在雅俗共赏。

眼见得南方和远方有柿，之前我感触未深。但今年国庆节前在杭州，我第一次游览西溪湿地，在茫茫青山绿水、纵横湖港河岔里，蓦然遭遇数千上万棵果实累累的柿子树——绿树红柿与桂花、香樟、橘子、柚子、橡栎、芦苇、芦花共生，这让我震撼了！南太行的柿子树，有名耐干旱，不料杭州的柿子遍布水乡泽国，一样长得好。江南 9 月末，虽然天热太阳大，但一年一度的柿子节开幕了——第十五届西溪火柿节，9 月 21 日至 10 月 20 日。爱柿子胜过爱橘的杭州人，将柿子放大成西洋红柚和大番茄模样，制成玩物，地上筐子，树上辫子，红彤彤上下满是柿子。此情此景，和老家人于暮秋空旷中够柿子截然不同。这时我才感悟到，自己从小接触而常吃的柿子，普普通通的柿子，其实不同寻常。潘天寿和丰子恺的老师，老画家、美术教育家姜丹书，他的经典图画《红到梢头甜到老》，落款是“辛丑艳秋写西溪佳色”。

因季节错落不一，各地柿子收获不同步，且有不同的吃法。《救荒本草》果部有“柿树”：“旧不载所出州土，今南北皆有之……宣、歙、荆、襄、闽、广诸州，但生啖，不堪为干……结实种数甚多，有牛心柿、蒸饼柿、盖柿、塔柿、蒲楪红柿、黄柿、朱柿、椑柹。”说“柹”，乃柿的异体字。李时珍《本草纲目》隔过周王，远引北宋苏颂：“颂曰：柿南北皆有之，其种亦多。红柿所在皆有。黄柿生汴洛诸州。朱柿出华山，似红柿而圆小，皮薄可爱，味更甘珍。”吃柿子的方法，除了人所共知，吃柿子捡软的捏——周王说：“摘取软熟柿食之。”李时珍则明确说了四种方法：“生柿置器中自红者谓之烘柿，日干者谓之白柿，火干者谓之乌柿，水浸藏者谓之醂柿。”又说：“白柿即干柿生霜者。其法用大柿去皮捻扁，日晒夜露至干，内瓮中，待生白霜乃取出。今人谓之柿饼，亦曰柿花。其霜谓之柿霜。”我写过《晒柿饼》《柿炒面》……详细介绍了南太行地区我老家柿饼的制作方法。柿霜并非瓮中自生，而是趁着冬天好太阳翻晒吃风之后，柿霜白

柹南北皆有之，其种亦多。
红柹所在皆有。①

《本草纲目》 李时珍

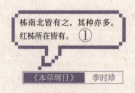

乎乎自然生出来，接着再放到瓮里或大缸里捂，柿霜越厚越佳。现在怪事多，多变化——陕西富平柿饼出名，而它的柿饼，有一种却省略晾晒出霜的过程，出卖软而红的半成品嫩柿饼，就这，很多没有吃过正宗好柿饼的年轻人也一连声叫好。而国庆前的西溪湿地景区，眼看着人家的柿子小店，有烘柿卖，也有柿饼卖，怎么也猜不出那柿饼上的白霜如何生出来？然而，我尝了一个，味道亦佳。我完全被搞糊涂了！

周王、李时珍，二人分属明朝的早期和晚期。周王是皇子的另类，李时珍是儒生的另类。按说，周王两度被流放云南，比李时珍行路更远，但《救荒本草》聚焦中原，格局局限在郑州、开封之黄河两岸，北至太行南及伏牛。故而，周王说柿子柿树不言柑橘，李时珍既说柿子又言橘柚。柿子与橘子共生，还有苏州东西山，太湖在古书里亦曰洞庭，每年 10 月和 11 月，甚至 12 月初，湖畔人家一边下橘子，一边下柿子，还有银杏、板栗、石榴，还要收获晚稻。“荷尽已无擎雨盖，菊残犹有傲霜枝。一年好景君须记，正是橙黄橘绿时。”诗是好诗，可惜坡仙未言柿子。

柑橘家族，品种也很丰富。不止橙黄橘绿，还有黄橘子和小红橘，还有冬至前后才上场的红艳艳的川橘，冰心文章《小桔灯》是也。老一辈文人说柿子的好与妙，北方以老舍先生为代表，江南还有施蛰存先生。他的《栗与柿》多说柿子：作为同一个季节的果木，“栗子成熟得早一些，柿子的成熟期却可以参差到两个月以上，因此，由于它们的合作，使我们整个秋季的散步不觉得太寂寞”。

遥灯出树明如柿，
倦浆投波蜜似饧。

这是俞平伯咏柿子的诗句。施先生从小也是多见柿子的，直到抗战时期在闽南的长汀，他对着秋天的柿树和红柿子，才品味出平伯先生诗句好。“柿树原来是秋天最美的树。因为柿实殷红的时候，柿叶就开始被西风吹落了。当柿叶落尽的时候，挂满树枝的柿实就显露出它们的美丽来了。而且，这里的柿树的生殖力又那么强，在每一株树上，我们至少可以数到三百个柿实，倘若我们真有这股呆劲儿，愿意仔细去数一数的话。于是，

24 No. 柿

Diospyros kaki

2019. 11. 19　郑州　甘草居

你试想，每一株树上挂着三百盏朱红的小纱灯，而这树是绵延四五里不断的，在秋天的斜阳里，这该是多么美丽的风景啊！我承认，我现在开始爱吃柿子了。”

2019 年 11 月 19 日

清秋见，穈谷麻子满太行

谷子似人，有大名与小名。
百姓曰粟，官称为稷。
社稷江山，由此而来。

年年立秋，山里人早早要“小秋收”的。这时，高高云彩眼里，混浊的暑气裹挟着连绵浓云略微才有点松动，散而未浮，秋高气爽尚谈不上，早晚的阳光变色，开始呈嫩金色。这一刻草木灵动——兴奋的草木，夜间暗暗接了氤氲变化中人眼看不到的地气和秋气息，带了浓重的露水使劲疯长。黄河边的农村，有人开始晒新棉花，爬高上低摘葫芦、丝瓜、冬瓜和老南瓜，摘红辣椒制酱，剥先熟的稙玉米晒新玉米穗；南太行山里人家，纷纷预热三秋大忙，彼此摘花椒，打核桃，采药草……因早晚温度骤然拉大，顿时秋染南太行。

立秋前后，8月上旬我重去南太行打来回——先从郑州过黄河，经古怀川地界走焦晋高速上南太行，在美称为“太行云顶”的晋东南陵川县一个叫东掌的地方小住，然后，再由陵川薄壁公路下南太行。后边这一段风土不俗——此地乃太行八陉之“白陉古道”所在，高处是山西界内的黄围山景区，出山乃河南地界的宝泉水库。一路途经陵川所辖的马圪当乡，山谷里挂牌保护的古村落星罗棋布，层层梯田伴着流水层次分明，遇见了满眼好庄稼。这不是普通的秋庄稼，数十公里的山中道路移步换形，仿佛行走在天然又古老的北方秋粮的博物苑里。

打头炮而最亲切的是谷子。遇见长在地里的谷子，青苍苍的沉甸甸的活泼的谷子，对我而言就好比找到了久久分别的亲人和老熟人。平地和平原，夏秋的青纱帐几乎清一色是玉米组成的。为了高产和追求高产，平地人舍不得用肥沃的土地种类似于谷子的低产作物，古老的谷子，一如古老的农具，快被人遗忘了。谷子的品种，老家《北洼村志》里有具体的记载，但远没有《陵川县志》记载的丰富。陵川人说：20 世纪 60 年代以前，本地谷子品种，是马拖江、六十糙谷、瓦灰白、白流沙、杏也谷、圪毛黄、红艮谷、红糙谷、齐头黄、秃白谷、低白谷、香色谷、黑谷青、黄艮谷、黄谷、笨白谷、麻黄谷、紫秆黄等。后来陆续引进的良种，有长农 10 号、长农 18 号、晋谷 21 号、晋谷 27 号、沁 96035 等。看看，这传统农作物里起家的龙头老大，黄河流域世世代代养育百姓和官员的主粮，谷子曾经是粮食的符号，它的名字，从形象化五光十色和诗意十足的名称，日益失色单调而数字化了。

谷子早先出尽了风头，无比精彩而有些夸张。《齐民要术·种谷第三》："谷，稷也，名粟。"谷子似人，有大名与小名。百姓曰粟，官称为稷。社稷江山，由此而来。中国当初遍地是谷子，贾思勰前后叙述谷子名字，举例如雪白粟、张公斑、卢狗蹯，和高居黄、刘猪獬、辱稻粮等上百种，逐一列举出名字的，确凿无误达 86 种。直到 20 世纪上半叶，小米加步枪，滋养了太行山上抗击日寇的八路军；1949 年前后，新中国公职人员的薪俸是以小米数量计算的。中原地界的北方人，给远方的亲人和至尊者送礼，特地要送谷子脱壳后的小米，送百里挑一的好小米，金灿灿的当年出产的新小米——当年的曹靖华，给鲁迅先生寄小米、大枣和猴头菇。后来崔耕先生，给沪上施蛰存北山老人寄小米、红枣和小磨香油。图腾般的谷子和谷穗，百分之百是粮食中的经典和元典。

谷子还分稙谷与晚谷，品种不同，收获期也不同。山里人至今还深情地种谷，狼尾巴似的毛茸茸的谷子穗，有的甚至大半尺长。此刻我站在平展展的谷子地里留影，谷子茁壮齐腰深不止，谷穗摆动，在我周围发出窸窸窣窣仿佛是衣帛与粗布的声音，使我激动万分。晋东南地区的“沁州黄小米”，刻下已经是响当当的粮食品牌了，它的价格，比好大米还贵。谷子小米，寄托着岁月沧桑和乡愁，农业农村的供给侧改革，逐步使不可一世的玉米减少，让步给以谷子小米为代表的传统的五谷杂粮。

黍米，糜子。有曰千谷百糜，足以形容北方杂粮丰富。太行山是游牧和农耕的过渡，中原和三北地区的过渡，三晋大地，至今还有稀罕的黍米种植。《齐民要术·黍穄第四》，说黍分五色，有鸳鸯黍、白蛮黍、半夏黍和驴皮穄等。《陵川县志》说黍叫糜黍，有黄黍、黏黍、黑黍与小黎黍四种。南太行地形，有坡有岭，有峪有掌。峪为山口，掌乃山坳。当阳峪、葫芦峪与峪河，在前山河南地界；前掌、后掌和东掌，在山上陵川地界。白云生处有庄稼，在高山之巅的东掌和马圪当，我有幸看见了成片的糜黍地——黍米和谷子高低差不多，比稻谷略高一点，叶子比稻谷叶片宽许多，垂下来的黍米穗子如披瓔珞，圆溜溜的仿佛是稻谷之穗。大籽黍米作黄米稠饭、红枣软饭，可以酿酒，成语中的一枕黄粱和黄粱美梦即是，外行人把黍米和小米混为一谈是隔靴搔痒。陵川1959年的糜黍产量，全县将近百万斤——九十万零四千零四十五斤。但半个世纪过去，黍米如今寥若晨星。

路边有农家主妇摘豆角，剥大红豆在笸箩里晒豆。此豆好颜色，堪与南国相思豆媲美，它和大豆绿豆黑豆小豆一样，单株生长不用攀附，与缠绕在玉米植株上的架豆或篱豆不同。豆乃菽也！南太行杂豆最多最丰富。《礼记》曰：“啜菽饮水尽其欢，斯之谓孝。”菽水承欢，象征着平民日常生活的平实和知足。①

玉米地边，且植麻子为篱。《齐民要术·种麻子第九》：“凡五谷地畔近道者，多为六畜所犯，宜种胡麻、麻子以遮之。”南太行人家至今还是。山家油料作物，一直沿用麻子、芝麻和

啜菽饮水尽其欢，斯之谓孝。①

《礼记》 戴圣

荏子。麻子油现在 20 多元一斤，比芝麻油小磨香油还贵。而荏子即白苏，开花结籽儿最迟，立秋前后，还有人趁着下大雨的时候，将小片地里或道路两边的荏子苗，分开移栽，用以疏密调剂。南太行此季雨水最丰沛，头上只要飘来一片云，雨说下就下，有时电闪雷鸣，更多是起势迅猛的哑巴雨，白茫茫大雨叫白撞子雨的，高屋建瓴，汇流成河，北召河、武家湾河和香磨河，长年流水不断，源源流入了“太行秘境”之宝泉水库里。城市人远道进山避暑戏水，马圪当、武家湾，潭头村和峪河镇，豫晋两省交界，南太行壁立千尺，重峦叠嶂，雨后云雾缭绕，一点不输江南山区的烟霞明灭。此地面对巍巍高山，左手关山，右手云台山，南太行最美的地方集中在此，这里也是周王《救荒本草》的采集地之一。

2018 年 8 月 21 日于甘草居

近年，有关中国早期文明溯源的资讯频密集。以中原地区为例，去年10月，位于洛阳不远的偃师，“二里头夏都遗址博物馆”开馆，外观很气派。今年9月底，又宣布成立了“河南省夏文化研究中心”，在揭牌仪式上，有关领导指出：“力争使夏文化探索，早日取得重大学术突破，为实证五千年中华文明，探索中国国家起源，增强民族文化自信作出贡献。也为讲好‘黄河故事’提供支撑。”

粟和黍——两种小米。

两种小米

与之相对应的是，比上古三代更远，9月下旬，国家文物局举行“考古中国”重大项目和早期文明发源的专场新闻发布会，打头第一个说坝上地区——冀蒙交界张家口市下辖康保县境内的“兴隆遗址”，发现有新石器时代中晚期的定居性聚落，并在此出土了距今7700年左右的碳化黍。这是目前有直接测年数据的粟黍实例之一。遗址发掘证明，这里除了栽培作物粟与黍，还有野生的山杏、大籽蒿和藜。藜即野生灰灰菜、灰条菜，《救荒本草》曰“灰菜”者。而今年的《中国农史》第三期，考古学家赵志军在其《新石器时代植物考古与农业起源研究》一文中，将我国原产的北方农作物粟与黍，直接概括为“两种小米”，即谷粒和黍粒。北方粟黍南方稻，加上菽，中国原产农作物四种，此外，麦子西来，是为五谷。

粟和黍——两种小米。这个简化有意思，简约了蒙在两种小米头上的诸多名字，直观解决了一物多名问题。

新石器时代，农业诞生是人类文化的革新。我国作为世界农业策源地之一，粟与稻，北南两大土著农作物培育出产，奠定了农业中国基础。司马迁说五谷：“五种，黍稷菽麦稻也。”之后贾思勰和沈括，三个里程碑式的人物，皆曰五谷。而稷、粟、黍、糜、粱、穄，等等，它们和北方出产的用于吃小米的谷子，

No.25_栗

Castanes mollissima

2020.9.29 郑州 甘草居

到底是什么关系？

①

五谷是哪五种？有说：“五谷：麻、黍、稷、麦、豆。”有说：“五谷谓稻、黍、稷、麦、菽。”还有：“五谷：稻、稷、麦、豆、麻。”

对于北方和中原来说，两种小米相对好理解——粟和黍，又名谷子和糜子，现在仍然生产种植。谷子即稷和粟，糜、穄、粱是黍。主要用于熬小米粥的谷子，古曰粟与稷，河南山东现在也大量种植出产，包括年轻人在内不眼生。可是，大颗粒小米即黄米，又名粱、黄粱、黍、糜子、穄，黍的形状，分明不同于谷子与粟、稷。当下于陕甘宁、晋冀以及内蒙古和东北，还多有出产。河南人到山西旅游，当头炮又把马跳，依次是乔家大院五台山，等等，围桌子吃饭，旅游餐里总有一钵黄米稠饭，黏糊糊的，多数人要问这是啥东西？现在，郑州餐饮多了东北饭店，再就是“大槐树”招牌的晋人饭店。山西人主营刀削面等面食之外，一碗黄米饭带着枣子，曰甜米饭或“软饭”。此为成语之黄粱美梦的现实版。两种小米，即小米和黄米，是黄河流域和草原丝路古文明的原产与土产。

五谷谓稻、黍、稷、麦、菽。

①

小米贴心暖胃，素来也深得南方人喜爱。曹靖华当年为鲁迅在苏联收集俄国版画，回国之后，也曾到上海看望鲁迅，带着作为营养品和补品的小米。后来又给鲁迅寄家乡伏牛山的小米、红枣和猴头。无独有偶，郑州已故的文物界前辈崔耕先生，也曾经托人给北山老人施蛰存带小米、红枣和小磨香油。“小米加步枪”，不是单一小米，它包括两种小米。延安人至今犹自豪地说“千谷万糜”“谷子糜子”……谷子就是粟与稷，糜子即黍也。

2020 年 9 月 29 日于甘草居

八千粟和万年米

类似这次“八千粟”与“万年米”的报道，对于内行人来说既新鲜又不算新鲜。

你看，我才写过《两种小米》一文，接着又传来关于两种小米的热门报道。说是人工栽培之粟，最早源于我国赤峰地区，位于河北内蒙古辽宁之交界地带，这里出产的“敖汉小米”历史悠久，美称“八千粟”。好事成双，今年“中国好故事”频频登场亮相，令人目不暇接，11 月中旬又有说大米的——记者报道在浙江浦江县新石器时代的“上山遗址”，发现了最早的稻谷“万年米”。

虽然纸媒继续被削弱，处在低谷中，可是，对于从小就亲近报纸，喜欢报纸，先是通过报纸获取知识开眼界，转而又为报纸写随笔和专栏，数十年来我深爱报纸积习难改，已经成瘾。这几年，分明“狼”已经来了，急嗖嗖在跑在转圈跑，而报纸式微了，但我还是舍不得报纸。看报纸和期刊，还要随手札抄，还要剪辑保存，沉溺于报刊里不可自拔。网络和微信，再快再详细，尽管可以拿它保存于所谓的文件夹里，实则，它对于我这样的人而言，——敏于书报而拙于电脑者，那种保存是自欺欺人，基本没用，绝大多数不会点开重看。特别新鲜和重要的资讯，我会即时写个纸条夹在书里，要用的时候再百度一下它，与书本和报刊互相比较对照。像老茶客喝茶一样，单是别人一杯接一杯端过来让你喝，虽然有茶博士茶姑娘周到服务，但那是应景做客玩新鲜的，远不及自己一个人在家在读写中，自个儿取茶叶，烧水泡茶再喝茶，这样的本色喝茶，才喝得踏实，喝得心安理得有滋味。“躲进小楼成一统”，对着自己正在看的书，花盆里正在开的花，正在嬉闹的老猫，间或隔窗望远而发会儿呆，这时喝茶，这样的喝茶才是真喝茶。看报剪报存报，与翻手机看电脑，两相对比同理。

还说米。我的《两种小米》一文，10 月 20 日刊出之后，11 月 13 日的《参考消息》，用一个整版说小米。醒目的头题，是俩记者发自呼和浩特的独家报道《“八千粟”：造福世界的中华农耕文明》，有图有真相，尽说小米故事。接着是他俩作述评文章《敖汉旱作农业：全球重要农业文化遗产》。新石器时代，中国北方的兴隆洼、小河西、赵宝沟文化，等等，都在赤峰敖汉旗一带，这里是中国北方旱作农业的起源地。2012年9月，敖汉旱作农业系统，被联合国粮农组织正式入选为“全球重要农业文化遗产”。从2014年9月开始，每年金秋，一届接一届，敖汉旗已经连续在此召开了七届“世界小米起源与发展会议”。我国科学家认为，生长于欧洲的两种小米粟与黍，与敖汉地区的同类作物存在基因上的传承关系，是由我们这里传播过去的。

不仅小米，还有大米。11月18日《文汇报》，新华社记者杭州专电——《专家：中国上山文化是世界稻作文化源头》。浙江浦江县“上山遗址”发现于公元2000年，经过持续深入考古，在此发现了碳化一万年左右的稻谷谷粒，为全球最早，故而美称“万年米”。

类似这次“八千粟”与“万年米”的报道，对于内行人来说既新鲜又不算新鲜。这之前我的《两种小米》一文，说的正是“兴隆洼遗址”考古发现。而韩茂莉的《中国历史农业地理》，述及南方的稻谷遗存，她说：“20 世纪 80 年代在湖北宜昌一带发现的城背溪遗址、湖南澧县彭头山遗址均有稻谷的遗存，其年代距今 9000—7500 年。为目前所知世界上最早的稻谷遗存。”“上山遗址”新发现，更新了之前的稻谷种植时间。可是，包括小米大米在内，诸如此类，诸多的农作物只发生和起源于某一个特定的地点吗？包括茶叶在内，区域性的滋生与产生或许更符合植物和物种起源规律。我国科学家和考古学家，提出自己的观点，向世界分享新的发现，这当然很重要。

2020 年 11 月 21 日于甘草居

“烂姜不烂味。”“饿死卖姜的，饿不死卖蒜的。”

生姜 洋姜 洋荷姜

洋荷姜与洋姜，
打着姜的招牌，蹭姜的美誉度，
实则它不是姜。

老家人从来认为，姜只是个调和而不是菜，不能当菜吃。它和花椒大料小茴香，丁香草蔻荜拨良姜，等等一样，吃肉动荤腥的时候，用点生姜是调味的必需。可是，姜与葱蒜韭菜能当菜吃绝对不一样。本地的名优土产“清化姜”，不仅鲜辣好口味，它与外路来的生姜比起来，外形小巧，扭曲紧致，品相好并且姜肉无筋无丝。“清化姜，柏山缸，七方的闺女不用相。”这是博爱人素来自夸的口头禅。秋天生姜下来的时候，附近各县区的群众，应时要弄点“清化姜”埋起来备用。如冬储菜过去藏大葱一样，保存生姜更讲究些。后来看到别处人用仔姜制作泡菜，初见大开眼界。国家将秋分节气这一天，确定为“中国农民丰收节”，是 2018 年才有的事，这个新民俗推广方兴未艾，这天，基层要组织农民农家敲锣打鼓，登台打擂。单说根茎类果实，山药土豆红薯，生姜洋姜洋荷姜，等等，这时候精怪似的纷纷出土面世。我在皖南鄂西川东等地，于太平利川万州城区，遇见秋日早市赶集人，大车大吆喝，大量的买卖仔姜，储备腌制仔姜。仔姜好！仔姜乃姜的宠儿，一块一大片，浅黄色嫩姜玉白丰盈，胭脂红的姜芽翘着一点红，赛似美人手指。

洋荷姜与洋姜，打着姜的招牌，蹭姜的美誉度，实则它不是姜。和姜不一样，它俩不用和粮食种植争土地，争好地。房前屋后，边角旮旯，树木竹林与梯田边缘，见缝插针，随便都可以种植，想怎么种都行。与姜比，它俩是野孩子。拿我最熟悉的洋姜、大名叫菊芋者来说，这东西种过成活了，就不用管了，会自然延续，越变越多。而洋荷姜更拐，更嘎古。姜和洋姜，全国各地都有种植，洋荷姜却喜好阴湿地脉，朝南方偏移居多，淮河以北，人们知道洋荷姜者不多。和生姜洋姜外形若姜疙瘩不一样，洋荷姜呢，略似洋葱洋白菜，一层一层包着卷着，故而又叫它阳荷笋。此一时彼一时，现在和当年缺乏吃食不同，“剜到篮（子）里都是菜”不兴了，口味口感决定成败。洋姜脆生生固然别致，除了腌咸菜和泡菜，别的也能吃，如生吃调菜吃，但浅尝辄止，没人爱吃也不习惯吃。所以，秋深下霜，直到下苦霜了，白霜将洋姜叶子一夜打烂，上下耷拉着仿佛在滚水里炸过一样，太阳出来干枯了，这时便要大量出洋姜了。据说它老家在南美洲，可是落地生根随遇而安很皮实的，中秋国庆节开花，一人多高甚至丈把高开小黄花似菊花。也奇怪，别的东西，城市里温室效应起作用，植物早熟早开花。可是，洋姜这东西，伏牛山里才立秋就开花了。从初夏的金鸡菊黑心菊松果菊，直到越冬的金盏菊，等等，洋菊花常年蔓延开放。其中有一种和菊芋很一样的，叶子也像，只是没有洋姜开花时长得高。

古时在魏晋时代，洋荷姜以大名蘘荷的身份，在黄河流域是蔬菜作物。《齐民要术》里有的。《齐民要术卷第三》：葵、蔓菁、苜蓿……种蒜、种薤、种葱、种韭……种姜第二十七，种蘘荷、芹第二十八。后来，性喜潮湿湿润的蘘荷，它跑到南方去了，以致文物大家徐森玉，当年为看守故宫国宝在贵州的大山里，几乎每天吃到当地土菜阳荷笋。徐森玉觉得有意思，给女儿写信，连着几次特地介绍这阳荷笋即洋荷姜。十多年前吧，我是中秋节在千岛湖淳安县城第一次遭遇到，在公共汽车站小吃摊过早，早点是豆浆白粥与馄饨，玉米面饼子，小桌子上可以随意取食的小咸菜，是辣椒丝炒洋荷姜。当地人发音我听不懂，鸡同鸭讲一样，不知道它是洋荷姜。经过好几年，在张家界武当山，神农架恩施大峡谷，都遭遇了洋荷姜，直到与河南地界近的武当山，房县与十堰一带，终于听清楚这宝贝叫阳荷笋或洋荷姜。去年在皖南的山里，我仔细拍照，并认真画下了洋荷姜。

洋荷姜有自己的山野风味，但是，它往往要和青红辣椒配着炒，因为炒需要油，素油和大油，于是，相得益彰地改变或者说优化了它的口感。和洋姜比起来，这洋荷姜就显得金贵些。姜和挂名为姜的菜，各有自己的命运。

姜犹如此！

2020 年 9 月 10 日于甘草居

老虎姜鸡头参

黄精在草丛和灌木从中生长，
从石头缝里长出来，
长的像百合，也像生姜的茎苗，
更像百合一些。

冬天到来的时候，菜市场是根茎类蔬菜之总动员与大团圆。不说远的，我们立足于大河两岸，从古怪一点的开始盘点——芥菜疙瘩、苤蓝、心里美萝卜、蔓菁，蔓菁还分黄蔓菁和红蔓菁，大蔓菁与小蔓菁等，有的连名字都顶不真且有争议，使人眼花缭乱。水里与湿地的，是莲藕、荸荠、茨菇；山地则有野山药、天花粉和黄精……黄精这东西，长得差别甚大，有的像地黄和人参，像桔梗沙参党参，有的似竹鞭和竹笋，有的，类似洋姜和生姜。在豫南大别山里，有人直呼它老虎姜。说姜它也像，与洋姜鬼子姜洋荷姜混同一起，和曹雪芹笔下的“茗烟闹书房”一般，闹哄哄的可笑，乱得一塌糊涂。

今年的农贸市场不寻常，因为和湿鲜产品、海产品、外来冷冻食品在一起，一度变成了危险地带。可这里是大自然四季采风的捷径，挡不住的诱惑，我被迫戴着口罩，小心翼翼而兴致勃勃地看早市超市，频繁出入农贸市场。冬至的头一天，在老家焦作市塔南路市场，天刚蒙蒙亮，路灯还没有全部熄灭，农贸市场里各路人马早聚齐了，灯映一家人，铺排着杂货卖土产的，有烘柿、柿饼，土鸡蛋、变蛋，何首乌、丹参、血参，洋姜、野山药，分明还有新鲜的黄精，我问卖者，果然就是黄精。我们叫黄精，习惯叫鸡头参。恰巧，朋友圈里有人在展示迷虫和蚕蛹一样的不大一点的鸡头参，我一眼就认出来了。尽管那黄精和我眼前的黄精长得完全不一样。

《河南野菜野果》，记载了两种黄精，分别叫黄精和玉竹，实则一对儿都是黄精。黄精全身可食用药用，周王记黄精叫黄精苗。东南西北，特别是山区山地，我国很多地方都有野生黄精出产，而土名别名，名字离奇。《救荒本草》：黄精苗，“俗名笔管菜，一名重楼，一名菟竹，一名鸡格，一名救穷，一名鹿竹，一名葳蕤，一名仙人余粮，一名垂珠，一名马箭，一名白及。生山谷，南北皆有之。”豫北人叫它鸡头参或鸡头根居多。古代因为道家推崇的原因，鸡头参的功用、药效被神化和夸大了。说常吃黄精可以抗衰老，使人不知饥饿。唐代的《食疗本草》神道道地说：“其生者，若初服，只可一寸半，渐渐增之。十日不食，能长服之，止三尺五寸。服三百日后，尽见鬼神。饵必升天。”实际情形是，若非炮制中药，新鲜黄精随意调菜吃与炒菜吃都行，偶尔尝新鲜可以，多了没人吃的，也不能连着吃。周王转述《食疗本草》关于黄精的奇妙效果以及制作方法，即俗话所说的“九蒸九晒”，古曰“九蒸九暴”。其蒸暴炮制方法是——

可以用一个去了底的陶瓮，在大锅上安放好。接着，在瓮中装满黄精，加盖密封蒸熟。有蒸汽冒出来，就可以取出黄精暴晒。第二次还这样，如是要蒸九次，晒九次，就好了。注意，要把黄精完全蒸熟，熟透才佳。

我是从小在老家就熟悉鸡头参黄精的。山药、地黄与黄精，皆是南太行特产，可以制药，也可以随便当饭当菜吃。黄精在草丛和灌木从中生长，从石头缝里长出来，长得像百合，也像生

俗名笔管菜，一名重楼，一名菟竹，一名鸡格…… ①

《救荒本草》 朱橚

姜的茎苗，更像百合一些。说起吃黄精鸡头参，涉及怀念一个人——今年清明节之前，各地抗疫还紧张，虽然武汉解封了，人们普遍还惊恐未除。这时，知名文化人，上海《咬文嚼字》创办人郝铭鉴先生病逝了。郝先生也是一位爱美食之人。多年前，他来郑州，在我们单位讲学。我陪着他们夫妇一块去云台山景区观光，中午在山里吃了新鲜的鸡头参，即黄精小炒肉，还有油炸全虫，就是野生的蝎子。逮野生蝎子有季节性，以前，我的老家，每年收麦子之前，人们是要扳蝎子的。在向阳的山坡山地上，任意掀开一块石头，很容易就发现蝎子了，掀不叫掀叫扳。人人手提个广口罐头瓶或洋铁罐子，将一根吃饭的筷子劈开一头做夹子，用于捏蝎子逮蝎子。郝先生仪表堂堂，而且还是性情中人。余秋雨与他熟稔，而《咬文嚼字》编辑部的金文明，当年专挑余秋雨的文字毛病。郝铭鉴先生对我说了一些稀罕事，我们谈得颇为投机。而现在吧，我是这样想的，余秋雨是写作者，是作家学问家的代表，创作与创造是其天职。《咬文嚼字》代表编辑，负责维护语言文字的标准和规范，两者天生一对，既对立又统一，互有批评往来正常。后来，郝先生还让人带一本他的书给我，书名是《语言是一条流动的河》。

我在上海学习期间，他专门请我吃过一次饭，我觉得不错，他却惋惜本帮菜有点走样了。

2020 年 12 月 23 日于甘草居

三伏天没过完，节气就慌着立秋。“七月流火，九月授衣。”理论上的秋来了，村里人这时在野外有不少好吃和好玩的东西。那野果野食，不算树上结的，地上多的是甜圪档、红姑娘、马瓞、地稍瓜……扃瓜又名稆瓜，没人播种而它自己逸生出来的，多是立了秋才拖秧和开花结果，有西瓜、打瓜、菜瓜、甜瓜等。你正在干活，热得直流汗，意外发现了一个隐藏的甜瓜，顿时眼睛一亮，拿住它在丛草上胡乱擦一擦，赶紧就吃开了。往往在家吃饭不香，但送到地头就香了。野瓜也比园瓜金贵得多。话说“立秋十八日，寸草都结籽”。这一刻，麻雀成群打旋儿飞来飞去的，不停嘴吃东西，开始积存过冬的能量了。辛劳的人们，则通过地里的野果提前品尝秋收的滋味。

《救荒本草》记萝藦家族的地稍瓜和老瓜瓢，老瓜瓢的名字是羊角苗。

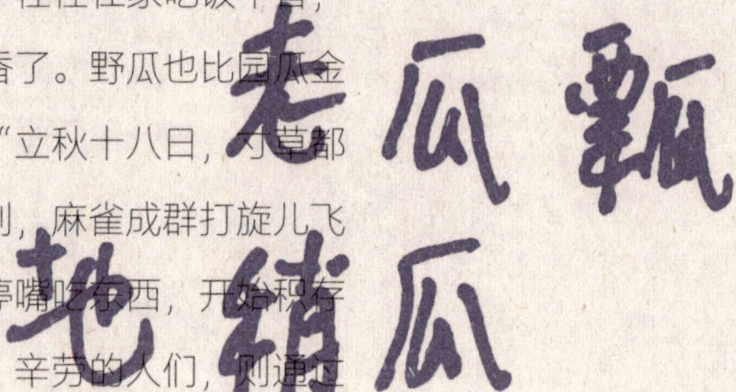

我的老家在南太行边上，小时候这个季节钻到青纱帐里割草，常见马瓝、地稍瓜。地边和土塄上，还有壳篓蛋和马兜铃。壳篓蛋就是瓜蒌，它和马兜铃是药材，在供销社可以卖钱。地稍瓜好吃，马瓝闻着香甜吃着苦涩。还有捞饭秧，一批一挂的最肥绿，是割草喂牲口的好东西，其实学名是鹅绒藤。那时大米饭叫大米捞饭，鹅绒藤开满碎花白乎乎的，好像撒了大米饭在上头一样。它花后结果，是皂角圪针一样的细长角。芄兰，《诗经》有“卫风·芄兰”：“芄兰之支，童子佩觿……芄兰之叶，童子佩韘。”——芄兰枝头尖又尖，童子解锥佩身边……芄兰叶儿弯又弯，童子扳指带身边。芄兰果实即萝藦的果实，叫老鸹瓢、老瓜瓢，也叫雀瓢的，模样像地稍瓜，可是比地稍瓜的皮粗糙，布满了疙疙瘩瘩的小点点。

周王著《救荒本草》，重点集中于黄河两岸。昔日卫辉府下辖辉县地界的栲栳圈和鸦子口，还有延津县等，都在其植物采集的范围内。《救荒本草》记萝藦家族的地稍瓜和老瓜瓢，老瓜瓢的名字是羊角苗。周王说，羊角苗，“又名羊奶科，亦名合钵儿，俗名婆婆针扎儿，又名纽丝藤，一名过路黄。生田野下湿地中。拖藤蔓而生。茎色青白。叶似马兜铃叶而长大，又似山药叶，亦长大。面青，背颇白，皆两叶相对生。茎叶折之，俱有白汁出。叶间出穗，开五瓣小白花。结角似羊角状，中有白瓤。其叶味甘，微苦”。周王只说其叶可食。

萝藦是个大家族。可以作为野菜野果食用的，《救荒本草》谱系中有羊角苗、牛皮消、牛奶菜、地稍瓜和木羊角科，一共五种。地稍瓜是吃果实的，羊角苗和牛奶菜吃叶，牛皮消吃叶和根。牛皮消：“根类葛根而细小，皮黑，肉白，味苦……及取根，去黑皮，切作片，换水煮去苦味，淘洗净，再以水煮极熟，食之。”

这些年，虽然我痴迷于《救荒本草》的考证，但是，即使是河南人，即使对旧年的农村生活熟悉，但是要完全进入六百年前永乐初年的野菜野果天地，总还是有点“隔”。我曾写《萝藦四爬藤》，列举鹅绒藤、芄兰、地稍瓜和杠柳，而把雀瓢和地稍瓜合二为一。现在我认为，雀瓢、老瓜瓢，用于专门称呼萝藦即芄兰的果实合适，不宜与地稍瓜混淆。而雀瓢这个名字，与周王列举的别名合钵儿颇相宜。雀瓢是喂鸟用的——将成熟而未崩开的萝藦的果实，阴干了从中间弄开，一分为二，剥去里面的絮瓤，变成精致的小瓜瓢模样，用于掠米掠小米，等等。或许，这是文人的猜测和遥想。

北京作家冷冰，每天拍花草，记花草。8 月底的一天，她在微信里晒萝藦——在小区散步的时候，看到了一棵萝藦。攀着一户人家的栅栏缠缠绕绕，小簇的萝藦花从三角形的大叶子间伸出来，如孩子的小手。萝藦花呈五角形，五角的角尖外卷，有细细的绒毛，很萌。有粉白和淡紫两色。

刚成果的小萝藦可以吃的。小时候见了，是一定要摘下来的，有淡淡的奶香味，而且确实有奶一样的汁液从摘下的地方渗出来，在手指上黏黏的，哪里有肿痛，可以涂抹它。后来知道，萝藦一身是宝，根茎叶花果都可药用。

默默记下它的位置，等到深秋，它的秧子枯萎，果壳干了的时候，手捏果子的头尾，两端一拧，壳子裂开，里面会有纤细精致的白丝绒，轻轻吹口气，便会如雪花般飞扬开去，比蒲公英还要好看。

如果可能，我们一起等吧，等深秋，帮萝藦的种子远行。

年年迎秋看秋度秋，我把秋天的景色分为“秋四步”——壮秋、清秋、金秋和霜秋。从立秋到白露，壮秋和清秋交织而形成初秋，萝藦开始结果。中秋金秋，再到万山红遍之霜秋，萝藦成熟，萝藦枯干，萝藦的种子就可以远行了……

抄过冷冰的文字，我又特地查了一下专说老北京的书——王敦煌的《吃主儿二编》，里面并没有关于萝藦、老鸹瓢或老瓜瓢的记录。而《北京野生花卉》《百花山植物（一）》中，关于萝藦科植物，记录有牛皮消、地稍瓜、雀瓢、杠柳和白首乌，等等。白首乌就是牛奶菜，雀瓢老瓜瓢是羊角苗，这就和周王的记录也对上号了。

2020 年 11 月 27 日

查非山楂
伊与邓

最近写了两篇小文字，是从河南大学教授佟培基先生出版的《论书绝句》和《萤雪吟草》谈起的。专栏文字须自律，要短，第一篇不讳言旧瓶装新酒，我说佟培基《论书绝句》问世，七绝六十唱，其特点和亮点是兼顾了晚清至当代的几位开封书法家；第二篇《漫谈〈论书绝句〉的突围》单刀直入，我说，像《论书绝句》这样耳熟能详的评论形式，从王文治到康有为，现当代由张宗祥而启功，再加上今日之《全唐五代诗》主编的佟培基先生，反复利用，到此可以为止。但是，在佟版《书坛点将录》里，意外读到了关于开封前贤常茂徕的简介，这让我眼睛一亮——令我想起了同样是关于古城开封的、大名头的《东京梦华录》。号称“古代民俗百科”的

河阳楂子”，
即今河南孟县一带山楂。
“查条”，查梨似梨而比梨酸，
故卖查梨条，乃寓隐酸涩。

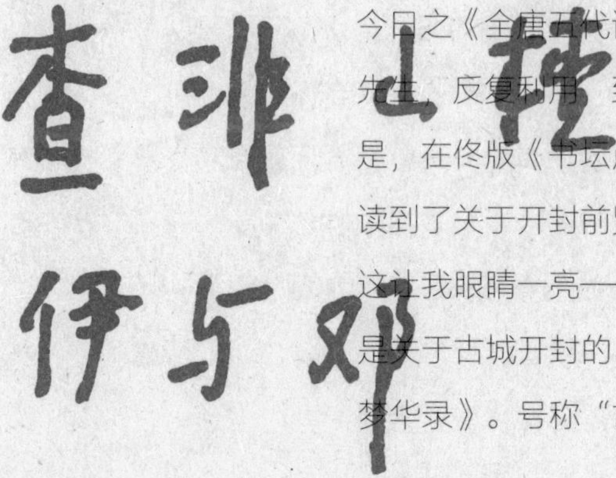

《东京梦华录》，国内有过两个有名的注本，先后出自邓之诚和伊永文两位先生。借由伊永文的前言，知道邓之诚先生曾经以轻蔑的口气批评过常茂徕，指他臆测并坐实《东京梦华录》的作者孟元老是北宋的孟某人，实为“读书不足”！

学林斗嘴，以老杜论读书“诗是吾家事”傲人，那是很重的口气，被批评者是会跳起来与之对骂的。有意味的是，伊永文此意，竟然是变个花样对着老辈邓之诚来的，他借了周汝昌和许政扬的指责，批评邓之诚《东京梦华录注》舛误过多。

伊永文《东京梦华录笺注》上下辑，五十七万余言，体量约略为邓之诚注的三倍。有道是，任凭弱水三千，吾只取一瓢饮。我是为考证明代的《救荒本草》，而专门研读《东京梦华录》及其注释的。不贤者识其小，《幽兰居士东京梦华录》卷二有“饮食果子”目录，时令水果与干果林林总总——“又有托小盘卖干果子，乃旋炒银杏、栗子、河北鹅梨、梨条、梨干、梨肉、胶枣、枣圈、梨圈、桃圈、核桃肉、牙枣、海红、嘉庆子、林檎旋、乌李、李子旋、樱桃煎、西京雨梨、夫梨、甘棠梨、凤栖梨、镇府浊梨、河阴石榴、河阳查子、查条、沙苑榅桲、回马孛萄、西川乳糖狮子、糖霜蜂儿……”越是紧要处，伊本对“沙苑榅桲、回马孛萄”失注；百密一疏，伊本论“河阳楂子、查条”失误。

容我在此饶舌，对照《救荒本草》之楂子树，还原楂子和查条真相。

伊本所注，“河阳楂子”，即今河南孟县一带山楂。“查条”，查梨似梨而比梨酸，故卖查梨条，乃寓隐酸涩。

说楂子是山楂，乃指鹿为马。楂与查相通，古体字是樝，本是一种很古老的果树了，又名榠楂或查，模样近似木瓜。李时珍在《本草纲目》果部，逐一叙说与木瓜相近似的果实，他列举陶弘景之说：“木瓜，山阴兰亭尤多，彼人以为良果。又有榠楂，大而黄。有楂子，小而涩。”他又引《庄子》：楂、梨、橘、柚皆可于口。复引《淮南子》：树楂、梨、橘食之则美，嗅之则香。而李时珍之前，远在南朝的时候，《南齐书》和《宋书》分别记载了一个有名的故事，景胤，小名查。父邵，小名梨。

他们都是朝中大臣，宋文帝戏景胤曰：查何如梨。景胤答曰：梨是百果之宗，查何敢及。这一则掌故很风趣，的确，拿酥甜之梨与酸涩且艮的樝楂比较，当然食梨更适口。而它的社会学意义，还在于其揭示了古今男女起名字的方式——我的老家与“河阳楂子”出产地相近，河阳即孟县，现在曰孟州者，是大名头韩文公韩愈故里所在。北宋大臣苏颂，曾经称赞此地出产好樝楂。《东京梦华录》有“河阳楂子”，肯定与苏颂文字有关。如今我们这一带，农村人给女孩子起名，小名可以叫苹果、花红、海棠、菠萝等。料不到，南朝的时候，男孩子乳名竟可以用查和梨！真的是太有意思了。

不仅伊永文之书，上海学者薛理勇的系列著述，其《谈瓜论果》一集，里面有篇说梨的文章，《百果之宗——梨》，同样也错注了查，误读了《宋书》“查不如梨”的典故。是的，清人郝懿行《尔雅义疏》明白无误曰：“楂，即今铁梨，黄赤而圆。”哎，注古书真难为死人。需要说明的是，怀庆方言曰难为人乃“难为死人”，把人难为死了，而不是难为“死人”也。伊永文的笺注里，还有几处涉及到河南方言，那几处出错，自然有情可原。

“生前自诔述平生，著作等身犹饬行。腕底分书追两汉，乡贤屈指几齐名。”佟培基在《论书绝句》中咏常茂徕，并记述其小传约略如下：

常茂徕（1788—1874），字遗山，号秋崖，祥符（今开封）人……九岁出就学，至十三岁四书五经与《周礼注疏》皆成诵，复益以群经诗古文。十六岁应童子试，二十四岁入府学，连年屡置优等。自嘉庆十八年癸酉（1813）至道光二年壬午（1822），六应进士试皆败北，遂专心著述，经史皆有论解，尤长《春秋》。精考据，工分书，好金石，富收藏……保补偃师教谕……补登封教谕……七十六岁时自序说：“总计有生以来，砚田兀坐垂四十年，谨身饬行，奋志攻苦，未敢一日少懈……人生贵自立，功名须从刻苦中求之。”八十五岁时预作生诔，自记著作三十一种……金石学有《读两汉金石记补释》《续中州金石考》《祥符金石记》《洛阳石刻考》，开封乡帮文献有《石田野语》《汴京拾遗》《汴中风土记》《汴中岁时记》《如梦录》，文学诗文别集则有《怡古堂文钞》《怡古堂赋钞》《怡古堂试帖》《嵩下吟》《一竿竹山房诗草》《归来吟》等。同治十一年（1872）其八十四岁时，河督苏廷魁篆书“重游泮水”额旌悬其门。越二年无疾卒。《开封市志》卷三十九有传，说：“常茂徕与明代李濂、清初周亮工、晚清宋继郊、清末民初刘曾騄，被后世开封文人尊称为吾汴先辈。”

参阅其他，关于常茂徕生卒年月，前后出入一年而稍有不同。《如梦录》乃明人著述，经常茂徕笺注之后，方流布广泛。而主人又号痛定思痛居士。

甘草居曰：类如饱学前贤常遗山者，因大胆假设《东京梦华录》之孟元老，乃当年主持修筑“艮岳”的户部侍郎孟揆，即被大名士邓之诚斥为“读书不足”。还有续考之说，且拿北宋末年任职于开封府的官员孟钺来顶缸等，均被学界否定。围绕《东京梦华录》笺注之事说明，常茂徕固然读书多，而未必识见卓越；伊永文以多胜少，后来未必居上。学问之道，尽力而为，呕心沥血事业，终是做多少算多少为好。

2017 年 10 月 23 日于甘草居

棉花沧桑

农业农民，
土地庄稼，蚕桑和棉花。

“叫花不是花，开得白花花。用手摘下来，朵朵能纺纱。”想当年，我的奶奶边纺花边给我说话，笑容满面的。《上海历代竹枝词》，清代学问家钱大昕在《练川杂咏和韵》中说棉花：“横塘纵浦水潆回，吉贝花铃两岸开。朵朵提囊看似茧，便携花篚捉花来。注：木棉，一名吉贝，花房曰花铃，花大者曰提囊。收花，谓之捉花。邑人称木棉花止称曰花者，犹洛阳之牡丹。”更晚一些，秦荣光《上海县竹枝词》：“香色魁王几种夸，木棉羞于斗繁华。独饶衣被苍生利，第一人间有用花。案：梅花以香胜，称花魁；牡丹以色胜，称花王。又，牡丹莫盛于洛阳，土人但称为花，不问而知为牡丹也。邑人称棉花，亦但称花。功堪衣被苍生，实胜牡丹远矣。”这和我的老家人当年说棉花一样亲切。

20 世纪 70 年代遵循计划经济，是焦作老家种植棉花最多最可观的时期。丹河出太行来到沁阳、博爱地界，入沁河再入黄河，造就了一方膏腴之地，有道是“太行山下小江南”，——博爱县的磨头公社，乃有名的博爱国营农场所在，工人驾着吼吼叫的“铁牛”东方红履带拖拉机耕地，一个上午通南扯北跑它三个来回，一大晌时间就过去了。这一带，是一望无际的粮食丰产基地，也是棉花主产区。再早一些，黄胄夫妇受解放军总政治部的委派，曾专门来此写生和采风。

“枣芽发，种棉花。”老家春来种棉花使两种方法，一是开沟点种，一是营养钵育苗移栽。接着生根发芽，棉田成景在三伏天。那厢张春华《沪城岁时衢歌》，包含记棉花风景二十四首：“秋来回忆种花时，嫩绿纤纤细雨滋。六月陡看苗母长，新苞重叠孕芳枝。”注曰，四月便宜种花，种法有二：一曰穴种……每穴下四五核，间尺许为一穴，匀种之；一曰漫种，以手握核遍撒之。吾乡多漫种，种后须得微雨，五月茁如荷钱大，渐有枝叶，至六月则骤长矣。其枝层累而上，高者有四五尺。“永昼西畴笑语哗，三三女伴踏晴沙。一肩酷日千锄绿，只恐明朝草没花。”注曰，黄梅雨后，根苗渐长，而草杂其间，既晴必锄去之，为脱花。脱花不独男丁，往往多女伴。稍迟则草益盛，花必受害，为草没花。

是的，是内行话。话说“夏草似走马”。在没有除草剂的时候，当年人在棉花玉米地里一遍遍锄草都极辛苦。但是，与清代上海人植棉不一样，20 世纪 70 年代初，怀川比锄草更要命的是棉花的病虫害。老家人从棉田间苗开始，要蹲着刨土刨地老虎，施六六六药粉治虫，防止地老虎咬啮根苗。绿苗一天天长高长大，蚜虫、棉铃虫、红蜘蛛轮番危害。古来我们把蚜虫叫“蚁害”的，人们背着喷雾器打农药，用乐果、敌敌畏和 1059 等，尤其那 1059 系剧毒农药，乡亲迎着烈日在一人深的棉田里艰难前进，偶遇逆风，药水反向吹来，往往会有大姑娘小媳妇突然晕倒地里……穿插也有用黑光灯诱虫杀虫的。哎！老家人为棉花流尽了汗水。

但植棉采棉，俨然又是美丽风景——热天里，棉花生长。棉花开花。再棉桃开花。秋来了，摘棉花。晒棉花。冬天要卖棉花。纺棉花。

听《上海历代竹枝词》说棉花开花——“嫩黄齐向绿枝攒，同到春前着意看。润雨烘晴今岁早，家家田里有花盘。”注：初苞者为鲜花，色黄甚柔脆，其蒂则生花，实者为花盘。棉花结铃——“花到秋初分外妍，梳风饱露绿含烟。停锄指认枝头重，匀绽金铃个个圆。”注：花既开，其下之圆而有角者为花铃子，每铃作四房，生五六铃、十余铃不等。棉铃新开花——“一番气象霁茅檐，十里平原快共瞻。秋晚不须愁岁歉，枝头已露玉纤纤。”摘新棉花——“花光如雪布连阡，愿喜天从赋十千。日暮村前听笑语，儿童争趁捉花钱。”注：花开矣，掇而取之，为捉花。捉花宜童稚，以其身轻，出入花间不伤花也。（张春华《沪城岁时衢歌》）怀川把棉铃棉桃叫棉花桃，采棉直呼摘花。

接着说，秦荣光说晒棉花——“八尺芦帘新买归，场前一桁对柴扉。晒花天好摊花厚，凳坐高翻人短衣。”注：凡晒花者，

No. 26_棉花

Gossypium hirsutum

2019. 8. 26　郑州　甘草居

必须翻之。翻花之人，常坐高凳，身着短衣。说弹棉花——“东舍新娘坐拣花，轧花媪老住西家。一弓绝妙弹花手，搓就棉条待纺纱。”（《上海县竹枝词》）

而《上海洋场竹枝词》之“前编”部分，有署名颐安主人的《沪江商业市景词》，其“卷二”记卖棉花——“花衣行”：“花行南北卅余家，各路装船并载车。每岁出洋有巨数，有时入厂制棉纱。”“秋老棉花到处收，最多汉口与通州。姚江歇浦分高下，卖与东洋载满舟。”接下来，又说油市油行和棉籽榨油——《籽油》：“籽油大牢运牛庄，船到申江竞售忙。棉籽近来多备种，货因稀少价高昂。”也是的，我的老家人素来不爱菜籽油，旧年日常吃豆油和棉籽油。都 20 世纪 80 年代末了，家里人贴补我们过小日子，还用塑料桶装了棉籽油给我们送到郑州来。

今年夏天，中央电视台 7 月里播放电视连续剧《花开时节》。这是一部以豫东兰考县的农村妇女集体赴新疆采棉花为题材的纪实作品，让人重温不平凡的棉花往事。我也曾远去新疆，夏秋时节，河西走廊从张掖到乌鲁木齐再到奎屯，绿洲和大漠戈壁交互连环，千里好物产——西红柿、辣皮子、红枸杞，玉米良种和白棉花，红黄白尽收眼底，天然图画。在新疆，农民植棉和兵团植棉，机器采棉与人工拾花并行。电视剧里有个万分动人、使人泪奔的细节——新疆当下植一种矮株棉，采棉人弯腰不得，只能跪在花垄里拾花。一天下来，女工好好的裤子就磨烂了，磨得稀巴烂。这与当年老家的妇女棉花地打农药一样，那艰辛和悲壮异曲同工。

斗转星移，产业转移，农业结构一次次调整，如今老家不复大面积种植棉花。8 月里刚刚发布的河南省《关于深入推进农业供给侧结构性改革大力发展优势特色农业的意见》，前景是打造十大特色农业基地，到 2025 年，全省要种优质小麦 2000 万亩，优质花生 2500 万亩……照此规划，将来不仅棉花没有了，作为大宗农产品的玉米也要告别而出局了……可是对我而言，奶奶冬夜纺棉花的温馨，夏天社员打农药治虫害的艰辛，苦乐交响总是难忘。

秦荣光又曰：“沙冈田亩木棉多，纺绩功开黄道婆。徐相早忧棉利尽，合求变计种桑禾。”注：《农政全书》中陶宗仪称，松江以黄妪，故有木棉之利。然事势推移，无久而不变者。今艺吉贝者，所在而是，安禁他邑之不为黄妪耶？后此松之布无所泄，即无以上供赋税，下给俯仰。宜早为计，兼事蚕桑（《上海县竹枝词》）。徐光启，眼界何其宽广？

棉花什么时候来到我国，——黄道婆把植棉制棉方法，从海南带回江南和上海，次第又来到中原与北方，这些都是清楚的。穿衣吃饭古来是百姓大事，棉花在现代种植过程中的病虫害和治虫，这是我年轻时候亲身经历过又终生难忘的，我不想让历史省略掉这一段和这一插曲。农耕渔猎，农业史展示的是历史的另一种叙述方式，也是真实而具体的。今年 7 月，良渚古城申遗成功，不久，二里头夏都博物馆也即将开馆，中原与怀川这一方厚重的土地，从最早的粟菽麻子，到麦子稻谷高粱，再到明清时期的玉米土豆红薯棉花，又现代农业……农业农民，土地庄稼，蚕桑和棉花，沧桑历史，其中有太多的故事啊！

2019 年 8 月 26 日于甘草居

柿树传奇

天生树，说的是一棵传奇的柿树。

这么说吧，凡是出产柿子和柿树多的地方，树主人都知道，柿树要经过人工嫁接才挂果结实。那看着秋来入画，乘了金风玉露，枝头结满各种各样好果实的柿子树，如白石老人善画“事事如意”之丹柿，得来全靠费功夫。天生树不寻常，它是南太行山区一株秉天地灵气自然托生，不用嫁接就结出好果实的柿子树。三百岁的老柿树枝繁叶茂，是棵八月黄，年年都结出满树的好果实来。带着满头红叶的时候，它远看似一笼燃烧着的天火；风扫落叶后，沉甸甸的果实暴露无遗，彷佛挂满了无数的红灯笼。

柿子熟了，先从吃漤柿、
吃烘柿开始，
用烘柿和面蒸馍，
炸祭祖用的小麻烫和焦花。

老村整体搬迁时，这棵树变成了村头

树。村民由世世代代住窑洞变成住成排成行的大瓦房，新村当初的选址，一方面考虑地势比较平坦，同时也相中了有丰满高大的天生树为依靠。老家人敬古树，以这棵巨大而出奇的天生树为骄傲为标志，还特地请人为它摄影，虔诚又恭敬地放在《北洼村志》的封面上。

柿树是果树，又不同于一般的果树。俗话说“桃养人，杏伤人，李子树下埋死人”，说的是杏与李子这类水果不可恣意饱食，有副作用。但柿子在老家人心目中是尽可以放心食用的佳果美食，自古又被誉为“铁杆庄稼”。山里人吃柿子的花样多，变着法子享用甘甜如饴的好柿子。柿子熟了，先从吃漤柿、吃烘柿开始，用烘柿和面蒸馍，炸祭祖用的小麻烫和焦花。尝鲜过后，要晒柿饼、串柿瓣、磨柿炒面，连跌烂受伤的柿子也不放弃，捡回来用它做柿子醋。拾取初夏早落的小柿子喂猪，拿冬落的柿叶喂羊……柿子树真正是物尽其用。

奉它为“铁杆庄稼”，是因为柿子与救荒的故事联系紧密。满打满算，这里的农家过上不愁吃喝的安稳好日子，可着劲吃大米白面，不过才三四十年光景，糠菜半年粮的艰难度日并不遥远。对于我这样 20 世纪 50 年代出生的人而言，旧年曾听老人们拉家常，诉说最多的是逃荒要饭，扒火车去过徐州，或辗转又翻山到山西各地。传说村里有家人过日子仔细，用吃不完的柿子掺了秕谷子粗糠，晒干炒熟做柿炒面吃。当年吃不完就积攒着，用历年积累的柿炒面和成泥，在住家窑洞的深处独自打了一堵断间墙。荒年来了，别家外出逃荒，背井离乡饿死人，但这家人却低调从容。有人发现，原来他们是靠暗暗食用柿炒面墙土充饥的。

现在居家殷实了，生活富裕了，水果品种多，村民扩大种植品种，前前后后，五光十色，也曾经种桃杏和苹果山楂，但是，或因为桃树生长不吃年岁，或因为苹果的品种更新快，总之是市场变化大，人们的口味也刁钻，变来变去，还数柿子最好吃也最好卖。柿子本色，经得起时风变化的考验，好吃又好看。北洼村下坡出了山就是焦作市区，每逢秋冬，市民对山里人的好烘柿和带白霜的软柿饼，一往情深，爱吃柿子的口味一成不变。毫不夸张地说，祖祖辈辈，老家人是吃柿子长大的，现在还靠卖柿子增收。

柿树寿命长，生命力十分顽强。大柿树，老柿树，饱经了风雨沧桑。冬天的时候，每一棵粗如黑铁的柿子树，如一个个不畏风雨的莽汉雕塑。主人要柿树方便采摘，尽量让它长得低矮。老家的柿树，多栽种在田间地头和高处的打谷场四周，老根虬曲着伏地裸露，树冠开枝散叶肆无忌惮。南北东西，远不止南太行，很多的地方都有柿子树，有高有低，细看却不难发现，树干上均有刀斧嫁接的痕迹，自下而上，大致由两截组成。

天生树不同！它没有最下边的母体老桩，树干粗大但浑然一体。一丈余的主干，除了瘿瘤和树疤，整体皮色均匀。下层的枝丫斜披着下垂，垂阴一亩见方，大有笼盖四野的气势。当年的夏天，学生娃最爱爬上天生树，不论男女，各登各的高枝乘凉。我则最喜欢扒着它最下面的一枝就地打秋千，或者干脆斜躺在树枝上摇晃歌唱。

说起一年四季，柿树最可观在早春与秋冬。因着它貌似蠢笨却发芽生叶很早，翠绿油亮的幼叶冒齐了，山里人望着它就暂时忘记了干旱缺雨，美好的愿景借机油然而生。秋天则是丰收和摘柿子的季节，八月黄摘在中秋节，小火罐迟到霜降后。秋收秋种的活动持续很长，夹杂着够柿子，农忙往往从八月十五绵延到二十四节气的立冬。红柿叶红果实，男人和女人担柿子的箩筐，往往一头还插着一把金黄散碎的野菊花。

1986 年新村建成之前，老村位于沟底，人家多住窑洞，一层层窑洞似蜜蜂的蜂房一样。长长一个冬季，枯山如睡，原本朴素静穆的山村，窑洞的前后左右，混合着土墙、石头墙和矸棚房，只因为有柿子柿饼和柿皮的橙红之色，或厚或薄，或暗或明，如油彩一样铺织堆叠着点缀山乡。晒柿饼晾柿皮的红色，红辣椒似的撩人的红色，一直红到春节，接着贴对子贴门神放火鞭的红色，新的一年就翻页了。有时候翻山走亲戚，从山梁上朝下俯瞰山村，老家因柿子柿饼柿皮而美丽如画。

柿子和煤炭，是老家地上地下的一双特产。煤是树变的，没错！沧海桑田，高岸为谷，远古的造山运动，埋没了曾经的树林而演变成煤海。村志里收录一幅硅化木的图片，该硅化木就出土在天生树不远的地方。出山的大路上，北洼村邻着著名的当阳峪陶瓷遗址。宋代人用煤烧窑制陶瓷，我曾经上小学的教室，房后有北宋崇宁四年（1105）立的《德应侯百灵翁之庙记》碑刻，记载着故乡红火出彩的一段历史，现在已经是全国重点文物保护单位。多年来，我试图从不同的角度察看老家至南太行的地貌。重峦叠嶂，沟壑纵横，枯叶一般的筋脉，凸显的是重重山梁。而老家位于南太行的边缘，则好像霸蛮的老吊与推土机，气势汹汹的，把最后一铲子石料混合着黄土，一举倾倒在黄河北岸。人站到北洼村的东山岭上远望，足下是南太行的最后一道屏障，前边就是茫茫大平原了。因为与晋东南唇齿相依，焦作煤多，出产优质无烟煤，人称“香砟”。英国人，近代的英福公司早早就到焦作开煤矿，后来的日本侵略者，专门整修了铁路以掠夺外运煤炭。新中国成立以后，1958 年大办钢铁，附近各县的人集中到山里来，到西山山岭上开矿挖铁汞，挖煤烧小高炉；“文革”后期，原新乡地区下属的平原各县，每县均来到山里开小煤矿。80 年代开始，乡镇企业和私营煤矿争着在老村一带开煤窑，一边挖煤，一边破山烧石灰，办水泥厂。终于，山里自古的煤矿与煤炭资源，被粗放、无序的开发给掏空了。

天生树不仅是一个自然的消息树，它分明还是一位人世的观察者。它见证了英福公司和日本侵略者对中国煤炭矿产的觊觎和掠夺。见证过清光绪三年（1877）和民国时期连年（1942—1943）大灾，洼村全村外出逃荒，饿死和失散的达三百口人；经历了老村变新村，看着传统的山里人，因南水北调干渠经过家门口的焦作市区，城市诱惑越来越大，村人或者外出购屋定居，或者在南水北调工地上班搞绿化，逐步脱离了传统农业。

天生树见证了村民搬家，从住窑洞到住瓦房；见证了矿产资源特别是煤炭的逐步枯竭。人事有代谢，往来成古今。变化了的是至少已经有两千年的煤矿开采史，如今老家的煤矿已采掘殆尽。但不变的是老家人对柿子的喜爱与钟情，好在柿子树一代一代茂盛生长，天生树依然枝繁叶茂。

天生树证明“天地造化，钟灵毓秀”所言不虚。但古树与大树的保护不易。北洼村曾经的老坟地，长着一棵比天生树还古的大栎树，“大跃进”时候被砍去了；老村的东场口，有过我从小看着的一棵黄楝树，风貌不亚于天生树，但“文革”刚开始，慌慌张张中，人还没有定下神就没有了；而老村搬迁的时候，一株老国槐，移不走也没法移，为复垦耕种，由村委会做主，把它整体与老村一起深埋在地下。村子前几年集体编写《北洼村志》，特地记录了天生树、大栎树、老黄楝与老国槐。现在乡亲们又合计着为天生树立碑纪念，慕名请开封老书法家、省文史馆馆员桑凡老人题署了“天生树”三个大字。洼村人希望天生树常青并永远年轻。

2015 年 9 月 29 日

蜕园笔下的燕都美食

蜕园说萝卜青菜有真味，
菜把，即寻常时蔬，
包括大白菜、蔓菁、芥菜等。

意外翻出一本《燕都览古诗话》，戋戋小册，著者是老辈学问家，民国掌故学与诗词、文史大家瞿兑之的作品。兑之先生（1894—1973）一名宣颖，字铢庵，晚号蜕园，长沙人。他出身望族，经历复杂，因眼下百度搜寻易如反掌，读者轻易可详细了解其生平，故而无须我在此多抄人名词典。可是，关于他后来担任中华书局上海编辑所特约编审，以及“文革”中瘐毙，后来被平反，得以出版《刘禹锡集笺注》《李白集校注》之事，上海古籍出版社高克勤有大小文章叙述。这本小书，系当年辽宁教育出版社的“新世纪万有文库”之“近世书系”之一，问世也有二十年了，是专述旧都即老北京风俗、文物、典章制度、清宫逸事的，也有四季吃食的精彩花絮。正如《舌尖上的中国》一再热播一样，吃喝拉杂琐事最家常却最勾人馋虫，也最能反映一地的风俗，百姓总是看不够的。

全国范围，至今还有冬储菜供应，除了北京，别处怕是不多了。既然市场活跃，四季蔬菜十分丰富，那为什么还要专门供应冬储菜呢？年年从11月中旬开始，各个社区与小区，专门拉着横幅，大张旗鼓供应大白菜、大葱、白萝卜。说来话长，这和老北京的传统有关，因为要腌菜，腌大白菜和各种咸菜。蜕园说萝卜青菜有真味，菜把，即寻常时蔬，包括大白菜、蔓菁、芥菜等，曰：

一

人间菜把有真香，旨蓄无如此味长。
教领清凉苏火宅，寒齑一段嚼冰霜。

《帝京岁时记笺补》云：九月半家家腌菜。其法每白菜百斤，用盐六斤，花椒四两。若是蔓荆（蔓菁）或芥子头（芥疙瘩），每百斤用盐七斤，花椒三四两。因作雷震咯达（疙瘩），须将芥子晾干，其中再加入炒熟之花椒盐末，复入瓷罐封固，俟至明年三月中闻雷声，开罐取食，其味甘而不酸，脆而不疲。按，腌白菜汁可救煤毒。

此“雷震咯达”，即芥菜疙瘩，精心腌制漫长一个冬天而特地捂着不开坛，直到清明之后，北京地区暮春闻雷声才打开食用。此特色咸菜，王世襄和汪曾祺俩“吃精”未有论及。

二

莱菔生儿白间红，咬春时节应条风。
玉盘春饼无消息，京兆衙前彩仗空。

《明宫史》云：立春之时，无贵贱皆嚼萝卜，名曰“咬春”，互相请宴吃春饼和菜。《燕都游览志》云：立春日于午门赐百官春饼。

如今咬春吃春盘的仪式，远没有过去隆重了。今日南北通达，应季蔬菜与大棚蔬菜供应丰富，尤其首都市场，仿佛天天开博览会。打春的时候，北京人或在北京做客的外地人，就近来一个火锅或烤鸭就圆满了，或涮时蔬，或荷叶饼卷葱辣生菜萝卜条，般般样样，远不止传统之“七样菜”。

三

轻轻榆荚沈郎钱，飞间杨花糁作毡。
说与南人浑不识，粉蒸尤比冷淘鲜。

《帝京景物略》云：四月榆初钱，面和糖蒸食之，曰榆钱糕。

开春的野菜，分平地野菜、山野菜和树头菜。河南人好吃蒸菜，从春节前后的面条棵、茵陈蒿、荠菜，甚至米蒿和蒲公英，直到春分清明之际的构棒槌和嫩榆钱，逐一而拌面蒸食，味道本真腴软。例如，白蒿茵陈蒿，今年一过了元宵节，郑州就有卖茵陈蒿的，十二元一斤，而鸡蛋四元左右，一斤白蒿顶三斤鸡蛋。而2003年这时，郑州的白蒿二元一斤，鸡蛋一元九角。现在大城市都在强力治理市容市貌，郑州也不例外，走街串巷的卖菜人没有了，故而野菜价格上涨明显。年后为了把过节剩余的东西尽快吃掉，我吃伤了，可三八节这天晚上，吃了一大

No.27 榆

Ulmus pumila

2018. 2. 22 郑州 甘草居

碗蒸白蒿，再喝点好茶，人立马就舒服多了。“苔花如米小，也学牡丹开。”榆树是最先开花的，但花后结榆钱已经近清明了，青青嫩榆钱拌面蒸食也极好。但蜕园所言老北京的榆钱糕，似乎不是用嫩榆钱做的，它与《酌中志》所言相同——“北方食物，有南方所未有者，如腊八粥，水饺子之属，又以面里榆荚，蒸之为糕，拌糖而食之”。

四

连畦红紫露华深，邀价留香累十金。

肯共旗枪比标格，璚芽点雪洒尘襟。

梁潜字用之，泰和人，洪武丙子举人，著《泊庵诗钞》。其《滦水琼芽诗》叙云：前代揭学士称滦水璚芽，盖芍药芽也，以代茶最胜……

替代茶，古来北方地区多用。开春的酸枣叶、梨树芽，连翘花、金银花等，都可以制作替代茶，潭柘寺至今还出售老北京特产黄芩茶。饮茶是风雅事，难免要出奇制胜，花样多多，但是，用“花相”芍药的嫩芽制茶，仅见于此。

五

结夏先教食冷淘，清凉水引胜常庖。

莫嫌九陌红尘热，睡起新槐翠荫交。

《帝京岁时纪胜》云：夏至大祀方泽，乃国之大典，京师是日家家俱食冷淘面，即俗说“过水面”是也。乃都门之美品。谚云：冬至馄饨夏至面，京俗无论生辰节候婚丧喜祭宴享，早饭俱食过水面。省妥爽便，莫此为甚。

国槐是北京市市树，而河南人又叫它黑槐树，花与叶都可以吃。与摘取槐叶制作冷淘的彩色凉面不同，我小时候，老家见天中午吃杂面条，随锅放现采的黑槐叶。也有把嫩槐叶放在玉米粥里煮，一大锅碧绿莹莹的。至今还有人用古法自制槐米茶的——春节才过，枯槐上的槐豆还在，我看见父女俩持竿子打槐豆，又曰槐米，九蒸九晒，摊在草席上晒太阳，颜色变成古铜褐。然后泡茶喝，替代茶说是治疗高血压有效，最起码可以去火。

2018年3月10日于甘草居

听流沙河说蔓菁萝卜

蔓菁名繁，萝卜根乱，
正应了人生实难，大道多歧一语。

听流沙河说
蔓菁萝卜

川人流沙河，初写诗以《草木篇》名世。后来复出办《星星》诗刊，续《草木新篇》《流沙河诗话》兼写杂文，影响更大。晚年，其文思之树也叶落归根，动手梳理国学文脉，辟专栏写“书鱼知小”系列，涉笔多考鸟兽草木虫鱼百科，探幽发微，推陈出新。

但这几年少见夫子文章。原来先生年近耄耋，因白内障做手术，病目不便写作，家人也阻其操劳。老骥伏枥，却与“暮年惟余颂红妆”的陈寅恪同病，夫子自曰痛苦不堪。予日前入蜀过锦城，夜游一如京城之后海、上海之新天地的成都宽窄巷，“星巴克”对面有“散花书屋”灯火璀璨。趋入单找夫子近年上架著作浏览，站柜台的小女子见状，便极尊敬地告诉我，老先生身体还好，偶尔出来活动，且与后进一同交流。离开书屋，我走出古巷口等车时，果然看到了有流沙河做“古文字源流考释”讲座的广告，自然是组织者带了好意与敬意的运作。

12 月正是冬藏时节，我证蔓菁古今，读书稽史之外，自然不敢不留心各地风物土产。本次游蜀，在宜宾蜀南一带行走途中，见到处野菊花烂漫开，冬橘悬枝累累还红，农家在丘陵坡地上刨红薯，并挖萝卜芥菜。打个照面，见一台手扶拖拉机满载而归，颠簸中落下一枚绿英白球状的果实，就类比自以为是发现了蔓菁。回来翻《流沙河近作》，重温那篇《芜菁与萝卜》，竟觉疑窦重重。就打电话给夫子请教。夫子那头发声比夏天中气足，显然精神健旺。

后学如我问：“先生文字里说蔓菁和萝卜，与故知堂《咬菜根》大体相同，蔓菁今在否？”

夫子正色答：“成都本无蔓菁一名，市民叫蔓菁曰白萝卜。用以区别红皮萝卜。”《芜菁与萝卜》说：“红皮萝卜，蜀人泡在坛子里，两三天捞出，滴几点红油，脆美略生，最是下饭。白萝卜，天寒上市，切成大块，炖牛肉满街香。”

再问：“有人说蔓菁在西南即诸葛菜，先生何论？”

夫子答：“唐贤刘禹锡云诸葛菜：‘诸葛亮所止，令兵士皆种蔓菁者，取其才出甲可生啖’。但此地叫白萝卜者不能生食，仅此一条，证明它和蔓菁并不对号。或是萝卜一种，成都人也不识。但成都另有苤蓝一种，可曰蔓菁乎？”

我曰：“苤蓝，北方也多。以保定酱菜为例，保定有三宝——铁球、酱菜、春不老。酱菜原料就有萝卜和苤蓝疙瘩。但苤蓝归芥类，不涉蔓菁。”齐白石题画并有“诸葛菜，白石山民用我法临他人本。此菜平生未见过也”。

夫子又问予：“昔年我小住北京，冬日见人生吃萝卜……”

“紫红心否？”

28 No. 蔓菁

Brassica rapa

2009.12.10　郑州　甘草居

“或带紫红。”

在下回答：“也是萝卜一种。即汪曾祺说‘心里美萝卜是北京特色’者也。恰如先生云：‘四十年前，北京冬季无水果吃，鼻眼干涩，乃生啃紫皮萝卜，以补充维生素之不足。京城谚曰，萝卜赛梨。’”

旅途见圆球带绿缨者，本以为即是蜀有蔓菁实证，但听夫子一席言，又搜百度萝卜照片，原来不过还是萝卜。

放过电话，再检《农政全书》，徐光启纂旧籍有《农书·百谷谱·萝菔》，元人王祯曰：“芦萉。俗呼萝卜，在在有之……四时皆可种，然不如末伏秋初为善。破甲以后，便可供食。老圃云，萝卜一种而四名：春曰破地锥，夏曰夏生，秋曰萝卜，冬曰土酥。故黄山谷云：‘金城土酥净如练。’以其洁也。”

流沙河还说过：“不识萝卜，教人笑掉牙车。萝卜是中国人的家常菜，怎会分不清。怪哉，注《尔雅》的郭璞就是分不清，他把芜菁划入萝卜一类。从此，芜菁与萝卜纠缠上千年。”噫！

甘草居抚书而叹——蔓菁名繁，萝卜根乱，正应了人生实难，大道多歧一语。学术、草木和人生互为交织缠绵，生生不息，正所谓生也有涯而学无涯也！

2009年12月10日于甘草居

香椿银杏大小年

今年五一的时候，豫北的天气已经偏热了，我在农村隐隐约约闻到了枣树开花散发出来的兰花香味，略微四顾张望，果然就发现了绿油油的枣树，密密麻麻走衣缝似的开满了小米黄的细花，招蜂引蝶的动静颇不小。见花有喜，好事成双。回到郑州，走在小区和家门口的小街上，又看见墙里墙外秀高的香椿树，一连好几棵似凤凰展翅一样，袅袅垂下细茸茸的花蕾枝——啊呀！去年到处都看不见的，而眼下香椿树又要开花结籽儿了，今年是香椿树开花结籽儿的大年。再留心一点，郑州别的地方，还有郑州以外的地方，果然到处都不难碰见香椿树开花。

香椿是楝科植物，臭椿也叫樗树，则是苦木科。

天更热树更绿，树荫越大越深。端阳

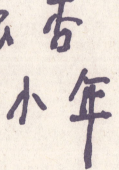

夏至过了，香椿树花后结果我们叫香椿铃。它不开谎花，每一棵香椿树都笔直挺拔，每一棵香椿树花谢落花后，高高低低的，树冠上四面披拂着一串串小香蕉模样的香椿铃，仿佛是上古的帝王或骄傲的公主，他们的皇冠上缤纷下垂华丽的毓珠。树叶深绿，香椿铃碧绿，好像又似灯盏。香椿树开花很美观，但人们熟视无睹，老家人包括不少上年纪的人，闻所未闻。大家对香椿树开花结籽儿感觉很新鲜，报纸常常有带图片的新闻报道，仿佛发现了新大陆。香椿和臭椿，各带一个椿字，系一双古老的姊妹树。香椿是楝科植物，臭椿也叫樗树，则是苦木科。说来颇有意思，前人分不清树木的属性，多椿樗并说，混为一谈。包括大名鼎鼎的周王和李时珍，明代这两位双峰并峙的草木大家，他们竟然也不知道香椿树开花结籽儿。李时珍在后，他是熟读《救荒本草》的，但是，他偏偏又忽视了周王论香椿树和樗树，臭椿香椿二者的区别。《救荒本草》说香椿头即椿树芽——

《本草》有椿木樗木。旧不载所出州土，今处处有之。二木形干，大抵相类。椿木实而叶香，可啖。樗木疏而气臭，膳夫熬去其气，亦可啖。北人呼樗木为山椿，江东人呼为虎目。叶脱处有痕如樗蒲子，又如眼目，故得此名。夏中生荚，樗之有花者无荚，有荚者无花。荚常生臭樗上，未见椿上有荚者。然世俗不辨椿樗之异，故俗名为椿荚，其实樗荚耳。其无花不实，木大端直为椿。有花而荚，木小干多迂矮者为樗……

《本草纲目》第三十五卷木部，竟把椿樗合二为一，延续了唐宋的旧说——“时珍曰：椿、樗、栲，乃一本三种也。”

因为香椿铃，开过花的香椿树变得风姿绰约，无限风情。过了夏天香椿铃才枯黄，呈紫褐色，冬天的香椿铃，迎着寒风在枯树枝头哗啦啦响。来年香椿树又生新叶了，上一年的紫褐色香椿铃还不肯落去，常常新铃兼有旧铃。但是，香椿树并非年年都开花结籽儿，它有自己的生物钟。

旧年香椿树不多，银杏树更是稀罕，豫北一带，银杏只是寺庙树。银杏树完全是这些年才多起来的，分明是城市绿化树的明星和新秀。大院里有几排十五岁的银杏树，去年结果多，累累果实把树枝都压断了。今年大不相同，银杏结果颇零星。银杏树雌

No.29 香椿

Toona sinensis

2016. 5. 12　郑州　甘草居

雄异株，多年前我在大别山区，山里人为了老银杏结果，曾经用人工授粉的方式，采了花粉拌水里稀释，用喷雾器喷洒树头。秋天的白果稠密而小，村人讥讽是“葡萄胎”。

人们为果树的丰产不均衡而遗憾，巴不得年年是丰年，为此用技术干预。不必对新技术谈虎色变，英国植物科学家新近撰写的《绿色宝藏：英国皇家植物园史话》，讲述著名的邱园故事，为了促使植物生长，邱园也广泛应用生物技术：“同生长素一样，赤霉素也是一种激素，而不是单一的化合物。到目前为止，人们已经鉴定出了 136 种赤霉素。它们的功能各不相同（取决于赤霉素和植物的类型），这为正传者提供了有力武器。类似于对高产矮秆作物的作用，赤霉素也被用来刺激苹果树和梨树的结果，减小果树的‘大年’和‘小年’倾向。与此同时，使用赤霉素喷洒剂可使葡萄的果实饱满硕大，以满足现代消费者的需求……生长素的另一项功能是激发植物自然地释放气态激素乙烯，这种气体同果实的成熟密切相关。许多植物都会自然地释放出天然乙烯，香蕉是最有代表性的，据史书记载，古埃及人便用香蕉来催熟无花果。与此类似，传说古代中国人在封闭的房间里焚香，可使半生的梨子较快变熟。今天，人们用乙烯诱导法来催熟苹果和番茄，或促使菠萝同步成熟。”

不单是香椿树开花结籽儿普遍，今年入夏以来的水果季，中原地区杏和桃子也特别多。六一的时候，就有传统的桃子“五月鲜”和油桃上市，接着大批优质小毛桃上市，很甜的毛桃品种。半个月左右，红皮红肉的朱砂桃接着上市。7 月以来，大个的水蜜桃接踵而来。有几年没有吃过这么好的桃子了，而且量大价低。还是英国皇家园艺学会的水果园艺专家，名曰彼得 · 布拉克本 - 梅兹，他在其面世不久的著作——《水果：一部图文史》中言之凿凿地说：桃是一种非常古老的水果。它源自中国，而不是像其拉丁名字暗示的那样来自波斯。老话说：“桃饱杏伤人，李子树下埋死人。”这分明有点冤枉了杏果。杏的营养与口感很独特，今日河南各地盛产的凯特杏、金太阳，贵妃杏、仰韶杏，每一种都很美味，各有各的美味。而水果的芳香，在杏果上体现最为充分，每年将成熟的杏果存放家里一些，家里很快就洋溢着馥郁的果香，这是其他果实不及的。

告别了饥馑和贫乏，我们已经习惯了连年的物产丰富而充裕，历来憧憬的就是年画般的大丰收图腾。虽然技术已经广泛应用，自然的波折尚不能完全规避。想想也好，间隔、错落，曲折与跌宕，日常年景因大年小年的起伏而有韧性，同时也提示我们敬畏自然。

2018 年 7 月 8 日于甘草居

每过春节都隆重，聚会待客，皆讲究吃食而吃食多，大鱼大肉吃得人难消化。今年我早做准备，预先弄了一点开封老户人家冬天出品、在门前巷子里摆摊卖的酸辣泡菜——酸洋姜与红白萝卜片，脆生生挺开胃的，而且不太咸，女孩子可以用竹签扎起做清口的零嘴，老饕如我，则配着喝闲酒也颇不赖。特别是那泡洋姜，带了独特的土膏滋味，煞是清爽，想来与《遵生八笺》之《饮馔服食笺》里列举的“糟萝卜茭白笋菜瓜茄等物”风味相似。它和巴蜀人家下饭的泡菜不一样，那是新鲜的，随泡随吃的。单论口感，刻下可与之媲美的还有些，有中岳登封的辣芥丝，恩施土家族的泡仔姜，湘赣与南粤地界的藠头。这几样特产可装成罐头，用流水线批量生产，如

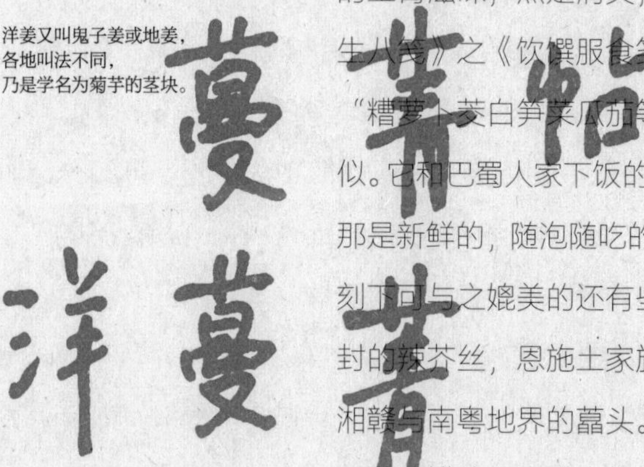

洋姜又叫鬼子姜或地姜，
各地叫法不同，
乃是学名为菊芋的茎块。

此就难免有防腐剂的添加使用，相比之下，开封的酸辣泡菜纯手工，属于“菹”，在泡菜与腌菜之间。看起来坛坛罐罐里无色的汁液黏糊糊的，貌似颜值有些不堪却更珍贵。

洋姜又叫鬼子姜或地姜，各地叫法不同，乃是学名为菊芋的茎块。因其模样略似中国生姜而称洋姜，但比七岔八五，扁而大块的生姜，洋姜显得要小而圆，近似芋艿和蔓菁。比起孔子所谓“不撤姜食，不多食”的生姜而言，洋姜与生姜没有血缘关系，资格也浅。它何时来华，植物和蔬菜专家很确切地说，“菊芋又称洋姜，它产于美国的宾夕法尼亚。公元17世纪，由莱斯卡弗带到欧洲。其后逐渐成为欧洲的一种常蔬。19世纪70年代，从英国引入我国上海。现在各地均有少量栽培”（张平真《中国蔬菜名称考释》，北京燕山出版社，2006年10月版）。洋姜不眼生，属于见面熟，不择地而生，而且，种一次就可以自生。我国到处都有洋姜。小时候在山里老家，清寒的日子，正儿八经有名堂的好吃的东西不多，但野菜野果，冬天的白茅根与洋姜，出红薯的时候，出生长不多的洋姜，生吃它也觉得很稀罕，洋姜的土腥味很重。太行人家口味重，腌洋姜，与腌白萝卜和芥疙瘩一样，重盐重色，黑乎乎的。没有古城开封人弄的泡洋姜好，泡洋姜和云南昆明街头的吃酸异曲同工。

陕北与蒙古高原交界，万里长城穿过榆林，市区的老城墙下，深秋的早市很热闹，根茎类的作物与蔬菜，有洋姜、蔓菁、芥疙瘩和苤蓝，还有土豆与红薯。各种萝卜，胡萝卜是黄色的。红葱是长茎洋葱。但当地人说洋姜又叫洋蔓菁。蔓菁久矣，在毛诗里以“葑”或“菁”的名字出现，《周礼·天官》中说，由“醢人”负责掌管的食物里，也包括蔓菁类的腌渍制品曰“菁菹”。但它和西来的麦子一样，也是随着丝绸之路而来。草原丝绸之路更古，新疆与陕甘宁，内蒙古的包头、鄂尔多斯与呼和浩特，这一路多蔓菁，有的地方，甚至以蔓菁命名。而新疆的伊宁和喀什（维吾尔族叫喀什噶尔的），夏末深秋的巴扎上无不有卖蔓菁的，曰“恰玛古”，可以与羊肉一块煮食。蔓菁在边塞和边疆至今多有。

蔓菁在学名为芜菁的蔬菜家族里很复杂，形状酷似“百变孙悟空”。有大有小，有白有黄有紫红，圆的扁的，有的似土豆，有的似萝卜，有的竟然还似红薯。我的老家产两种蔓菁，白蔓菁状似芥疙瘩，又像我奶奶纺花而成的线卜球，味淡味怪，随锅煮粥吃，是充数垫肚子的。另一种黄蔓菁，蒜头似的，越小越甜糯曰“腻”。老家老辈人只知道煮蔓菁吃，鲜食或晒干食用，不知道别的吃法。王世襄先生的文章里，写蔓菁腌渍后生辣扑鼻，是老北京冬天和过年的开胃小菜。我一直局限于老家人随锅下蔓菁煮吃的印象，先入为主，不知道蔓菁可以腌咸菜或辣菜，还以为王老弄错了蔓菁和芥疙瘩（大头菜）的区别。随后才知道，河南的驻马店和汝南一带，当地人历来用芥疙瘩和蔓菁一块腌咸菜，出产有名的黑咸菜。日本汉学家青木正儿著《腌菜谱》，说到一种土名曰“寒渍”的腌萝卜，可以松脆地吃，是酒肴的妙品。而“年月多了变成漆黑柔软甜美的，就是那么切了，也是佐茶的奇品”。汝南的黑咸菜，芥疙瘩腌成是脆的，蔓菁则一如青木所言的“漆黑柔软”。

老辈人也是多年都没有吃过蔓菁了。崔耕和桑凡两先生，两位中州名士，都是与海上北山老人有交情的。崔耕先生的《耕堂书信》；桑凡先生有施蛰存《梁门三子歌》，说李白凤、武慕姚和桑凡。今年九十二岁的崔耕老人，裴李岗旧石器文化遗址的发现发掘者，他是巩义鲁庄人，曰生吃蔓菁，随锅煮蔓菁。巩义偃师，现在还有蔓菁饭店，晒干蔓菁，连槐豆和大枣，蔓菁干，一起煮小米稀饭。而开封“暂园”主人桑先生，名士风度，讲究食不厌精的，在得到我送的蔓菁后，亲自切丝腌制。前年冬天，他还特地写信说蔓菁——

“何频贤弟：吴门松子饼及蔓菁，均由（女弟子）国桢交下，谢谢。蔓菁原亦系用小米煮粥，闻可腌渍，唯不甚爽脆。多年未见此物也。不仅青年，恐老年人亦不觉为何物也。即顿冬日安善。

侍桑凡草上（冬月）十二日。”

老辈手泽犹在，但桑凡先生于今年春节前立春的头一天去世了，享年八十五岁。在开封禹王台送别桑先生归来，过节再展《蔓菁帖》，食古汴之洋姜洋蔓菁，可谓五味俱全。痛哉！

丙申春节，人日于甘草居

菜市场和农贸市场迷人——因为它是个伴随时序节气而流动着的土物博物馆，展品呢，是四面八方源源而来的新鲜的土产蔬果，携着十足的土风土宜。小菜场不小，仿佛是个无比丰满切开了就汁水四溢的大西瓜，里面包含有浓浓的乡愁与民俗气息。

秋来入冬，又是根茎类蔬菜出场亮相的高潮，我在朋友圈先后展示不同形状与颜色的萝卜，再就是用于腌咸菜的芥菜疙瘩、苤蓝，以及腌咸菜和煮粥随食两便的蔓菁。书法篆刻家王胜泉兄，是已故桑凡先生的门人，我们很亲的，他跟帖说蔓菁和芥菜疙瘩：“这个专家说了不算！”

真是的，没有多地的生活经验，就算

红茨菇
白茨菇

剪刀草的果实即白茨菇。

包括成都在内，
湖南与西南地区历来把荸荠叫红茨菇，
真正的茨菇叫白茨菇。

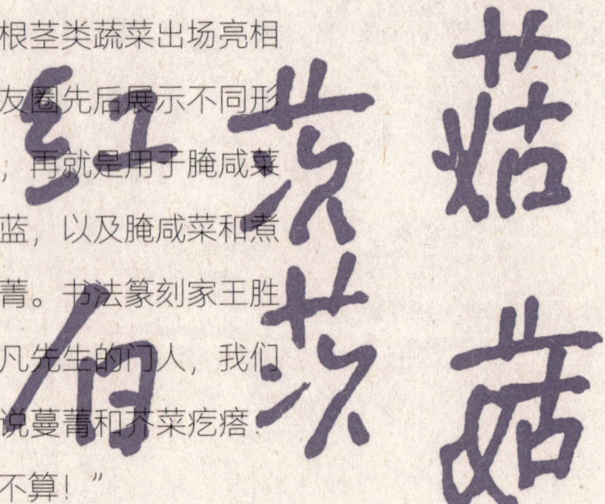

你年纪大，也认不了这些怪异而有趣的“双胞胎”！

这天，我又发了荸荠、芋头和山药的图片。我的潜台词是说，郑州除了没有茨菇，冬天的根茎类蔬菜，品类繁多，几乎已经和南方打平手了。

还没有等我把话说出来，那厢，成都中医药大学的教授王家葵兄，闪电似的跟了来——红茨菇？他指我图片中蛇皮袋里泥蛋蛋一般的紫荸荠。

莫非还有别样茨菇和荸荠？

家葵即复，剪刀草的果实即白茨菇。

家葵春风得意，一年间接二连三密集出版了《本草博物志》《本草文献十八讲》，等等，好几本书。看，这就是朋友圈的魅力了——土产博物馆因之而延长了展线，平台更大。

我的着力点与用心，是要把《救荒本草》里边，当下还鲜活，以及暂且冷门却可以挖掘出来发扬光大的，弄一个大河两岸地域性的野菜野果名录图谱。不是死板的花名册，而是触手可及、活色生香的好玩的书本。因此，除了跑菜市场，我自然离不开读书。除了蔬菜与美食的书，地理和地方志，也包括一些考古之书。朋友问我为什么，我回答看考古书与闲人观棋是一样的。不可与人语者，是要刨根问底，寻找各种野菜野果的切实来历。这样，在疫情肆虐的庚子年，独自狠看了几本最新出版的考古书。冬天来时，天遂人愿，我遇到了《最早的农人：农业社会的起源》这本书，它与我当年读到《枪炮、病菌与钢铁》系列一样，颇激动兴奋。或许它不通俗，年末12月林林总总的年度书榜，没有它的份。我替它暗暗鸣不平。本书被《枪炮、病菌与钢铁》的作者，当代思想家贾雷德·戴蒙德称为“当代史前史研究领域最伟大的著作之一”。作者研究全世界不同地区早期农业起源和发展的历史，所使用的资料和方法无比新颖，包括了考古学、比较语言学、生物人类学，等等。研究对象集中于全球几个关键的早期农业起源中心，囊括了中东、中国、北非、新几内亚、中美洲和安第斯中部，由此，著书人贝尔伍德教授就此提出了农业—语族扩张理论。他认为，那些特别核心的早期农业地区，是农业社会起源的中心，而人群的迁徙带动了农业、语言和人种的传播，造就了后世人类文化分布的版图。例如，中国台湾，就是中国东南文化早期传播而有了最早的农业和种植业。该书第七章是《农业向东南亚和太平洋的传播》，其中，“整个东南亚都没有足够证据可以证明公元前 3500 年以前存在过任何形式的食物生产。这一点很重要，因为至少在公元前 6500 年时，水稻已在长江一带得到了充分的驯化。和农业从西南亚进入印度的过程一样，我们也可以在亚洲大陆上看到一次明显的传播减速……新石器文化群通常沿着从北向南的方向移动，它们从中国南部出发，穿过东南亚大陆向马来半岛迁徙，穿过台湾岛和菲律宾向印度尼西亚扩散……”

甚得吾心者，在于那不同地域的块茎类作物和水果，为其研究早期农业农人的抓手。贝尔伍德教授举例说，印度尼西亚属于赤道地带，它东部的人群常常“以块茎类和木本植物果实，如甘薯、芋头、西米和香蕉为生”。而“1500 年以前，印度尼西亚人可能通过南岛语族对马达加斯加的殖民活动，将香蕉、芋头、大甘薯等东南亚作物带到了热带非洲”。还有美洲中美洲……不要觉得这异想天开太过分，作者可是最擅长东南亚南岛地区的研究者，学术带头人，说中国东南、东南亚和太平洋地区，他绝对权威。

我去过的地方不算少，留意各地风物土产，是我远游的目的之一。说真的，跑得再远，也觉得在大千世界之根茎类作物林林总总、奇形怪状面前，人的江湖还是小。比如，为了阳藿洋荷姜，差不多费了十年时间还不止，才把它弄清楚了，今年才写出一篇千字文。2015 年夏天，在粤西平果、大新一带的集贸市场上，慌慌张张买热带水果时，发现了一种小洋葱——蒜瓣大小的紫皮葱头。因为语言不同，又行色匆匆，我自以为当地人惜物——连菜畦里出产的洋葱头的小仔仔，也不舍得抛弃。接下来在广州，方明白这是红葱，葱的一种。等我家网购了栽在花盆里吃菜，长高了才看出来，这才把它和周王说的楼子葱对上号了。

2018 年秋天，在长沙很大的一个农贸市场里，我又发现大堆类似红葱头的东西，也是听不懂湖湘话，误认为就是红葱了。

去年夏天再去长沙，老同学乐平带我们在南岳住了两日，山家照顾甚是精心。在此，我喝到了没有喝过的烟熏茶，正餐喝酒时，老板娘特地用好大一个陶钵，当着我们的面，制作一味开胃的配菜——把新鲜藠头配着好辣椒捣烂。乖！这时我才明白过来，上回在长沙见的红葱，不是红葱是藠头。举一反三，相信读者诸君，也有我同样的经历。美食与小吃的魅力，在于千回百转和寻寻觅觅中。旮旯缝道，需要仔仔细细寻找。

因为与葵兄交流，这才知道，包括成都在内，湖南与西南地区历来把荸荠叫红茨菇，真正的茨菇叫白茨菇。郑州刻下，虽然没有茨菇，但是从孟诜的《食疗本草》，周王《救荒本草》而《河南野菜野果》，古来茨菇不曾缺席。《救荒本草》有水慈菰和铁葧脐。茨菇："俗呼为剪刀草，又名箭搭草。"荸荠："亦名茨菰，又名燕尾草……有二种：根黑皮厚肉硬白者，谓之猪葧脐；皮薄色淡紫肉软者，谓之羊葧脐。"周王说，荸荠可制作淀粉粉面，厚人肠胃，解丹石毒。《河南野菜野果》介绍野慈菇，除了熟食，还可以制粉，获得荸荠粉一样的茨菇粉。郑州不说了，就是在豫南信阳，水面水田里多见茨菇苗，我却没有见过卖茨菇和茨菇粉的。“北人不识茨菇”，和“南人不识蒜味”，是吃货汪曾祺的名言，此于郑州恰当。《过年的茨菇和荸荠》中，我说，北京人过春节买些荸荠，好意头曰“备齐”。沪人祭灶的时候，需要茨菇，因为“二十四日送灶，用酒、果、粉团。又谓灶神朝天，言人过失，用饴糖胶牙。慈姑，取音如‘是个’，与胶牙糖同意”。

汪曾祺着实喜欢根茎类的菜蔬。黄裳在《故人书简》里回忆汪曾祺，1948 年分别后的汪从天津来信——

鸭梨尚未吃，水果店似写着“京梨”，那么北京的也许更好些么？倒吃了一个很大的萝卜。辣不辣且不管它，切得那么小一角一角的，殊不合我这个乡下人口味也——我对于土里生长而类似果品的东西，若萝卜，若地瓜，若山芋，都极有爱好，爱好有过桃李柿杏诸果，此非矫作，实是真情。而天下闻名的天津萝卜实在教我得不着乐趣。我想你是不喜欢吃的，吃康底料亚巧克力的人亦必无兴趣，我只有说不出什么。

汪曾祺回忆沈从文，老师老了，吃饭时用筷子指着说，吃茨菇比吃土豆“格高”。格，是个怪怪的标准——品位乎？格调乎？此处格高，沈从文标新立异，可以理解为物以稀为贵。其实，根茎类的东西，食物宜人养人，远不止东南亚和南岛地区。它对我华夏民族，历来也大为有益。不止汪曾祺好吃，白石老人说白菜好，老年画大白菜有名，可是他对于家乡芋头、板栗的怀想，一刻也不肯放弃。他也在北京遭遇了茨菇——1919 年作画《题白茨菇图》：“余三过都门，居法源寺，大古钵种此草，问于和尚，知为白茨菇，戏画之，又为儿孙辈添一人所未为之画稿也。己未秋八月，此草已衰，故着色蔼淡。白石老人并记。”

2021 年元旦于甘草居

会员专享价
Member's Promotion

羊角蜜瓜 500g

会员专享价：每日每卡限3斤

2.98

元

非会员价：5

大黄杏

5.98

3.8

非会员价: 20.8元

豌豆 500g

9.8

元

野生马兰头
7
元/斤
野蒿子
9元/斤
新草头
7

野菜的记忆

野菜的记忆

虽只见到关于挖野菜、
嚼草根的零篇短简，
也为作者出于自发的真诚而保存了
民间的记忆、历史的真实，
应该感谢他们。

代后记一 | 邵燕祥

邵燕祥先后读到两篇关于野菜的记忆，都是久矣不见的题材了。

一是署名张忠军的一首短诗，一共才九行：

> 野菜，是我一年一年最先看见的春天
> ——在叶上，在茎上，在根上，在小铲子上
> 在那么浅又那么深的筐里
> 远方吹来的风，刚刚柔软
> 小鼻尖上的汗珠被吹凉，吹偏
> 吹来了时近时远的地平线
> 那么多的孩子，饿弯了腰
> 弯在一棵一棵野菜前
> 像跪拜大地，又像跪拜春天

这里挖野菜的甘苦，是感性的，饿弯了腰的孩子们，跪在地上，一铲一铲把野菜挖到筐里，可怎么老是不满一筐，挖呀挖呀，鼻尖冒汗又让风吹凉了，抬头看，还远远没到地边呢。

写出了我的、你的、“一群孩子”挖野菜的感受，于今已成记忆。但我相信，这是一个比较年轻的作者，他写的饥饿不是60年前那场大饥荒中的饥饿，只是平常年份里的农村，青黄不接的春荒，照例叫孩子们去挖些野菜，羼在面里吃，或是蘸上盐提提味儿。在大饥荒濒死的语境，那就是另一种心情，也会是另一种表达了。

而这首诗，还是把我们带回中国农民世世代代艰苦生活的岁月里，这里的春风，可不是“花月正春风”的那个春风。而让我们联想起大跃进后连续四五年的大饥荒，饥得两眼发黑，连说话都费劲，站都站不起来，一站起来也许就倒下不再起来了的那个年代。这是今后世世代代的中国人不该忘记的。

还有一篇《味觉里的植物记忆》，也刊于近期《文艺报》，在“文学院”专刊，当是比较年长的作者。他写了构成自己童年生活中“人间烟火味”的小辣辣、红根、葱叶、甘草、酸杏以及药草。他的味觉提醒他回忆那些咀嚼草根的日子，他是这样写到“小辣辣”的：

人人皆知的小辣辣，没人知道它的大名，叶片细细碎碎，嫩绿却不妖艳，散布在野草丛中，或簇生，或单生，与其他野草相比，并没有什么特别之处。

但它埋于地下的白白胖胖的根系，让人看上一眼，就忍不住想咬上一口，满嘴的辛辣仿佛可以立即将人的口腔扩大一倍，放进嘴里咀嚼，越嚼越香，香味从入口起，一路香到胃里，直香得五脏六腑翻江倒海。

随身带上一把小铁铲，围着一片叶片嫩绿的小辣辣挖下去，口水就禁不住地流下来，从松软的土地抽出一只白白胖胖的辣辣根，只须用手指捋几下，便可入口了，先是泥土的腥香，进而是一股辛辣味，就这样一边不停地挖，一边不停地吃，直到感觉辣得心疼，胃脘抽搐，才肯罢手。

辣辣根是一年中食物最为匮乏时大地馈赠给我的童年的最好的礼物，它特有的辛辣滋味，让我童年的时光无比甜美。

难得的是在作者感叹咀嚼草根的日子“一去不复返了”的时候，那“酸楚的、甘甜的、苦涩的和辛辣的滋味”，依然隐匿在体内，使他“常忆常新”。不知是味觉唤起了作者的童年记忆，还是回顾难忘的“童年时光”激活了他的味觉。但这些文字激活了我对中国农民生存状态的联想。

说起野菜，最近恰巧读到写有《看草》和《杂花生树》等书的何频两篇散文《小城的香椿花》和《明朝的一桩植物学剽窃案》（收录《文人的闲话》，花城版，2013），其中提到明代诗人屠本畯的《野菜笺》，王磐的《野菜谱》，周履靖的《茹草编》，特别是朱元璋第五个儿子、周定王朱橚编的一本带图的《救荒本草》：“《救荒本草》学神农氏尝百草的甘苦，以河南各地为基地，搜集了六百年前（引者按：即明朝初年）的草木标本四百一十四种，分草木米果菜共五部，都是可食用植物。《救荒本草》因此有别于前代专用于医病治疗的本草书，被后人认为是我国本草学从药物学向应用植物学发展的突出标志。”这位天潢贵胄贵为藩王，不仅参加田野调查，还在王府中开辟了用于观察的植物园，认真辨别和选择可以充饥的植物标本。这也真是皇家中的异类了。他每天钟鸣鼎食，却还不忘备荒救灾，实属难得。上述几种有关野菜的著作，都是明代版行的（当时甚至还有人剽窃此书以投机），大约跟这位周定王的提倡不无关系。

刚才说的本来是关于野菜的诗文，一转转到了我国应用植物学的滥觞。我们当代曾经历过大灾荒，却没听说有人关注可以用来度荒的野菜。也许是认为荒年来了，人们靠本能自会寻找填肚子的代食品，包括人人知道的树皮草根观音土，还有谁去查本本按图索骥？本本有什么用？要么就是认为“咀嚼草根的日子”早已一去不复返了，不是还有人说，有关 20 世纪五六十年代之交的大饥荒，是别有用心的人造的谣吗？！

因此，虽只见到关于挖野菜、嚼草根的零篇短简，也为作者出于自发的真诚而保存了民间的记忆、历史的真实，应该感谢他们。

2013 年 8 月 28 日《中华读书报·家园》

一年上头，由中州到全国，由当下到中古，老何这一本“山野田野、农村农事、蔬菜野菜、花木果实之书”（《蒿香遍地》，何频著、绘，黄山书社 2020 年 8 月第 1 版），写得好。他表扬齐白石作画的“蔬笋气”“泥土气”“草木香”，他也有。之外，可能还有一些书卷的香气。

山野田野、
农村农事、蔬菜野菜、
花木果实之书

呦呦鹿鸣 食野之蒿

代后记二 | 舒飞廉

以我与老何的讨论与交流，我们其实都喜欢同一批对话的文献。南北朝贾思勰的《齐民要术》，他将作物、果蔬、草木分出或南或北、或汉或胡的传统，作为农书之源，有一种精确与实用的态度，字里行间，有汗津津的耕作的喜悦，是陶渊明种豆南山下的神气。明代初年，朱元璋子孙中的一个，周定王朱橚，写的《救荒本草》，大概描写了四百余种植物，他取材的地理空间是河南开封附近，兼及太行山嵩山周边的山地，取材的标准，是这些野生植物，能不能吃、好不好吃。之后，又有正德年间的王磐，高邮人，汪曾祺的乡党，他写《野菜谱》，收野菜六十余种，有图，有诗。这两位先贤的文字是严肃的，有恻隐之心，那时候于黎民百姓而言，饥饿如影随形，挖野菜是为了活命，绝非郊野踏青的闲情逸致。明代嘉靖万历年间李时珍的《本草纲目》，自是周秦汉唐以来本草学的集大成，引证之后的阐述，分析入微，是福柯式草木系谱学的研究，我也常将它当散文集来读，喜欢它考证的周密、材料剪裁得当与文字的精细。

清代嘉庆道光年间的吴其濬，河南人，点状元，做翰林，来武昌做过湖广总督，他官声不错，但主要精力，我猜还是在游宦邦国，撰写他三十八卷本的《植物名实图考》上，收入本书的草木一千七百余种，之前作为预备，还编有《植物名实图考长编》。他精进不已的学术态度，颇像辞官去京、教书之余编写《古文辞类纂》的姚鼐。著书立说，藏之名山，的确是比牧民任官，更可传诸久远的事业。《植物名实图考》也实用，亦食亦药，但辨析之精，分类之详，已经可与瑞典生物学家林奈的《自然系统》相呼应，林奈比吴状元要早出生八十余年。实用性、科学性之外，文字之好，翩若惊鸿，矫若游龙，也常令我感叹不已。我们讲散文，要么是楚骚汉赋，要么是唐宋八大家、晚明小品文，《礼记》《山海经》《水经注》《齐民要术》《本草纲目》《植物名实图考》等，又何尝不是言之有物、言之有序的好文章。

这几本案头书之外，老何大概也会翻一翻《神农本草经》《荆楚岁时记》《南方草木状》《蜀本草》《食疗本草》《武林旧事》《东京梦华录》《帝京岁时纪胜》《农桑辑要》《遵生八笺》《说郛》《长物志》《古今岁时杂咏》《清嘉录》《扬州食话》《随园食单》《金薯传习录》等其他农书、本草书、笔记与杂记，检索古今诗人词家的草木谈。我注意到他还特别钻研《物候学》《中国蔬菜名称考释》《北京常见园林植物识别》《河南农田杂草志》《河南野菜野果》《郑州黄河湿地野生植物图谱》《太行山观赏植物及利用》《北洼村志》《博爱县志》等植物学、地方志书册，治学之癖，用功尤勤。他与现当代文学中，写草木的作家如周作人、梁实秋、汪曾祺、贾平凹等对谈，引文不少，实际上，老何的土膏味，专心致志，是要超过他们的。至于写《野果》的梭罗，写《杂草记》的柳宗民，这些外来的和尚，念的草木经当然是很好的，但也并不需要由“愚公之谷”里走出来的何频仰视。周定王与吴状元的中州，厥土惟壤，下土坟垆，嘉禾野蔬，风土人情，老何接住了这个实用、科学与文赋的传统，正在认认真真往下讲。

这个传统，我觉得也是之前学者项飙《把自己作为方法》一书里谈到的乡绅的传统。这些文人由外面的世界，回到自己的家乡，愚公谷，“小世界”，并不是要逃遁、避世、隐逸，而是有积极的作为。用项飙的话讲，“素材是由村里来的”“乡绅很重要的工作就是保护井水的问题”，我们如何保护好家乡的榆树、柿子树，乡土的树种？“任何地方都会有比较愿意观察、愿意记录的人，这批人就是乡土的思考者与观察者”，问题是观察与记录，都需要投入大量的时间与精力，走马观花不行，田野作业也不行，就是人类学的“深描”，其实也颇可怀疑。乡绅是由他自己的家乡里成长出来的，他必得自己觉醒，在自己的家乡主动承担起责任。作为河南人、郑州人、修武人的老何，我觉得践行的，正是这样的“自觉”，有“全球、全国大区域之下的一种乡土意识”，由外面太多的“城市”，太多的“文化”里，尽可能地挣脱出来，返回柿子树白榆树里的小山村，奶奶颠着小脚煮糜羹、腌咸菜，舅舅们来坐席喝酒，满脸通红。为什么要去记录这些，写这些？我也同意项飙与吴琦的话，我们“悬浮”在信息里、文化里，悬浮在异乡、在都市，我们需要“乡绅式”的工作，“最基本的就是给出安慰”，有什么比家乡的风物、风土，更能安慰我们的呢？

这里的“乡绅”，不是鲁迅《祝福》里写的鲁四老爷那种自私的理学鬼，也不是那位躲上酒楼吃鱼翅的虚无返乡客，他们会有老何的文本里面一种特别的气质，老成、典型、野气、狡猾、世故，又生气勃勃，初心不改。再引用项飙的话，就是“葛兰西说的真正的有机知识分子，是技工、农技推广员、赤脚医生、搞底层写作的这些人”，当然，是包含但不仅限于这些人，他们活在乡土之中，喜气洋洋，并没有觉得一定会被“后现代”“信息工业”攘倒在地。他们的有机性，也体现在他们的行动里、文本里、文字里。老何总算是渡过了“酸黄菜”这样土气的话入文章的大劫，这其实是一个标志，家乡正是通过方言、饮食、草木、水井、故居、河流、风土、山岭，通过乡亲们喜气洋洋的生活，重新对我们发出“召唤”。贾思勰、陶渊明、朱橚、王磐、李时珍、姚鼐、吴其濬、汪曾祺等先贤的例子之外，我想到的，还有写《北越雪谱》的日本散文家铃木牧之，写《塞耳彭自然史》的英国散文家怀特，写《大地的眼睛》的俄罗斯散文家普里什文，我还特别喜欢一部由罗伯特·雷德福导演的美国电影《大河恋》，我们应该有这样“乡绅”一般的生活体验，心里有一条清水长流、鳟鱼出没的母亲河。

听到家乡的召唤，重返愚人之谷、鳜鱼之溪，在乡土的特色语言里，做一名农民作家，这就是老何的新作给我的启示。在草木中“亲在”，引用海德格尔的话，就是“借一种继承下来的、然而又是选择出来的可能性把自己承传给自己”。老何的书里，其实也有现成的取象。

“呦呦鹿鸣，食野之蒿。”重返有机的知识分子，就是这只曾经迷途、跌入罗网的鹿吗？“蒿香遍地”，立足当下，接住传统，面对未来，一种新的可能性，本真的田野，也许会绽放出来？

2021 年 8 月 12 日

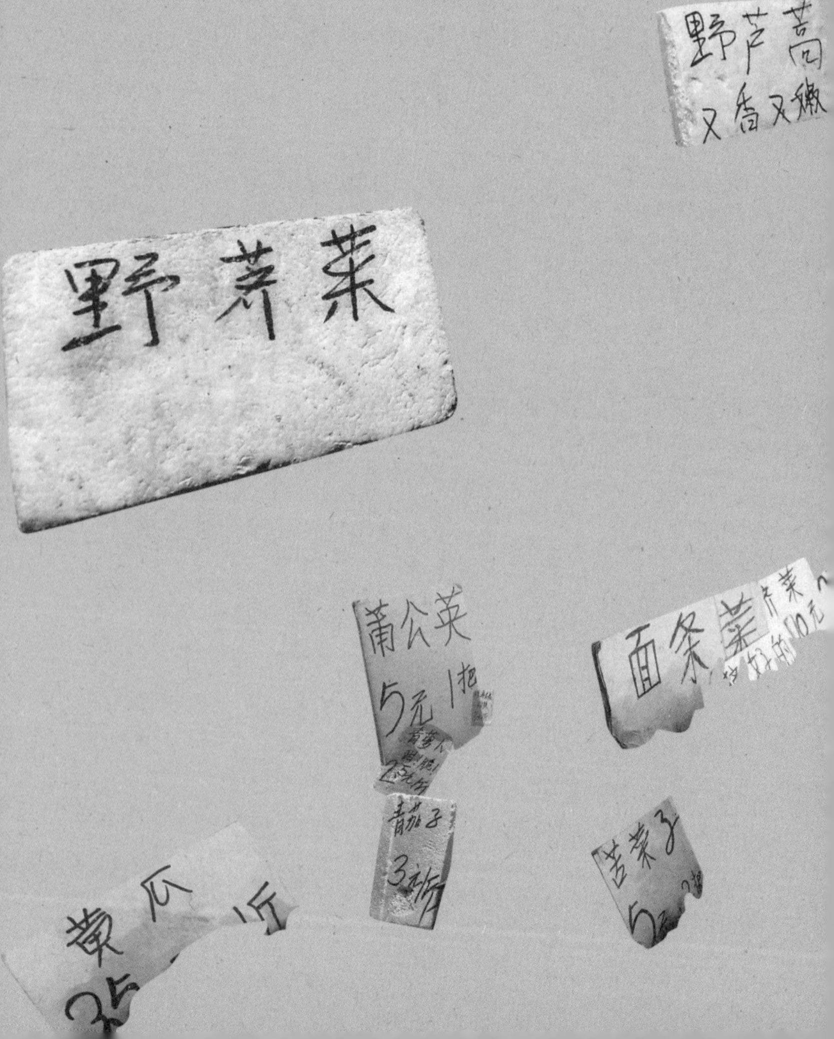
野芦蒿
又香又嫩
野荠菜
蒲公英
5元1把
面条菜
荠菜
青茄子
3元斤

万物自在
勃勃焉
默于野

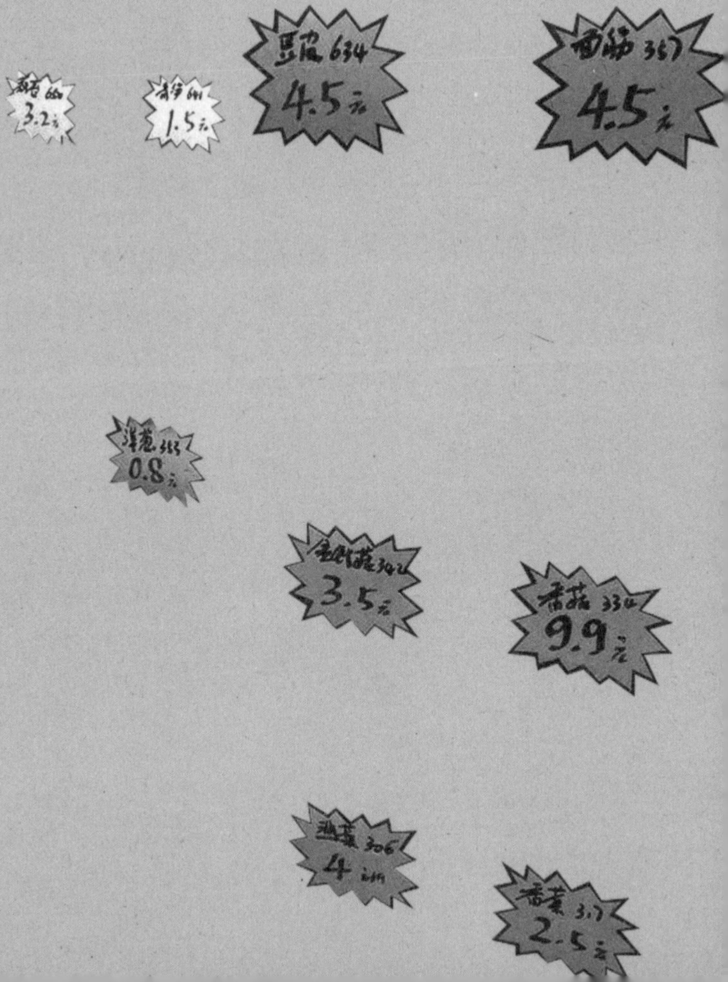

3.2元
1.5元
豆腐 634
4.5元
4.5元
洋葱
0.8元
3.5元
香菇
9.9元
4元
2.5元